Arnulf

S. C. Pedersen

Arnulf

Traducción de Daniel Sancosmed Masiá

Saga

Arnulf

Translated by Daniel Sancosmed Masiá

Original title: *Arnulf*

Original language: Danish

Copyright © 2005, 2022 S.C. Pedersen and SAGA Egmont

ISBN: 9788728246085

1. POD edition

www.sagaegmont.com
Saga Egmont - a part of Egmont, www.egmont.com

El ganado muere, la familia muere.
Incluso uno muere, eso es lo cierto.
Mas conozco algo que nunca se muere:
y es la condena de todos los muertos.

El ganado muere, la familia muere.
Incluso uno muere, eso es lo cierto.
Pero la fama nunca se muere
cuando se gana con el respeto.

(Hávamál)

Personajes importantes

Arngrim Rune, vikingo de Jóm
Arnulf, hijo de Stridbjørn
Aslak, constructor de barcos de Egilssund
Astrid Burislavsdatter, esposa del señor Sigvalde
Bjørn den Bretske, vikingo de Jóm y padre adoptivo de Vagn
Bue el Gordo, vikingo de Jóm e hijo del señor Vesete de Bornholm
Erik Hakonsøn, hijo del señor Hakon
Fin Bue, el del buen arco
Frejdis, novia de Arnulf
Gyrith Stentorsdatter, esposa de Toke
Hakon, señor de Noruega
Halfred, timonel de Helge
Haug, vikingo de Jóm de la isla de Bornholm
Hedin, padre de Frejdis
Helge, hermano de Arnulf

Hildegun, madre de Toke y de Jofrid

Hød-Ulf, granjero noruego

Ingeborg, hija de Torkel Lere

Jofrid, hermana de Toke

Ketil, el pequeño Ketil, vikingo de Jóm

Kjartan, vikingo de Jóm

Leif Narizpartida, vikingo de Haraldsfjord

Palnatoke, fundador de Jomsborg

Ranvig, hija de Toke y Gyrith

Rolf, hermano de Arnulf

Sigrun, madre de Frejdis

Sigurd Kåbe, vikingo de Jóm, hijo del señor Vesete y cuñado de Sigvalde

Sigurdur, comerciante de Islandia

Sigvalde Strud-Haraldsøn, señor de Jomsborg

Skarde, mesnadero del rey Svend

Skargeir Torfinnsøn, vikingo de Jóm

Skofte, esclavo del señor Hakon

Stefanus, monje inglés

Stentor, padre de Gyrith y líder espiritual de Haraldsfjord

Stridbjørn, padre de Arnulf

Svend Haraldsøn, rey de Dinamarca

Svend Cabello de Seda, vikingo de Jóm y primo de Vagn, hijo de Bue el Gordoy nieto del señor Vesete

Toke Øysteinsøn, hijo del señor de Haraldsfjord

Torkel el Alto, vikingo de Jóm y hermano de Sigvalde

Torkel Lere, feudatario del señor Hakon

Toste Skjaldely, vikingo de Haraldsfjord

Tove Strud-Haraldsdatter, esposa de Sigurd Kåbe

Trud, madre de Arnulf

Vagn Ågesøn, vikingo de Jóm, primo de Svend Cabello de Seda y nieto de Palnatoke

Æthelred, rey de Inglaterra

Øgmund el Blanco, feudatario de Tønsberg

Øystein Ravnsbane, fallecido señor de Haraldsfjord

Åse, esposa de Øgmund el Blanco

Arnulf se detuvo en lo alto de la colina y se quedó observando el estrecho. El cielo ya tenía ese color rosa del sol cuando se despide del horizonte, y el agua se mecía con tranquilidad. Un banco de peces se movía por la superficie del mar y Arnulf exploraba intensamente con la mirada cada pequeña ola, pero no había ni siquiera una barquita que interrumpiera la calma vespertina del estrecho y resolló decepcionado. Soplaba una ligera brisa primaveral y la oscuridad comenzaba a surgir del bosque que estaba tras la aldea. Un perro ladró y Aslak, el constructor de naves, les gritó a sus mozos, que estaban en la playa, y el ruido de las hachas enmudeció al lado de las quillas de roble recién cortadas. Las gachas de la cena estaban cociéndose en las muchas fogatas que había dispuestas y, entre las casas, la gente iba terminando los quehaceres diarios con total placidez. Mientras en la fragua el herrero daba los últimos martillazos a la cabeza de un hacha, subieron telas y cestas, apagaron el último fuego y pusieron a secar la pesca del día. Un grupo de niños tiró las espadas de madera y todos se pusieron a fastidiar a unas niñas que llevaban carne de la cabaña que hacía las veces de despensa. Fin Bue le dio un golpe a su mujer cuando pasó a su lado con tres liebres al hombro. Trud estaba con las manos a un lado riñendo a su esclavo más joven, pero el viejo Olav se interpuso con movimientos moderados y Trud descargó su enfado mientras el esclavo, con la cabeza agachada, se alejaba a toda prisa. Nadie parecía preocupado por entrar a comer, ya que el aire era suave y embriagador, y el verde que acababa de brotar provocaba un efecto balsámico al mirarlo después del gris y el blanco del invierno.

Arnulf se apartó el pelo de la cara y entrecerró los ojos. Ya era tarde. Helge no aparecería deslizándose sobre el agua negra, él se quedaría esperando, dejaría que el sol se reflejase en las cotas de malla de los hombres y en las armas, y que sus recién adquiridas riquezas mostrasen su brillo. A su llegada tras la expedición de saqueo siempre aparecía al frente en la proa de su barco con la capa echada hacia atrás y los brazos victoriosos estarían cargados de plata cuando gritase con orgullo el nombre de su padre. Stridbjørn iría a su encuentro con el cuerno forrado de bronce lleno de hidromiel y beberían de él en cuanto Helge pusiera un pie en tierra. Luego abrazaría a Rolf y levantaría a su madre como si fuera una pluma, y a las mujeres de la aldea se les pondrían las mejillas coloradas y los ojos rojos. Los niños se reunirían en torno al guerrero que volvía a casa y admirarían sus conquistas y sus nuevas cicatrices, y los esclavos se pondrían a cocinar. Resonarían las canciones y las risas en la casa de Stridbjørn, y Helge se sentaría en el sitio de honor y narraría la expedición de ese año de modo que a las madres no les entrase el menor temblor. Y cuando a altas horas de la noche por fin se cayeran todos al suelo por la borrachera, con el estómago hinchado de tocino y cerveza, Helge se giraría hacia Arnulf, alargaría el brazo en el que llevaba la espada y lucharían totalmente concentrados. El año pasado Helge dijo que hacia primavera Arnulf ya agarraría bien la espada y le prometió traerle una espada que pudiera utilizar.

Dejó escapar un suspiro. ¡Hoy tampoco sucedería! Estaba durando mucho aquella estancia invernal en la casa real, pero nunca un descendiente de Stridbjørn había sido huésped del mismísimo rey, y Helge tenía que cuidar su reputación y agrandar su honor. La época de nevadas había pasado hacía tiempo y los terneros mamaban en el campo, y a Arnulf ningún otro invierno le pareció tan largo y sombrío como el de este año.

Las gaviotas lanzaron un último grito sobre las olas. Siguió con la mirada el bajo vuelo de las aves marinas y notó que su llamada hacía que la sangre fluyera con mayor rapidez por las venas. Era el mar lo que le atraía, el mar que hacía retumbar un oleaje de agua salada en su cuerpo y dejaba que una inquieta nostalgia deshiciera su tranquilidad. Más bien se le desgarraba el corazón en el pecho y se zambullía en la marea, y, con la tormenta, se alejó de la costa y de las aves de alas largas. Esta primavera las gaviotas estaban gritando mucho. Incitaban a los hombres a emprender travesías arriesgadas, se requería voluntad y valentía, y se decían a gritos que ahora le tocaba a Arnulf surcar los mares. Apretó los puños. Iba a echarse al mar con Helge y darle la espalda a Egilssund, ¡con Helge!

Arnulf cerró los ojos y movió las aletas de la nariz. Se percibía un aire salado, había energía en la hierba y en la tierra, y el corazón le latía a mil por hora. Deseaba darse la vuelta e irse, pero vio a Frejdis, que estaba en la playa con las vacas, al otro lado de la colina. Estaba sentada de espaldas a él ordeñando con pericia a la vaca, que solo tenía un cuerno. El cabello rubio como el oro le caía por la espalda y se había subido el vestido por encima de las rodillas para no mancharlo de leche y las mangas hasta los codos. Arnulf sonrió y fue a hurtadillas hacia ella. Frejdis tenía la mejilla apoyada en el costado de la vaca y su piel pálida brillaba con el verdor pujante de la hierba. Las caderas redondeaban el vestido y Arnulf notó una cálida hinchazón en la entrepierna. ¡Nunca podía mirarla sin que su virilidad se levantase y quedase como la mismísima lanza de Odín! ¡Freya le había dado esas caderas solo para que los hombres anhelasen agarrarlas!

Arnulf se echó hacia atrás rápidamente y rodeó corriendo la colina para llegar hasta Frejdis. Ella no lo había visto y el susurro del viento en la hierba y los ruidos de la vaca le facilitaron avanzar sin ser visto. Frejdis estaba canturreando. Conocía la melodía, ya que él mismo la había compuesto. El vestido se había soltado de un hombro casi del todo y, al verlo, el bajo vientre de Arnulf comenzó a palpitar con violencia. El suave sol primaveral aún no había dañado las pieles blancas y vulnerables, y piel más suave que la de Frejdis no había ninguna. Hacía que los edredones parecieran bastos. Arnulf se puso en cuclillas. La vaca giró la cabeza y lo miró fijamente, por lo que él dio un respingo antes de que se desvelase su llegada.

Frejdis lanzó un chillido cuando él le agarró los hombros y la tiró a la hierba mientras la leche le salpicaba por las piernas desnudas. Los ojos de Frejdis echaban fuego y ella se apartó el pelo de la cara en plena ira e intentó zafarse.

—¡Suéltame, semental!

Arnulf se rio y se sentó a horcajadas sobre el cuerpo cálido que se retorcía.

—¡Me han entrado ganas de beber leche!

—¡Estás loco de atar! ¡La has tirado al suelo! ¡Suéltame ya!

Intentó morderlo, pero no pudo y tuvo que conformarse con quedarse tumbada resoplando. Arnulf le apartó las manos y le miró el escote, que estaba redondeado debido a su bien formada exuberancia. Fue a tocarle los pechos, pero ella le dio un golpe en la mano.

—Pesas mucho, no puedo respirar, ¡quítate!

—Me vuelvo loco cada vez que te veo.

—¡Tú ya naciste loco, Arnulf Stridbjørnsøn!

Frejdis lo empujó con todas sus fuerzas.

—¡Mira qué dura está!

Arnulf se deslizó por la hierba, sacó su miembro y apuntó hacia Frejdis, que se sentó y lo empujó enfadada.

—Por tus venas corre sangre de semental, ¡pero yo no soy tu yegua!

Él le cogió los pies húmedos con firmeza y le lamió la leche del tobillo.

—Resulta que los sementales jóvenes montan a las yeguas que se apartan del rebaño.

Frejdis intentó apartar el pie, pero Arnulf lo agarró con fuerza y dejó que la lengua continuará hacia la rodilla.

—¡Yo no me he apartado del rebaño! Estoy ordeñando y tú has derramado medio cubo. ¡Mi madre se va a enfadar! Y para ya, imagínate que nos ve alguien. Tu hermano, por ejemplo

Arnulf succionó con lascivia la leche de la piel y le mordisqueó las piernas.

—¿Mi hermano? Todavía no han avistado su barco en el estrecho.

Frejdis lo cogió del pelo y le retiró la cabeza de la pierna.

—Helge no, becerro. Tu otro hermano, Rolf.

Arnulf se echó hacia atrás y dejó que el dedo siguiera su curva.

—¿Te refieres a mi aburrido, responsable, respetado y cateto hermano? ¡A Hel con él!

—¡Arnulf!

Frejdis le lanzó una mirada de reproche, pero la mano se deslizaba suavemente al apartarle el pelo.

—No eres el único al que le gusto, ya lo sabes.

Arnulf dio un suspiro y rodó para ponerse bocarriba. Frunció el ceño y comenzó a recitar con un tono apagado:

Hijos de Stridbjørn,
orgulloso de dos,
uno con la espada,
uno en el campo.
Oso canoso
gruñe hosco
al último hijo
le hace bien la espada.

Pariente de animales
camina libre
por su cuenta
y escucha mal
rapiña con honor
solo reina
por la estirpe lobuna
extingida.

—¡Para ya!

Frejdis se puso boca abajo a su lado y él cogió un mechón de su largo cabello. Lo recorrió con los dedos y lo enrolló para cubrir su cara con el resto de la melena dorada.

—¿Sabes que ofendes a los dioses con tu belleza? Ni siquiera Freya tiene un cabello tan largo, unos ojos tan azules ni unas piernas tan redondas.

Ella se rio y apartó el pelo.

—¡De verdad, eres un insensato! Y tu padre tiene buenos motivos para estar orgulloso de Helge y de Rolf, pocos hombres tienen hijos tan buenos de los que vanagloriarse. Y si está enfadado contigo, la culpa la tienes tú. No hace ni dos días que has derrengado a su mejor caballo.

Arnulf se incorporó, apoyó los codos en la hierba y arrancó una brizna de raíz.

—Le hacía falta moverse después del invierno.

—¡El arado lo rompiste tú!

—¡Porque mis brazos son demasiado fuertes para un trabajo de esclavo!

—¡Y se te escaparon las ovejas, ni que ellas quisieran irse!

—Cuidar de las ovejas no es varonil, para eso se pone a los niños. Mi decimosexto verano empieza ahora, y, cuando Helge vuelva a por su nuevo barco, me llevará de expedición con él.

Arnulf le acarició el cuello con la brizna. Ella la atrapó con los dientes.

—¡Contra la voluntad de tu padre!

—¡Veulf me llama Stridbjørn y Veulf seguiré siendo! ¿Desde cuándo he seguido yo su voluntad? Que se alegre de que su hijo mayor le dé al pequeño la oportunidad de que lo partan por la mitad.

Frejdis apartó la brizna y su mirada se volvió oscura.

—¡No digas eso! Helge siempre ha podido reunir hombres para la expedición. Te llevará porque te considera apto.

Arnulf sonrió y se volvió a tumbar. La hierba estaba húmeda por el rocío y, aunque el aire era tibio, el suelo estaba frío. Se quedó mirando largo rato las nubes rosas que surcaban el cielo como la espuma del mar. Entonces Frejdis apoyó la barbilla en su pecho.

—Lo has echado de menos este invierno, ¿verdad? Es la primera vez que está fuera tanto tiempo.

Arnulf giró la cabeza hacia ella. ¿Si había echado de menos a Helge? ¡Hasta los tuétanos! Llevaba fuera casi un año. Antes solo había estado lejos de casa un corto tiempo en otoño, y luego se fue para comerciar con sus nuevas conquistas, y después fue convocado ante el rey.

—Rolf siempre ha hecho lo que le ha dicho mi padre, y mi madre lo ama porque prefiere arar y atender a los animales a navegar y pelear, pero en el mundo hay más cosas además de las semillas y del tocino. ¡Quiero salir, Frejdis, irme de esta aldea! ¡Ver qué hay, probar suerte, obtener gloria y plata!

Las palabras le hicieron pedazos como una estrepitosa tormenta primaveral.

—Helge ya le ha traído bastante plata a tu padre —respondió ella con calma.

Arnulf miró su antebrazo y notó cómo se reavivaba el deseo. Sus dedos se deslizaron por su brazo.

—¿Qué te ha dicho Rolf últimamente?

Ella se rio y retiró el brazo.

—¿Rolf? Hablamos. Me enseña lo que anda haciendo y me cuenta sus planes con las semillas y los animales. Con esas manos todo lo hace bien.

—Te voy a enseñar una cosa que hará que te olvides de Rolf y sus semillas.

Le cogió las manos y las llevó a su dura entrepierna.

—Ay, solo piensas en una cosa.

—Tú siéntela. Verás como ya no vuelves a pensar en mi hermano.

Frejdis se rio ahogadamente y se doblegó, y Arnulf cerró los ojos mientras suspiraba cuando le metió la mano por debajo del capote y de los pantalones. Ella asintió con una sonrisa burlona.

—Sí, está bien, pero no hace que crezca el grano ni trae prosperidad del otro lado del mar.

—Ven aquí —dijo él en voz baja—, te voy a decir lo que hace crecer. En su compañía nunca te vas a aburrir, y eso sí podría pasar con un hombre al que solo le preocupan sus arados y sus cabezas de ganado.

La agarró por la pantorrilla y metió la mano bajo el vestido hasta llegar a sus tiernas nalgas.

—¡Ay, me has pellizcado!

Arnulf se desató el cinturón y buscó la hebilla a tientas. Frejdis se echó hacia detrás.

—¡Déjate puestos los pantalones! Grim termina de comer dentro de nada y vendrá para la guardia nocturna del ganado, nos va a ver.

—A un esclavo que va contando chismes se le arrancan los ojos. ¡Grim no nos va a delatar!

Frejdis se bajó el vestido hasta los tobillos y Arnulf se dio por vencido.

—Vale, vale, pero prométeme que mañana vienes conmigo al bosque. Encontraremos un claro que ni los animales conozcan.

Frejdis sonrió con la mirada, pero negó con la cabeza.

—Me estoy helando, aún hace frío para rodar por la hierba, y tú mañana tenías que ayudar a Aslak con el barco, ¿no?

Arnulf se encogió de hombros, indiferente.

—La verdad es que puede prescindir de mí. Estuve varios meses trabajando para él en el nuevo barco de Helge, pero construir un *knarr* no da gloria.

—¿Gloria? La riqueza es riqueza, se consiga saqueando o haciendo negocios.

Frejdis se puso de pie y se dirigió hacia la vaca, que había ido subiendo por la colina. Sus seductoras caderas se movían de lado a lado. Arnulf dio un salto y se acercó sin hacer ruido. ¡Tenía que agarrarlas! Se movían de una manera demasiado apetitosa como para resistirse.

—¡Barco a la vista! ¡Viene un barco! ¡Frejdis! ¡Arnulf! ¡Viene un barco, viene un barco!

El pequeño Ivar estaba en la colina haciendo gestos con un brazo mientras señalaba hacia el estrecho con un dedo. Luego echó a correr.

A Arnulf el corazón le dio unos latidos de más y su sangre empezó a correr con tanta fuerza que sintió vértigo. ¡Helge había vuelto a casa! Miró los ojos brillantes de Frejdis y estalló en carcajadas. Lanzó un aullido estridente y dio un gran salto.

—¡Vamos, Arnulf!

Frejdis lo cogió de la mano y pareció olvidarse de la vaca. Arnulf echó a correr tan rápido que tuvo que tirar de Frejdis. Le apretó la mano como si fuese la de Helge, y ella soltó un quejido. Desde lo alto de la colina vio que la oscuridad estaba envolviendo el estrecho, pero la vela ocre del barco de Helge brillaba como una estrella en el agua. Junto a la playa, la gente acudió exaltada y el ruido era atronador con los gritos y las risas. Las mujeres que tuvieron que prescindir de sus maridos durante tanto tiempo se abrieron paso hasta la orilla, y los niños gritaban y saludaban al barco e intentaban distinguir a sus padres y parientes en medio del creciente crepúsculo.

Era horrible aguantar la tensión y más de una parecía estar rezando a los dioses entre dientes, ya que no siempre todos los hombres volvían a casa o no volvían sanos del todo.

Stridbjørn, mientras gritaba, caminó hacia la pasarela que llevaba hasta el agua vestido con su mejor capote bordado y con la capa carmesí de las grandes ocasiones al hombro. La barba gris, que le llegaba hasta el pecho, estaba minuciosamente arreglada y llevaba puesta la cadena de plata en el cuello, ya que debía mostrar una apariencia acorde a su rango. En las manos llevaba el cuerno, brillante como el bronce, lleno de hidromiel, y el resto de los hombres reían y le daban palmadas en la espalda. Cuando Helge, el de Stridbjørn, volvía a casa, la fiesta estaba asegurada y se montaba de manera que nadie tuviera ninguna queja, pues Stridbjørn era rico. Rico a causa de todos los tesoros que su hijo traía a casa y que compartía generosamente con su familia. También Trud se despojó a toda prisa de su vestido de lana marrón y se puso el azul con broches de plata para la ocasión. Las cadenas de ámbar les brillaban en el pecho y las sinuosas y pesadas pulseras chocaban entre sí. No había en la aldea mujer más orgullosa que Trud, Stridbjørn le sonrió y levantó el cuerno. Arnulf no se preocupó lo más mínimo por su aspecto. Qué más daba si el capote era blanco o gris cuando Helge estaba volviendo a casa. Le enfadaba que el barco llegase tan tarde. Ya sería de noche cuando el asado estuviera bien hecho y los esclavos pudieran tener listas las gachas.

Los oficiales de Aslak, el constructor de barcos, encendieron teas, y Trud, con la cabeza bien alta, se puso al lado de Stridbjørn mientras chocaba las llaves contra el cinturón. En el barco respondieron a las antorchas y, a medida que se acercaban, la oscuridad se volvía más compacta, pero la vela amarilla daba más luz que la luna llena.

Rolf se arrimó a Stridbjørn y Trud riéndose y se atusó la rubia barba expectante; Stridbjørn le dio un cuerno de hidromiel e hizo gestos con los brazos. Rolf también se había quitado su ropa de diario y se había aseado superficialmente, ya que, aunque Arnulf dudaba de que hubiese echado de menos a Helge la mitad que él, a Rolf siempre le alegraba recibir a su admiradísimo hermano. Las antorchas ardían en la playa y se veía el brillo de las joyas de bronce y las miradas húmedas. Arnulf notó cómo Frejdis se inclinaba hacia él y la rodeó y le dio un fuerte abrazo. Era divertido tenerla ahí y que Helge los viera juntos cuando bajase del barco. ¿Acaso había mejor lugar donde poner el brazo que en la cadera de una mujer fogosa? Después de la expedición con Helge, se presentaría ante su padre con sus recién adquiridas riquezas y las pondría en la mesa como prueba de que era capaz de mantener a Frejdis. ¡Tenía que ser suya y Stridbjørn lo apoyaría, aunque tuviera que estrangular a su padre con su propia barba gris! Arnulf sonrió. Era posible que la gente de la aldea lo mirara de reojo debido a su carácter impetuoso y sus actos irreflexivos, pero, cuando demostrase su valía real y su valentía en la expedición, quizá aprenderían a pensar cosas mejores sobre él. ¡A Frejdis no le iba a faltar de nada! Tendría tantas cadenas de ámbar y de bronce como le cupieran en el cuello, y la despensa estaría hasta arriba de tocino y piezas de caza. Y esclavos tendría tantos que ella no tendría que hacer nada más en todo el día que peinarse su cabello dorado y compartir con él su hermosura sobre la piel de oso al lado del fuego.

—¿No bajas a darle la bienvenida a tu hermano?

—Sí.

Arnulf se giró hacia ella y le puso ambas manos en el rostro. Quería contarle lo feliz que estaba por el regreso de Helge y lo que sentía por ella, confiarle que le temblaba todo el cuerpo y las ganas que tenía de gritar y saltar, pero en lugar de ello la besó con una violencia y un ansia que la dejó tambaleándose y riendo. La soltó bruscamente y bajó corriendo la colina hasta llegar a la arena. Vadeó el agua hasta el lugar donde llegaría la proa del barco.

—¡Ahí estás! —lo increpó Rolf y le golpeó en el puño. Le solía hacer eso cuando estaba de buen humor. El golpe le debería hacer daño y echarle la mano hacia atrás, pero Arnulf lo aguantó bien y Rolf lo notó.

—Ay, potro deforme, ¿tienes un poema preparado para tu hermanito? Para eso vales, para recitar.

Stridbjørn le sacudió el pelo a Arnulf. Hoy estaba orgulloso de todos sus hijos. Arnulf no respondió, sino que miró hacia el barco, que ya tenía la vela bajada. Ya estaba cerca, tanto que ya se distinguía a los hombres que había a bordo y se escuchaba el chapoteo rítmico de los remos. Frejdis, que estaba ardiendo, llegó hasta Arnulf. El barco avanzaba, orgulloso como un águila, pero habían quitado la cabeza dorada de dragón de la proa y la sombra que comandaba la expedición de vikingos era más ancha que la de Helge. Arnulf se quedó mirando y se le empezaron a humedecer los ojos. ¡Era Halfred, el timonel de Helge! Arnulf se mordió la lengua y notó la sangre corriendo por las mejillas. ¿Helge no estaba con ellos? ¿Por qué estaba Halfred en su puesto en vez de estar sentado a su lado? ¿Se había quedado Helge con el rey? Debería de haberse subido al barco, ya lo había tenido allí mucho tiempo. ¿Lo habrían admitido en la guardia real? ¿Sería imposible eso? Arnulf se quedó helado, detrás de la decepción se escondía el miedo. Halfred levantó el brazo y le gritó algo a Stridbjørn, y este le devolvió el saludo. Un murmullo de inquietud se extendió entre los allí presentes, pero que Helge no

21

estuviera al frente no les arrebató la alegría a aquellas que reconocieron a sus maridos y parientes detrás del borde de la regala adornado con escudos. Arnulf se metió en el agua hasta las rodillas y notó como si sus pies fueran de plomo. Halfred tenía la mirada siniestra y los curtidos guerreros que llevaba tras de sí contuvieron sus sonrisas y la alegría por reencontrarse con sus seres queridos y miraron de reojo a Stridbjørn. Muchos tenían heridas y vendajes con sangre, como si acabaran de estar en una batalla, y el propio Halfred tenía una fea brecha en la frente. No había buenas señales y el capote de Arnulf se empapó de repente.

Halfred se bajó del barco de un salto y agarró la mano que le había tendido Stridbjørn. Arnulf no podía respirar. Sentía tal opresión en el pecho que le ahogaba por momentos. Los ojos de Stridbjørn ardían como hierro fundido y tenía la cara lívida como el hielo. Trud dio un paso al frente y tomó a Halfred del brazo mientras el cuerno de Stridbjørn caía al suelo.

—¿Dónde está Helge? ¿No ha venido con vosotros? ¿Está enfermo? —preguntó Trud con voz estridente.

Halfred la miró y su duro rostro se contrajo.

—¡Helge está muerto, Trud! Ha muerto. Lo mataron ayer por la mañana en Sælvig cuando volvíamos.

Esas palabras fueron como un cuchillo para Arnulf. Se le nubló la vista, creyó que se iba a desmayar. Quedó con la mirada perdida, pero oyó el grito desgarrador de Trud, que destrozó la oscuridad del estrecho, y notó la cálida mano de Frejdis sobre la suya. ¡Muerto! ¿Estaba muerto? Helge, su querido hermano, que volvería a casa para llevárselo de expedición. Le daría una espada. ¡No podía ser cierto! Frejdis le apretó la mano con la mayor fuerza que pudo, pero la mano de Arnulf estaba muerta y él tuvo que respirar muy rápido para poder coger aire. La fuerza del mar y el rumor de la arena bajo sus pies le hizo tambalearse.

Las palabras de Halfred provocaron gritos de dolor por Helge, y muchas mujeres que estaban junto al barco estallaron en llanto, pero Stridbjørn estaba firme como una roca mirando fijamente a Halfred, aunque con la comisura de los labios preguntó:

—¿Que lo han matado, Halfred? ¿Quién?

Halfred se tocó su barba manchada. Trud se hundió lamentándose y se arrancó las cadenas de ámbar del cuello mientras las demás mujeres se agruparon en torno a ella.

—Fue un hombre de Haraldsfjord con mucho poder, Øystein Ravnsbane [1] . Helge había yacido con su hija en contra de su voluntad después de una borrachera en una plaza comercial y Øystein se lo tomó a mal. Nos estuvo esperando medio invierno en las cercanías de la casa real y nos siguió hasta Sælvig.

Harald sacó una espada que Arnulf reconoció. Era de Helge, se llamaba Ormstand y llevaba dragones entrelazados tanto en la empuñadura como en la hoja, además de incrustaciones de plata. La espada estaba intacta y la mano de Stridbjørn tembló al recibir la preciada arma.

—Cayó al suelo cuando Øystein le cortó el brazo a Helge, pero él acabó en el mar y se hundió, por eso no hemos podido traérnoslo —relató Halfred con un profundo suspiro.

A Arnulf se le revolvió el estómago y luchó contra un violento escozor en la garganta. Frejdis le rodeó el pecho con el brazo, como si quisiera presionarlo, y Arnulf oyó su propio gemido atormentado. Le ardía el rabillo del ojo. Se zafó de Frejdis, apretó los dientes y los puños con tanta fuerza que temblaron. ¡Sabe Tyr que no se quedaría lloriqueando ante los ojos de los siervos y las mujeres como si fuera un niño más! Su hermano era un guerrero y había caído en batalla, y, con toda seguridad, no estaría insatisfecho con ese destino. Stridbjørn no dijo ni media palabra y Halfred apartó la mano de la barba y continuó:

—Helge cayó en un combate con las fuerzas igualadas, y vengamos su muerte y matamos a Øystein y a todos sus hombres y quemamos sus barcos. Y capturamos a su hijo como esclavo. Si Trud o tú queréis más venganza, llevadlo con vosotros.

Halfred hizo una seña con la mano y dos hombres del barco obligaron a un joven a bajar por la regala y lo arrojaron a los pies de Stridbjørn. Lucía un capote señorial bordado de color azul oscuro y el pelo y la barba eran morenos y estaban bien recortados. Tenía colgando del cuello una gruesa cadena de plata con un martillo de Tor y el brazo lleno de brazaletes de plata. Llevaba las manos atadas a la espalda y se le vio una mirada furiosa y altiva cuando la alzó e intentó ponerse de pie. Halfred cogió la cuerda que llevaba atada al cuello y lo tiró al suelo, pero el noruego peleó por levantarse y no se quedó de rodillas hasta que no le pusieron un cuchillo en la nuca. Halfred le escupió con desprecio.

—No tienes que temer represalias de los hombres de Haraldsfjord, Stridbjørn, se han borrado todas las pistas y nunca averiguarán dónde falleció su señor. Y nunca un hombre luchó con tanta valentía como tu Helge. Cuando perdió el brazo, cogió el hacha con la mano izquierda y dijo gritando que no había motivo para rendirse solo por haberse hecho un corte, y, cuando la espalda de Øystein lo atravesó, me pidió que os diera recuerdos y una disculpa por que el reencuentro se tuviera que posponer. Luego cayó al agua y yo amenacé a Øystein antes de que le diera tiempo a vanagloriarse de su fechoría.

Stridbjørn asintió brevemente. Sus blancos nudillos estaban alrededor de la funda de la espada de Helge. Trud sollozaba de una manera desgarradora y se echó arena en el pelo, y Rolf estaba callado y pálido como un cadáver con los pulgares en el cinturón, dando bufidos mientras clavaba los ojos en el agua negra que se tragó a su hermano. Arnulf miró la espada. ¡Helge le había prometido una espada así! Ya no habría expediciones llenas de anécdotas ni batallas ni saqueos, el nuevo barco de Helge nunca llevaría a su hermano a realizar hazañas y él ni siquiera atesoraría riquezas para ofrecérselas al padre de Frejdis. Sentía el cuerpo como si fuera una vasija agujereada y todo su ser interno parecía licuarse y desaparecer en la arena. Halfred tiró la cuerda del esclavo al suelo y le puso la mano con fuerza a Stridbjørn en el hombro.

—Helge está ahora entre los *einheriar* y, cuando los dioses llamen a la última batalla en el Ragnarok, él irá el primero.

—Gracias, Halfred —dijo Stridbjørn con la voz empañada, pero firme—, y gracias por todo lo que habéis hecho por Helge. Nunca ha podido reprocharles nada a sus hombres, siempre le habéis servido con lealtad y gallardía. —Miró a su alrededor y alzó la voz—. Mi hijo ha muerto, pero el banquete ha de celebrarse. Bebamos en su honor y alegrémonos de que su sitio en Valhala ya no esté vacío.

Sus palabras fueron recibidas con grandes gritos y Halfred sacó su espada y comenzó a golpear la hoja contra el barco mientras gritaba el nombre de Helge. Todos los que estaban a su alrededor y llevaban armas las desenvainaron y las golpearon de igual modo contra algo que hiciera ruido mientras gritaban, e incluso Rolf golpeó el barco con la mano. La arena parecía temblar con el estruendo y los gritos, y Arnulf se irguió y respiró hondo. Tenía ganas de gritar y dar golpes o echar a correr y esconderse en la oscuridad. Le temblaba cada músculo del cuerpo mientras el dolor del pecho se acentuaba y se sentía como si se le hubiera clavado la punta de una afilada flecha de hielo, pero avanzó con tranquilidad hacia Stridbjørn y Rolf.

Ahora que ya habían comunicado la triste noticia, la alegría comenzó a brotar con desenfreno. Tras el momento del griterío, los retornados guerreros enfundaron las espadas y comenzaron a reír y a lanzar al aire a sus esposas e hijos. Los hombres se agarraron del cuello con sus fuertes brazos y sacaron regalos. Tuvieron que ayudar a unos cuantos hombres con cojera a bajar del barco.

Trud se fue a trompicones, llorando y apoyada por las mujeres, y muchos se encaminaron hacia la aldea cogidos por los hombros o portando sacos y cofres del barco. Stridbjørn se acercó a él y puso la mano encima como si fuera un apreciado caballo.

—Lo has transportado bien —murmuró con la voz apagada—. ¡Gracias también a ti! —Después miró brevemente a Arnulf—. Ata al nuevo esclavo en la cabaña y dile a los demás que mataré a cualquiera que se acerque a él.

Si Helge no hubiera muerto, Arnulf se habría negado y habría dicho que ese no era su trabajo, pero asintió en silencio y cogió la cuerda. El noruego le dirigió una mirada feroz y Arnulf hizo un movimiento con la cabeza. El preso se puso de rodillas y pareció querer acompañarlo sin oponer resistencia. Arnulf vio que le costaba mantenerse de pie. Stridbjørn se giró con la mano en el brazo de Rolf y fueron a buscar a Trud mientras muchos de los habitantes de la aldea se agruparon tras él y comenzaron a gritar de nuevo el nombre de Helge. Stridbjørn sujetaba la Ormstand con el brazo extendido, era el honor que le podía mostrar a su hijo fallecido. Arnulf los siguió con la vista y Frejdis, que recogió las perlas de ámbar de Trud esparcidas por el suelo, lo miró afligida por haberlo abandonado. Cuando le pasaba algo serio, prefería estar solo, y ella lo sabía.

Arnulf no le metió prisa al noruego que cojeaba, sino que se separó lentamente del barco y fue por la orilla hacia el final de la aldea, donde estaban las casas de los esclavos. Le vendría bien alejarse de los demás y de las antorchas, ocultarse en la oscuridad, donde nadie pudiera verle la cara. Le pesaban las piernas y cada paso de repente era nuevo e insólito, como si la muerte de Helge hubiera cambiado de golpe incluso la marcha y la continuidad del mundo. El agua chapoteaba sorda en la orilla de la playa y la luna estaba casi llena sobre el estrecho y las negras copas del bosque. Brillaba con toda su fuerza, como si estuviera homenajeando a Helge. Derramaba plata sobre el mar, que ahora era su tumba. Los pantalones de Arnulf estaban empapados hasta los muslos y él temblaba y peleaba para no derrumbarse y dar rienda suelta a sus lágrimas. Helge, su hermano, había muerto. Todo se venía abajo. No solo Helge, también toda su vida, su expedición, sus ansias de viajar y todas las esperanzas de conseguir a Frejdis.

Los hombros del noruego se ladeaban mientras iba cojeando por la arena y Arnulf se detuvo y miró hacia el agua. Ya no se podía divisar ninguna vela, por muy clara que fuera. Helge ya no podría botar su nuevo barco. Arnulf sabía exactamente en qué fila se habría sentado. A Aslak le complació tanto que lo ayudase que le había dado permiso para tallar un águila justo en el tablón del agujero del remo. Y Trud estuvo todo el invierno trabajando la vela con los esclavos. Al menos Stridbjørn pudo recibir permiso para incinerar el cuerpo sin vida de su hijo en ese barco. Helge debería llevárselo al Valhala, tenían que quemarlo con él, llenarlo de caballos y armas, pero Helge se había arrojado al mar con su mortal herida. ¿Por qué?

Un repentino tirón hizo que las manos de Arnulf soltasen la cuerda. El noruego había emprendido la huida y se fue hacia el bosque saltando como una liebre. Los pies no le fallaron en absoluto. Arnulf dio un grito e inició la persecución mientras la ira le daba alas a sus piernas. ¡Que el esclavo se permitiera burlarse de él de aquella manera y escaparse al bosque para esconderse allí por la noche! ¡Tenía que enseñarle al miserable hijo de un maldito asesino cuál era su sitio!

El preso corrió rápidamente con todo por ganar, pero Arnulf conocía cada piedra que había alrededor de la aldea y estaba lo bastante furioso como para ser el más ágil de los dos. El brillo de la luna lo iluminaba todo con gran claridad. Alcanzó al noruego en la linde y se lanzó sobre él de manera que ambos rodaron sobre las hojas secas que había en el suelo. El preso intentó morderlo, pero no pudo defenderse con las manos atadas a la espalda, y Arnulf cogió la cuerda, la pisó y el cuello del noruego quedó pegado al suelo. Incluso él dio un respingo y la ira hizo que se le pusieran los ojos en blanco. Helge había muerto y el padre de este cautivo era el culpable del asesinato. Preso de una furia irrefrenable, golpeó en la tripa al noruego, que dio un grito ahogado y se hizo un ovillo. Arnulf quería venganza. Venganza por el dolor del corazón que mordía como un gusano, por los llantos de Trud y por la desesperación oculta de Stridbjørn. En el cuerpo no cabía una tristeza tan horrible, tenía que sacarla, tomar aire, ¡venganza! El noruego gemía, y Arnulf gritó y notó las lágrimas bajando por las mejillas como hierro candente. Volvió a patear al hombre y le golpeó las costillas, con lo que acabó doliéndole el pie. El preso intentó protegerse, pero Arnulf le dio otra patada, esta vez en el costado, incapaz de reprimir esa locura furiosa que lo devoraba. Todo a su alrededor desapareció, y la rabia y la tristeza bullían por todo el cuerpo como la marea viva. ¡Venganza! ¡Quería venganza! Era posible que Halfred hubiera matado a Øystein y le hubiera hecho pagar su fechoría con la vida, pero Arnulf también tenía derecho a vengar a su hermano, igual que Rolf, y el canalla que tenía a sus pies merecía cada patada, tenía ganas de inflar a golpes su miserable cuerpo.

El noruego jadeaba e intentaba desesperadamente huir rodando, pero él lo miró con una mueca. Había algo en su mirada que hizo que Arnulf reflexionase y con un esfuerzo físico detuviese su violento acto; las personas que había alrededor parecieron darse la vuelta hacia él. El capote estaba empapado en sudor. El noruego yació encogido en el bosque jadeando como si estuviese dando su vida por finalizada. Arnulf dio un paso atrás agarrando la cuerda con fuerza y dejó, sin aliento, que la ira se calmase un poco. El preso se puso de rodillas con la frente en el suelo y tomó aire entre estertores. La luna brillaba entre las verdes ramas con la suficiente fuerza para que Arnulf pudiera verlo con claridad. Tenía, como mucho, veinte años. Era de Noruega. Helge le había hablado emocionado de Noruega, de sus montañas y de sus cascadas. Pero a este hombre Arnulf lo odiaba.

El preso comenzó a retomar el aire, ahora se quejaba más por el dolor.

—¡Levántate, perro, y da gracias de que no te corte el cuello!

El noruego alzó la cabeza.

—¡Me has roto las costillas!

—Ah, voy a ponerme a llorar. ¡Arriba!

El preso se puso de pie, pero no podía sostenerse y tuvo que apoyarse, medio agachado, en un árbol. Arnulf aguardó, ya que no quería llevarlo a cuestas. El noruego fue recobrándose y lo miró. Sus claros ojos no mostraban resentimiento, más bien una profunda desesperación y tristeza, tosió dolorido y los cerró un momento.

—Déjame irme, Arnulf —dijo afónico.

Arnulf abrió los ojos asombrado.

—¿Irte? ¿Has perdido el juicio? ¡He perdido a mi hermano! ¡Tu padre lo acaba de matar y me pides que te suelte! Como si merecieras otra cosa que el que te apalee como la bestia que eres.

—¡Y yo he perdido a mi padre! —El noruego abrió los ojos e intentó erguirse y prosiguió—. He perdido a mi padre y a muchos amigos. —Se quedó en silencio, jadeó y continuó—. Mi tío también iba en aquel barco. Tu tristeza no es ni la mitad de grande que la mía y no fui yo quien mató a tu hermano. ¡Déjame irme!

Apoyó la cabeza en el árbol y pareció extenuado.

—¿Entonces mi padre pierde a su hijo para después dejar que el maldito de su asesino se vaya corriendo? —escupió Arnulf con resentimiento.

—¡Mi padre perdió la vida! —exclamó el noruego con los ojos inyectados en sangre—. ¡Y tu maldito hermano deshonró a mi hermana, que ahora lleva dentro un niño al que no quiere tener!

Arnulf sintió cómo le bullía la ira por la sangre. ¡Cómo osaba!

—Stridbjørn pronto te va a quitar la manía de responder. Y si lo suplicas de rodillas, quizá me calle que intentaste exigir tu libertad. ¿No sabes cuál es el castigo para un esclavo que huye?

Los ojos del noruego se inyectaron en fuego y se puso erguido.

—¡No soy un esclavo! ¡Tengo un nombre, Arnulf, igual que tú! Me llamo Toke. El hijo de Øystein Ravnsbane. Ese nombre es conocido allende Haraldsfjord y muchos más hombres de los que piensas estarían dispuestos a vengar a Øystein en cuanto tengan noticias de su muerte.

Arnulf resopló y no se dejó avasallar.

—Esclavo, eso es lo que eres, y dejaremos que tu nombre lo decida Trud.

Toke negó con la cabeza e insistió.

—Desátame y di que me escapé. No te arrepentirás de este trato, te recompensaré abundantemente el día que tu camino te lleve hasta mi fiordo.

Arnulf sintió la necesidad de darle más patadas al noruego, pero se contuvo.

—Helge tenía que volver a buscarme, ¿tan tonto eres como para no entenderlo? Nos íbamos a ir juntos de expedición, traía una espada para mí. He ayudado a Aslak a construir su nuevo barco, ¡y ahora está muerto!

Toke agachó la cabeza un momento.

—¡Debes odiarme!

—¡Pues claro! —gritó Arnulf furioso acallando el insolente discurso del esclavo, pero sin perder la compostura ni dejar que un extraño lo viera llorar.

—Si quieres salir de expedición, mayor motivo es para que me sueltes; mi barco está en Noruega esperando a que reúna hombres para mi primera travesía sin Øystein —exclamó Toke—. Vente, Arnulf, y deja aquí tu tristeza. Este año quiero ir hacia el oeste. Un islandés me ha hablado de un buen lugar con mucha plata.

Arnulf negó con la cabeza y entrecerró los ojos con ira.

—¿Que tengo que darle la espalda a mi familia y largarme con un esclavo? ¿Quién te crees que soy? Toke Øysteinsøn, va a pasar mucho hasta que vuelvas a navegar, y, cuando Stridbjørn tenga tiempo de coger el látigo, te vas a tragar el orgullo y te arrastrarás ante él.

Tiró de la cuerda y Toke casi se desequilibró. Este se calló y empleó sus fuerzas en seguir a Arnulf, que caminaba con fuerza, lleno de indignación. No hubo más palabras durante el camino a la cabaña de los esclavos, y Arnulf no derramó más lágrimas, pero era como si el corazón quisiera salírsele del pecho y deseaba librarse lo más rápido posible del noruego loco y de su charlatanería.

***

La parte de la aldea donde vivían los esclavos estaba vacía, puesto que estaban todos preparando la comida para la fiesta en honor de los vikingos retornados, pero Arnulf encontró una lámpara de aceite de ballena junto a un batiente, la encendió y tiró de Toke, y lo llevó a la cabaña más pequeña. La usaban para guardar yesca y vasijas de barro, y Arnulf empujó a Toke al interior, hasta el pilar central que sujetaba el techo permeable.

—¡Siéntate!

El noruego obedeció con una mirada punzante y Arnulf le soltó la cuerda del cuello y la usó para atarle con solidez los brazos al pilar. Toke alzó la vista.

—Piensa en mi propuesta, Arnulf. Muchos hombres experimentados recibieron la oferta de navegar en mi barco de guerra y confiar en que la suerte de mi padre me acompañase.

Arnulf le puso el puño a Toke en el mentón.

—¡La suerte de tu padre! ¡Una palabra más y te arranco los dientes! Mejor piensa en lo que te he dicho: acostúmbrate a tu oficio de esclavo, ¡tú decides cuán dolorosa ha de ser tu vida aquí!

Apagó la lámpara de un soplido y no se dignó a prestarle más atención a Toke, sino que salió de la cabaña y dio un portazo. ¡Ojalá Hel viniera a por el noruego esta misma noche! ¡Ese hombre era insoportable! Así que eso era lo que se conseguía al tener esclavos: peleas y molestias. Arnulf escupió enfadado. ¡Tener que estar en dimes y diretes con un hombre no libre justo cuando acababa de enterarse de la muerte de Helge! Quería irse a casa y escuchar lo que contaban Halfred y los demás guerreros. La tristeza la ahogaría en hidromiel e intentaría olvidar por un momento que había perdido a un hermano.

Le chorreaba el sudor por la espalda, aunque el aire era fresco, y no sentía las piernas. Se mordió el labio. Le temblaba todo el cuerpo y apretó los puños. Volvió a escupir y apretó tanto el puño que le crujieron los nudillos, pero las lágrimas querían salir, vencerlo, tirarlo al suelo entre convulsiones. ¡Maldita sea, un hombre no llora, bebe! Arnulf obligó a sus pies a alejarse de la cabaña de los esclavos, pero no fueron a la casa de Stridbjørn, intentaron volver al mar y echar a correr. Primero lentamente, pero pronto saltó como un toro que embiste, corrió, y el corazón le retumbaba, le dolían los pulmones y el sabor de la sangre se extendió por la boca. Lloró con la boca bien abierta mientras corría por la playa, por delante de la aldea, de los barcos y del taller de Aslak hasta la desembocadura del arroyo de las truchas. Allí cayó de rodillas y se hizo una bola. Dando sacudidas, gimoteando aturdido mientras el dolor lo inundaba con oleadas furiosas, cada una peor que la anterior. Helge había muerto. Helge había muerto.

***

Cuando hubo arrojado las últimas lágrimas y sentido los ojos secos, alzó la cabeza de nuevo. La luna seguía reflejándose en el agua, en la tumba de Helge. Arnulf se sentó, humillado y miserable, pero aún no había expulsado toda la furia. La sangre bullía por las venas como el agua que se mezcla con el hierro candente en la herrería. El cuerpo le pedía hacer algo, y el corazón latía casi atravesándole las costillas. ¡Por Tor! ¿Por qué tuvo Halfred que vengar a Helge? Si se hubiera vuelto a casa, Stridbjørn podría haber reunido a unos cuantos hombres, poner rumbo a Haraldsfjord para vengarse y Arnulf podría haberse puesto a afilar un hacha y enfundar una espada en vez de estar aquí lloriqueando como una niña.

Se puso de pie lentamente. Tenía los pantalones mojados por el rocío de la hierba y se sintió mareado. Las teas seguían ardiendo en la playa, en el lugar donde Halfred y los vikingos habían tocado tierra, y no lejos de allí estaba calzado el nuevo barco de Helge, acabado y preparado para su primera botadura con la cabeza de dragón pintada de rojo en la proa. Se veía negro bajo el cielo y la luz de la luna, con sus formas sencillas, presuntuosas y bandeadas, y nadie le llevó la contraria a Aslak cuando dijo que en su vida había construido un barco tan bueno. En él había empleado todo su talento e ingenio, y no se le escapó el menor detalle. Ahora no transportaría a Helge, no surcaría obediente las olas con sus manos agarrando los remos, no levantaría sus alas ni dejaría que el invierno se aferrase a la lana tupida, su destino estaba escrito, había muerto un sueño.

Arnulf se fue a trompicones por la orilla hacia el barco. Le volvía a doler la garganta y le costaba respirar. Todo lo que no fuera el barco se apartaba de su vista y era como si creciera hasta ser más grande que el cielo nocturno que había tras él y más negro que la mismísima muerte.

¡Nadie más que Helge tenía derecho a montar en ese barco! Era suyo, y cualquier otro ensuciaría los tablones si subiera a bordo. Sería un desprecio hacia su hermano deshacerse del barco. El cuerpo de Helge estaría en el fondo del mar mirando la quilla sabiendo que se lo habían arrebatado.

Arnulf echó a correr de nuevo. No, nadie debía tocar el barco de Helge, de eso se iba a encargar él, y si no podía empujarlo hasta el agua y dejar que la corriente se lo llevase, lo heriría de muerte, ¡una herida que ni siquiera Aslak podría curar! Llegó sin aliento al lugar donde construían los barcos y corrió sobre la gruesa capa de virutas y astillas. La enorme hacha estaba adosada al nuevo pilar que Aslak y sus mozos habían esculpido los días anteriores, y Arnulf la agarró por el mango con ambas manos. Con un grito blandió su arma y hundió la cabeza del hacha en los tablones laterales con tanta fuerza que el hierro se picó. Lo arrancó y golpeó con todas sus fuerzas, saltaron astillas y el fuselaje cedió. Los gruesos tablones no pudieron resistir su rabia y la madera crujió y se rompió mientras los remaches se soltaban y se caían al suelo. El hueco abierto debajo de la línea de flotación se hizo más grande y Arnulf redobló sus energías gracias a la furiosa tristeza que dominaba a su brazo. Una y otra vez atacó a la madera, como si quisiera abrirse paso hasta el Asgård para traer a Helge de vuelta. Los chorros de sudor aliviaban el dolor del pecho mientras golpeaba el lateral del barco sin parar y se lanzó hacia él a ciegas gritando a los cuatro vientos su insoportable pérdida. El hacha rompió los tablones minuciosamente acoplados, profanó el borde de la regala, desgarró la quilla y atentó contra la cabeza roja del dragón.

—¡Por todos los dioses y gigantes! ¿Te has vuelto loco, chaval?

Con un golpe en el brazo, detuvo los golpes del hacha y una férrea mano agarró el codo de Arnulf. El rostro barbudo de Aslak apareció ante su mirada atravesando el sudor de su frente. El constructor del barco estaba negro hasta la exasperación. Con un grito, le arrebató el hacha a Arnulf y la tiró a la playa con los ojos desorbitados, e inmediatamente zarandeó a Arnulf haciendo que le rechinasen los dientes.

—¡Maldito niñato! ¿Qué has hecho? ¡Tendría que cortarte las manos! Si no fuera el mismísimo Stridbjørn quien te crio…

Aslak estaba tan enfadado que no le cabían en la boca todas las amenazas. Arnulf quería escapar del dolor que le provocaba, pero Aslak no era un enclenque, sus brazos estaban curtidos por el trabajo que había hecho toda su vida con maderas y hachas.

—Este barco es de Helge —se defendió Arnulf con los dientes castañeando—, nadie tiene permiso para usarlo. ¡Solo le estoy dando a Helge lo que le corresponde!

Aslak le retorció el brazo y se lo puso en la espalda, y Arnulf gritaba y creía que se iba a romper. Los dedos del constructor lo agarraron del cuello con una fuerza letal.

—¡Ah, eso crees! ¡Maldito crío! ¡Eres una maldición para todos! Destrozar el barco... ¿En qué estabas pensando? ¿Y qué fechoría cometerás después? ¿Quemar toda la aldea? ¿Te crees que Helge te daría las gracias por destrozarle el barco de esa manera? Stridbjørn y Trud deben de estar llorando con amargura porque se les ha muerto el hijo equivocado. ¿Qué les has traído sino disgustos y desgracias?

Esas palabras fueron como un golpe bajo y se olvidó de oponer resistencia. Aslak no demoró en alejarlo del barco a empujones haciendo que Arnulf se tambalease. Las palabras resonaban en su cabeza y el dolor del brazo era terrible. ¿Tenía razón Aslak? ¿Sus padres pensaban eso? Toda esa fuerza que le había enrabietado se apagó de inmediato y una profunda desdicha debilitó sus extremidades. Aslak estaba furioso, pero por eso podría haber dicho la verdad, y la desesperación era casi peor que la tristeza. Si la muerte de Arnulf pudiera traer de vuelta a Helge, ¡se cambiaría por él y se clavaría un cuchillo!

Sin voluntad, se dejó llevar a empujones hasta la aldea sin escuchar los exabruptos de Aslak, pero, antes de llegar a la casa más grande, la terquedad se volvió a apoderar de él. Pensaran lo que pensaran Stridbjørn y el constructor, el barco nuevo seguía perteneciendo a Helge y debía acompañar a su hermano en el viaje al otro mundo.

No había nadie entre las casas, estaban todos al calor del hogar excepto Halfred y los vikingos que tenían granjas lejos del mar. Iban a ser huéspedes de Stridbjørn y de Trud durante unos días para descansar tras la travesía, y a Arnulf no le agradaba humillarse ante hombres tan valientes. Se enderezó y puso los pies delante de la puerta de la casa de su padre, pero Aslak quería entrar y lo agarró del brazo con firmeza. El dolor se volvió insoportable y, como Arnulf no quiso volver a gritar, no vio otra salida que abrir la puerta.

La casa de Stridbjørn era enorme. Más allá de las camas, que estaban pegadas a la pared, y la chimenea abierta, había espacio para una gran mesa de madera de roble con sus correspondientes bancadas. Por regla general, estaba situada a un lado, pues era más cómodo sentarse en la zona elevada que usaban para dormir y comer o manejar el cuchillo cerca de las brasas, pero ahora estaba en el centro destapada y habían desempolvado las bancadas y las habían revestido de suaves pieles. La gran tela de Trud tenía su lugar al lado de la puerta para poder llevarlo fácilmente con el buen tiempo y en las paredes había escudos y pieles que servían como adorno y como protección contra la corriente. Bajo el techo había carnes ahumadas entrelazadas con verduras secas y arcos, hachas y espadas a una altura adecuada para que los chavales curiosos no pusieran las manos encima.

Cuando entraron Arnulf y Aslak, los hombres ya habían tomado asiento con los cuernos de hidromiel mientras las mujeres y los esclavos hacían la comida. Stridbjørn estaba sentado en un extremo de la mesa con Halfred a su lado y la Ormstand y el gran cuerno bañado en bronce delante de ambos. Trud seguía llorando, pero, aun así, seguía junto al asador sin que pareciera querer renunciar a su condición de patrona con tantos invitados a la mesa, y en las esquinas o sobre las pieles estaban sentados los niños con los ojos abiertos cuchicheando.

Arnulf dio tal portazo que todos dirigieron sus asombradas miradas hacia él, y Aslak lo obligó a entrar mientras le golpeaba la espalda y lo soltaba. Arnulf cayó al suelo, pero se puso en pie de inmediato, y Aslak, temblando de indignación, lo señaló mientras miraba a Stridbjørn.

—Preferiría no traer más noticias malas a esta casa que las que ha traído Halfred, pero tan grande ha sido la huella que ha dejado tu hijo mayor como inconsciente el comportamiento de tu hijo menor. Arnulf ha destrozado a hachazos el nuevo barco de Helge. Con tal precisión que apenas podrá volver al mar por el momento, ¡si es que vuelve!

Stridbjørn lo miró atónito, enrojecido por la ira, y muchos hombres gritaron enfurecidos. Arnulf se irguió y, cuando su padre se levantó lentamente y tomó aire, lo miró fijamente a los ojos. Parecía un animal salvaje herido que quería pasar al ataque, pero, justo antes de que estallase, Arnulf le cortó y gritó colérico:

—¿Tú no le darías el barco a Helge en la incineración? ¡Si Halfred no hubiera cometido la negligencia de dejar que el cuerpo de Helge se hundiera en el agua, tú habrías sido el primero que lo habría puesto en el barco y habrías prendido la antorcha!

Stridbjørn abrió la boca para responder, pero Halfred se puso de pie mientras golpeaba la mesa de roble, haciendo que la Ormstand chocase con el cuerno de bronce.

—¿Cómo osas? ¡Si fueras mi hijo, te arrancaría la lengua! ¿Te crees que hay tiempo de ponerse a rescatar a los muertos cuando estás luchando como si estuvieras en medio de las ruinas del mundo? ¡Cuando Helge se hundió, tenía a Øystein pegado a mí!

Arnulf apretó los puños mientras gritaba.

—¡Y si yo hubiera estado ahí, nunca habría dejado que mi hermano desapareciera de ese modo, bien lo sabe Tor!

—¡Ya basta! —vociferó Stridbjørn, y las mujeres y los niños se agazaparon—. ¡Chitón, Arnulf! ¿No tiene fin la deshonra que traes a la casa de tu padre? ¡Aquel que nunca ha sentido un corte echa sal en las heridas, y el que nunca ha vencido a adversarios más grandes que cuervos y corzos no tiene derecho a apelar al nombre de un dios de la guerra!

Caminó amenazante hacia Arnulf, que no se dejó intimidar, pero apareció Trud y se interpuso entre los dos. Alzó los brazos, su voz era firme, aunque apagada.

—Mi hijo es joven y todos sabemos que le corre la sangre por las venas. Actúa sin pensar y la tristeza lo ha desquiciado como a mí, y por eso debéis disculparlo. —Miró a su alrededor y cruzó la mirada con cada uno de los vikingos—. Aquí se bebe y, cuando el hidromiel y la tristeza se mezclan con los hechos y las palabras deshonestas, es fácil desenvainar las espadas, ¡pero hoy ya he perdido a mi hijo mayor! ¡Por insoportable que haya sido su comportamiento, dejadle y perdonadle! Aslak, ese barco no te supone ninguna pérdida, y, Halfred, si Arnulf te vuelve a ofender mañana, llévatelo al bosque y enséñale todo lo que quieras sobre honor y respeto.

Arnulf miró al suelo, profundamente avergonzado por ver a su madre salir en su defensa como si fuera un niño que no podía arreglárselas solo. ¡Y como si hubiera motivos para arrepentirse de algo! ¿Era él el único que le estaba dando a Helge un entierro decente? ¿Qué no pensaría Heimdal cuando las valquirias llevaran a su hermano al Bifrost con las manos vacías?

Halfred refunfuñó y asintió mientras se sentaba, y Rolf se puso de pie, agarró el cuerno de hidromiel y se llevó a su padre

40

al sitio de honor. Miró cortante a Arnulf y señaló la puerta, y Trud le pidió a Aslak que se sentase a la mesa y esperase en buena compañía a que llegase la comida. Aunque la mayoría estaban de acuerdo en que Arnulf respondiera por el barco en ese mismo instante, nadie se opuso a lo que dijo Trud, ya que la palabra de una señora en su casa era ley y tenían que respetar su dolor. Arnulf miró a su alrededor, pero solo se encontró con miradas implacables y el ambiente estaba que ardía. Exclamó amargamente, se giró y buscó la puerta. ¡Si tenía que ser así, se podrían librar de él! ¡Ahí estaba el hijo en la casa, evidentemente no era bienvenido al funeral de su propio hermano!

El portazo que dio al cerrar la puerta fue más fuerte que el dio al abrirla, y se fue cojeando hasta la baja valla que rodeaba la casa. Se detuvo y se tambaleó junto a la puertecilla abierta y ocultó el rostro entre las manos. Le dolía muchísimo el brazo y todavía notaba los dedos de Aslak en la nuca. Dentro de la casa estaban brindando, oía las risas y los gritos del resto de casas. Cantaban. Todos estaban de fiesta menos él y se sintió enfermo de autocompasión. Incluso los perros se habían colado para devorar los huesos. Arnulf tembló. Los pantalones seguían mojados y el capote húmedo por el sudor. La luna parecía clavar sus grandes ojos pálidos en él y las tapias de las casas le daban la espalda como si quisieran conservar la cálida vislumbre que se escapaba por las grietas y las puertas medio abiertas.

¡Maldita aldea! ¡Maldita panda de cagados que la habitaba! ¡Y maldito Helge, que lo había abandonado y se había dejado matar en un momento de exaltación! Ninguno de los hombres de aquí le ofrecería un puesto en el barco para la expedición anual de saqueo y lo juzgarían toda la vida por pisarle los talones a Rolf por los campos de piedras o por coger arenques del agua.

¡Maldita vida! ¿No entendían nada? Tenía dieciséis veranos y estaba listo para viajar y luchar, y lo habían expulsado por hacer unos arañazos en un barco de remos. Lo habían echado de casa con nada más que un capote y un arco. ¡Justo antes estaba listo para soltar a Toke en la cabaña y darle la espalda a Egilssund para siempre!

Arnulf se fue mascullando por los tablones de madera, salió de la aldea con la cabeza bien alta. Sus piernas conocían el camino que llevaba al bosque, donde podría encontrar un sitio para dormir. El sendero dirigía al arroyo de las truchas y los árboles de la miel, y desde allí tenía su propia cañada por la que deambular.

Arnulf caminó errante. Tenía su sitio bosque adentro bajo las ramas enmarañadas de los árboles más frondosos y no era infrecuente que se pasara los días muertos perdido en el bosque. Los árboles lo conocían; los animales, también, sobre todo los lobos que había en las grandes rocallas. Vivían en las grietas y en las cavernas, y Arnulf estuvo buscándolos desde su décimo invierno. No los temía y ellos nunca lo atacaban. Cuando aparecía por las colinas, a veces corrían inquietos a su alrededor y gruñían amenazantes, pero después lo dejaban y se mantenían a un par de brazos de distancia. Arnulf los respetaba, pero se veía a sí mismo como un miembro de la manada y había aullado con ellos más de una vez, cuando la luna llena estaba sobre las rocallas haciendo hervir la sangre de los lobos. Frejdis era la única que sabía lo que hacía cuando estaba allí y que los aullidos que despertaban y asustaban a los niños no siempre provenían de los lobos. Una vez le dijo que era lo que se podía esperar cuando un hombre que tiene nombre de oso le ponía a su hijo un nombre de águila y lobo [2] . Esa lucha mutua entre animales que había en Arnulf era lo que lo volvía loco. Arnulf no tenía ninguna opinión sobre aquello, pero sí le inquietaba.

Y esta noche más primaveral que nunca, caminó bajo los árboles sin descanso y sin rumbo fijo mientras despotricaba contra todo y contra todos. Especialmente, contra Helge, que lo había decepcionado de una manera muy cruel, pero también contra Stridbjørn, que siempre ensalzaba a sus otros hijos y presumía del talento que tenían. ¿Quizá pensaba que así podía conseguir que Arnulf evolucionase? ¡Ni por asomo! Helge lo había enfocado de una manera totalmente distinta. Fue él quien le dio a Arnulf el barco y la espada de madera y le enseñó a usar ambas armas lejos de miradas curiosas y valorativas. Helge nunca le había reprochado nada, solo le había corregido movimientos y le había mostrado cómo apuntar y golpear. Debía de opinar que Arnulf había completado su aprendizaje, ya que se dejó matar a una edad muy temprana. ¡Muy mal hecho!

Bien pasada la medianoche, Arnulf lamentó haber pronunciado esas duras palabras, y, entre susurros, se disculpó ante Helge mientras se acurrucó a la orilla del lago de los mosquitos. Allí se durmió, exhausto por su propia ira y sus llantos sin la menor protección ante las primeras picaduras del año. No importaba nada. No importaba nada en absoluto. Y si de noche lo sorprendían los animales salvajes, podía ser una liberación. ¡Maldita vida!

***

El amanecer no trajo consigo alivio alguno. Arnulf se sentía igual de miserable y el rocío no había dejado secar su ropa. Tenía la piel hinchada por las picaduras de mosquitos y le seguían doliendo los brazos, y el estómago le recordaba que no había cenado. Sin embargo, no estaba desvalido, ya que tenía sus escondrijos en el bosque y, además, había puesto trampas.

Arnulf encontró provisiones de carne seca bajo unas piedras cerca del matorral y, tras una buena comida, dio vueltas entre los rastros animales e intentó dominar sus pensamientos y sentimientos. Mientras caminaba, iba distrayéndose y, de esa manera, era más sencillo reflexionar sobre todo lo que había sucedido. Destrozar el nuevo barco de Helge no fue una hazaña, y despertar la furia de Aslak y Halfred fue algo desafortunado. No era inteligente volver a casa antes de darles a ambos una noche más para calmarse. Tampoco disfrutaría de la compasión de Frejdis ni escucharía los llantos de Trud.

El bosque lucía grácil y verde, y el cielo estaba claro y azul, y Arnulf se sacudió los pensamientos tristes y se fue de caza. Como no tenía arco ni lanza, no pudo conseguir ninguna presa, pero estuvo todo el día mezclándose entre los jabalíes y la caza mayor. Fingía dispararlos y corría a esconderse tras un abedul cuando los machos se ponían violentos y gruñían queriéndole alejar del lago y de los jabatos.

Cuando llegó la noche, dio con la cabaña baja que había construido con ramas y hierba bien escondida entre unos abedules. Tenía una piel para taparse y podía dormir bien allí. Mucha tregua no tuvo, sino que estuvo dando vueltas mientras pensaba en Helge. ¿Estaría ya en el Valhala? ¿Lo habrían encontrado las valquirias en el fondo de Sælvig? ¿Y cómo lo habrían subido? Quizá habrían aguantado la respiración mientras se sumergían, pero ¿y los caballos?

Arnulf estuvo comunicándose con Helge aquella noche. Hablo con él largo y tendido, y se acordó de sus inviernos. Le recordó todos los años que habían vivido. En realidad, no pasaron mucho tiempo juntos, ya que todos los hombres buscaban la compañía de Helge. Pero Arnulf y él tenían una conexión especial a pesar de la gran diferencia de edad y Helge nunca le había hablado mal a su hermano pequeño, sino que lo había tratado de igual a igual. Quizá de ese modo había intentado suavizar la tristeza, la pérdida de tres hijos entre Rolf y Arnulf que habían sufrido Stridbjørn y Trud. Torhild se puso enferma, a Astrid la mató un oso e Ingvar se ahogó un día pescando.

Arnulf intentó olvidarse de Helge y darse cuenta de que, a partir de entonces, tendría que contentarse con Rolf y, aunque no lo conseguiría del todo, llegar con ello a la calma chicha.

***

El día posterior, Arnulf inició el regreso a casa, pero la única prisa que se dio fue llegar de noche, y se entretuvo pescando en una orilla del arroyo de las truchas. Tenía muy pocas ganas de mirar a nadie a los ojos, pero no podía quedarse en el bosque para siempre y, cuando hubiera oído los reproches de la gente, todo volvería a la tranquilidad. Además, estaba empezando a echar de menos a Frejdis y, ahora que Helge ya no estaba, su padre lo necesitaría más, pensara lo que pensara sobre su comportamiento. Aslak rara vez estaba enfadado mucho tiempo, Halfred era poco amigo de enemistarse con su patrón, y el hecho de que Arnulf hubiera estado fuera dos días podrían interpretarlo como una muestra de arrepentimiento. Además, el tiempo había comenzado a cambiar. Un fuerte viento dominaba el bosque y Arnulf podía prescindir de pasar una noche sin estar bajo un techo, sobre todo si empezaba a llover.

Confiado, asó un pez en las ascuas de una pequeña hoguera y se dirigió hacia la aldea cuando el sol se estaba poniendo, pero dio un rodeo por la playa y la colina, y se acercó desde el lado en el que estaban las cabañas de los esclavos. Quería saber si el noruego había cedido o si persistía en su terquedad e insolencia. A Arnulf le gustaría preguntarle sobre la muerte de Helge, ya que Halfred tenía fama de buen escaldo y se podía pensar que adornó un poco la última batalla de Helge solo para alegrar a Stridbjørn y a Trud. Toke debió de verlo caer, del mismo modo que vio a su padre morir. Y no era baladí saber cómo había perdido la vida un gran vikingo. Sí, Arnulf tenía que preguntarle a Toke, y mejor antes de que su padre aplacase las ganas de hablar del esclavo.

***

Se acercó silenciosamente y aguardó en la linde del bosque, pero había mucho jaleo fuera de las cabañas de los esclavos porque estos comían después y Arnulf podía entrar sin ser visto en la cabaña más pequeña. Aun así, se aseguró de que nadie lo viera. No había ningún motivo para apelar a la furia o a la cortesía, pues, a pesar de todo, Stridbjørn había impuesto pena de muerte a cualquier esclavo que se acercase al noruego. Cuando abrió la puerta de la cabaña, le vino una peste a orina en medio de la penumbra. Toke estaba sentado con las manos atadas al pilar central, colgado de una cuerda de manera que el pelo le tapaba el rostro, pero oyó a Arnulf y levantó lentamente la cabeza. Arnulf entró y lo observó en silencio. Toke tenía los ojos enrojecidos por la falta de sueño, los labios secos y agrietados, y respiraba fatigado con la boca medio abierta. Tenía las manos tan hinchadas que los dedos estaban rígidos y Arnulf entendió que nadie había estado en la cabaña después de él. Frunció el ceño y no le gustó lo que veía, pues estaba de acuerdo en doblegar el orgullo del noruego, pero destruir a un esclavo era como desperdiciar los recursos.

—¡Déjame en paz! —exclamó Toke con la voz ronca y la mirada furiosa y débil—. Si no has venido para darme la libertad, vete y no me atormentes más.

Parecía un lobo herido atrapado en una trampa.

—¿Viste morir a Helge? —preguntó Arnulf.

Toke soltó un bramido que aparentemente debía de interpretarse como una sonrisa amarga.

—Vi morir a mi padre. Vete.

Le costaba hablar de lo seca que tenía la boca. Arnulf le dio la espalda y se fue. Tenía que estar seguro. Tenía que saber si Halfred había contado la verdad y si no había motivos para que Toke muriera de sed antes de que se lo contase.

Arnulf entró en la cabaña más cercana, donde la vieja Fulla estaba hilando. Estaba ciega, pero las redes le quedaban fuertes y regulares, así que la dejaron vivir a pesar de su avanzada edad. Arnulf cogió un par de jarras de barro de un estante torcido que llenó en el barril y se llevó bajo el brazo un trozo de pan que sacó del fuego. El agua no estaba fresca, pero a Toke le daría igual y, cuando se la bebiera, seguro que se le soltaría la lengua. Fulla pareció sentir que había un hombre campando a sus anchas por la habitación y se inclinó sobre su labor. Arnulf dejó la puerta abierta y volvió a la cabaña, donde Toke había vuelto a bajar la cabeza, y esta vez no levantó la vista cuando oyó la puerta.

Arnulf se puso en cuclillas delante de él y dejó las jarras en el suelo. A Toke le temblaron los hombros cuando vio el agua y alzó la cabeza con una mirada de duda y desesperación, como si temiese que Arnulf fuera a dejar ahí el agua para aumentar su sufrimiento.

—Toma, bebe.

Arnulf le llevó una jarra hasta la boca. Toke intentó beber, pero empezó a toser y el agua se le fue por un lado y le cayó por su recortada barba. Arnulf le dejó tomar aire y le volvió a ofrecer la jarra. El noruego bebió, primero a pequeños sorbos, pero de pronto se convirtieron en fuertes tragos que le asfixiaron. Arnulf se enfadó con Stridbjørn por haber dejado a su esclavo con una sed tan acuciante.

—Tranquilo, que vas a toser. Te prometo que te la voy a dar toda.

La jarra se vació pronto, y Toke respiró hondo y pareció recobrar un poco de fuerza. Miró a Arnulf con un profundo agradecimiento y este puso la jarra en el suelo.

—He estado unos días en el bosque. ¿Tienes hambre?

—Sí, no ha venido nadie desde que te fuiste —dijo con una voz que sonaba mejor. Arnulf se encogió de hombros.

—Pensarían que te convenía estar sentado y acostumbrarte a ser un esclavo.

Toke cerró los ojos cansado y apoyó la nuca en el pilar.

—¡En ese caso me voy a tirar aquí el resto de mi vida!

—Quizá.

Arnulf miró las manos hinchadas de Toke. Le tenían que doler muchísimo, y por la cuerda colgaban restos de sangre reseca.

—Te voy a desatar las manos para que comas, ¡pero no intentes nada! ¿Me das tu palabra?

Toke lo miró con los claros ojos brillando mientras una leve sonrisa aparecía en su rostro.

—Solo un hombre libre puede dar su palabra, la de un esclavo vale menos que la de un animal.

—Es verdad, pero la voy a tomar en serio. Tú no has nacido esclavo.

Toke asintió y Arnulf lo desató. No fue sencillo, ya que estaba bien sujeto y las muñecas le volvieron a sangrar cuando la cuerda se separó de la piel. Toke gimió en alto, parecía estar a punto de desmayarse, y sus brazos estaban tan rígidos que le costaba moverlos hacia adelante. Cayó hacia un lado y se retorció de dolor, como si le supusiera un dolor insufrible que la sangre volviera a correr por las muñecas.

Arnulf no hizo nada y Toke apretó los dientes al intentar levantarse. Arnulf le tuvo que ayudar y Toke observó su muñeca desollada mientras intentaba doblar los codos.

—Están más tiesos que la mojama —murmuró con amargura.

—Se pondrán bien, piensa en comer antes de que venga alguien. No me gustaría que mi fechoría te metiese en líos.

Toke respiró hondo.

—¿No te ha mandado Stridbjørn?

—No, cree que sigo en el bosque. Anda, come.

Toke tuvo que sujetar el pan con sus muñecas porque los dedos no le obedecían y tuvo que devorar, como el cuervo que roba la presa a un oso. Arnulf se sentó a mirar. En el fondo, el noruego no tenía mal aspecto. Seguro que Øystein Ravnsbane había estado orgulloso de su hijo, como Stridbjørn lo estuvo de

Helge. Y había sido rico, porque los brazaletes que llevaba Toke no eran de mala calidad. Parecía fuerte y lo suficientemente diestro con la espada y el hacha y no estaba de más llevarlo en un barco, era una locura tenerlo de esclavo, malgastar a un vikingo útil.

A Arnulf le entró la curiosidad. Era raro que un extraño pasase por Egilssund, y Toke debía de haber viajado mucho y visto muchas cosas con Øystein. Solo quería saber en qué parte de Noruega estaba Haraldsfjord y qué islandés le había hablado a Toke de un lugar rico en plata. ¿Cómo de lejos estaría ese sitio?

El pan desapareció y la segunda jarra se quedó vacía. Toke se frotó las manos mientras peleaba por mover los dedos. Le dolían y Arnulf vio que Toke estaba tan débil que se tambaleaba. Se llevó la mano al pecho y se rascó la cara.

—¿De verdad te rompí una costilla?

Toke negó con la cabeza y se recostó contra el pilar.

—Me duele, pero no está suelta.

—¿Cómo murió Helge? ¿Lo que ha contado Halfred es verdad?

Arnulf se echó hacia delante. Toke asintió mientras los ojos le volvían a brillar.

—Sí, ha contado lo que sucedió. Helge tuvo la mejor muerte que podía desear. Øystein y él lucharon largo rato y con fuerza, y le hizo varias heridas a mi padre antes de perder el brazo. Nadie se interpuso en su lucha, todos estábamos alrededor mirándolos.

—El noruego entrecerró los ojos y se le entristeció el rostro—. Mi hermana fue vengada, al igual que tu hermano. No hay sangre entre nosotros, Arnulf. Voy a rechazar atentar contra tu vida, aunque tenga derecho, porque Stridbjørn ya ha perdido un hijo.

—¡Derecho! —resopló Arnulf—. ¡Estás loco, de verdad! ¡Estás aquí atado como un esclavo y tengo que estar contento de seguir con vida porque tú no quieres venganza!

Toke gimió con suavidad y lo miró serio.

—No quiero ofenderte y tú tampoco deberías avergonzarme; venimos de familias buenas y de la misma clase social, y sabes que estoy diciendo la verdad.

—¡Que soy de la misma clase que un esclavo! —exclamó Arnulf furioso.

La fatiga de Toke dio paso a una mirada irascible.

—¡Yo no soy un esclavo, soy un hombre libre apresado, y llegará el día en que voluntariamente escuche la oferta de Stridbjørn!

La mirada de Arnulf chocó con la de Toke y el noruego pareció dejarse la vida en esas palabras. Arnulf intentó que apartara la vista, pero el hijo de Øystein Ravnsbane se sentía seguro y parecía que a Stridbjørn le esperaba una dura batalla antes de poder ponerle sobre los hombros el yugo de la esclavitud. Arnulf disfrutó de la pelea. Toke no se dejó amedrentar. Estaba solo y lejos de casa, y quizá no solo fue la falta de sueño, sino también el llanto, lo que hacía que tuviera los ojos tan rojos, pero tenía la mirada muy firme, igual que la tenía Helge, y aparentemente respetaba a Arnulf como hombre, no como niño.

De repente, Arnulf dibujó una sonrisa y a Toke se le borró la suya por el asombro. Arnulf negó con la cabeza.

—Me alegro de que no seas mi esclavo. No se puede domar a todos los caballos.

Toke volvió a sonreír con prudencia.

—No, algunos solo valen para reproducirse, ¡y eso tú lo entiendes mejor que la mayoría de la gente!

—¿Qué quieres decir?

Toke dio por zanjada la pelea, miró hacia otro lado y dejó que Arnulf saliese victorioso.

—¿Qué buscabas en el bosque, Stridbjørnsøn?

—Ver a los lobos, noruego —respondió con los ojos entrecerrados.

Toke asintió despacio.

—Los esclavos dicen que un loco ha destrozado el nuevo barco de Helge. ¿Era de eso de lo que querías hablar con los lobos?

Arnulf escupió al suelo.

—¡No se habla con los lobos! ¡Se gruñe o se aúlla!

—¡Si se es lo bastante valiente! —Toke se miró las manos y las apretó—. Me gustaría que estuvieras en mi barco, Arnulf. Me caes bien. Solo te obedeces a ti y sabes lo que quieres.

Arnulf se levantó bruscamente.

—¡Te prometí que te arrancaría los dientes si volvías a decirme que me fuera de expedición contigo y rara vez falto a mi palabra!

—No vas a obtener ninguna satisfacción con mis dientes y son mi única arma ahora mismo. —Arnulf no respondió, sino que cogió la cuerda, y Toke estiró los dedos—. Te doy las gracias por el agua y el pan, lo necesitaba.

—No me tienes que dar las gracias, mañana quizá venga con el látigo. Tengo que volver a atarte.

Toke asintió e intentó, contra su voluntad, ponerse las manos a la espalda, pero le temblaban los brazos y no podía controlarlos. Las hinchazones casi habían remitido y Arnulf no tenía muchas ganas de apretarle la cuerda por las heridas. Toke podía intentar huir ahora. Podía levantarse de un salto y, con las manos libres, sería más fuerte que él, pero le había dado su palabra.

—Pon las manos en el regazo —dijo Arnulf— y te ato por delante esta vez para que las puedas usar cuando Stridbjørn te desate, pero no pierdas el tiempo mordiendo la cuerda. Antes de que llegues a tanto, habrá pasado la noche y mi padre dejará que los perros te arranquen la piel a tiras si se da cuenta.

Toke asintió. Se le veía lo suficientemente débil como para pensar en escapar y Arnulf puso una cuerda doble y no apretó los nudos más de lo necesario. Toke intentó reprimir un jadeo de dolor. Apoyó la cabeza en el pilar y cerró los ojos, y Arnulf ató el extremo de la cuerda a la columna.

—Ahora te podrás tumbar. Intenta dormir.

—¿Por qué haces esto? Tu padre ya estaba enfadado contigo.

Las palabras fueron pronunciadas con titubeos y Toke ya no parecía orgulloso, sino quebrantado y atormentado.

—No a todos los caballos se les puede domar. Quería saber si Halfred decía la verdad y tú estabas fatal. Descansa.

El noruego asintió y suspiró.

—No voy a delatarte.

Arnulf cogió la jarra y echó las migas de pan al suelo.

—Haz lo que te parezca. —Se detuvo junto a la puerta; Toke estaba solitario junto al pilar—. Buenas noches, Toke.

—Vete, Arnulf —respondió, y agachó la cabeza—. Aunque tu padre esté enfadado, tienes que estar contento por tenerlo. Esa suerte no la tiene todo el mundo.

Se volteó en el suelo y Arnulf no respondió, sino que cerró la puerta pensativo. No podía darle la razón al noruego, pero justo ahora habría sido más sencillo no tener padre. Stridbjørn podía ser muy violento y guardar rencor más tiempo de la cuenta.

Arnulf se fue rápidamente de las cabañas de los esclavos. Después del regreso de los hombres del barco había más vida en la aldea. Tenían tarea, pues había mucho de lo que ocuparse después del invierno, y tenían que arar y sembrar los campos antes de preparar la expedición veraniega. Aslak estaba muy ocupado en el astillero, ya que Helge le había pedido, no sin razón, que le construyera un barco nuevo. El antiguo estaba muy estropeado y la batalla contra los hombres de Øystein le había causado muchos daños. Si no estaba en buenas condiciones, no se podía llevar a cabo la expedición y, aunque las mujeres estaban contentas de tener a sus maridos con ellas, podía ser agotador tenerlos un verano entero en casa sin algo razonable en lo que emplear sus fuerzas. De esa ociosidad no salían más que conflictos y que metieran las narices en la rutina del día a día.

Aquella primavera, cuando Stridbjørn había manifestado que en adelante dejaría que sus hijos salieran a navegar y que él se quedaría en casa por su edad, Trud se quedó muy descontenta. Dijo a gritos que una barba gris no impedía a otros hombres mejores que él salir en barco y Stridbjørn debió de dar unas cuantas voces, porque al final ella cedió. Aquel verano en el que Arnulf se había quedado en el bosque la mayor parte del tiempo practicando con el arco y Rolf estuvo quitando piedras para preparar una nueva, la calma volvió a la familia y Trud no tuvo que echar en falta bienes robados aunque Stridbjørn se hubiera quedado en casa.

Arnulf le dio una patada a una piedra cuando pasó por delante de la casa de Fin Bue. Un perro corrió detrás de ella y casi tumbó al viejo Olav, cuyas piernas nunca volvieron a ser lo que fueron después de que le dieran un hachazo. Se apoyó en su bastón y miró interrogante a Arnulf, que aceleró la marcha sin saludar. Si Olav tenía algo que preguntar, podía esperar hasta mañana, pero la del anciano no fue la única mirada que se le clavaba en la nuca. La gente lo miraba, vaya que si lo miraban. Le enviaban miradas furtivas y él miraba hacia atrás desafiante. Incluso el herrero dejó de atender a una reja de arado candente al verlo. ¿De verdad les importaba tanto que hubiera destrozado el barco? ¿No había nadie que entendiera por qué tuvo que hacerlo? ¿No le concedían a Helge su propio barco? Arnulf tiritó y se retiró el pelo de la cara porque el viento lo alborotaba. Las mujeres que no estaban dentro de las casas haciendo la cena dejaron de hacer sus tareas y se callaron cuando pasó por delante de ellas y él las oyó cuchichear a sus espaldas. ¿Se habían vuelto todos locos? ¿Había hecho algo que no sabía? ¿Por qué no le dejaban en paz y entraban en sus casas ahora que se hacía de noche?

—¡Has vuelto!

El pequeño Ivar vino corriendo hacia él con las mejillas coloradas y una pequeña hacha en la mano. Sus grandes ojos brillaban y le sacaron una sonrisa a Arnulf.

—Sí, eso parece.

Arnulf le dio un tironcillo del pelo con cariño e Ivar se puso a su lado de un salto.

—¿Has visto lobos? ¿No te da miedo dormir por la noche en el bosque?

Arnulf negó con la cabeza. ¿De qué debería tener miedo?

—¿Has hablado con Rolf? —Ivar lo atacó disimuladamente. Arnulf se cubrió a la velocidad del rayo tras un escudo invisible.

—¿Con Rolf? No, ¿por qué?

El pequeño apartó la mirada de repente y se detuvo.

—Nada, por nada.

Dio un pasito, pero luego echó a correr y se fue a perseguir a un cachorro. Arnulf aumentó la velocidad. ¿De qué tenía que hablar con Rolf? ¡Con suerte no de mucho! Pasó por uno de los setos con manchas que rodeaban a casi todas las casas y giró hacia la casa de Stridbjørn. Ojalá su padre estuviera de buen humor. No tenía demasiadas ganas de pasar otra noche en el bosque.

Cuando entró Arnulf, estaban acabando de cenar. Los hombres estaban alrededor de una mesa alargada bebiendo y los esclavos estaban retirando las ollas y las fuentes. Trud estaba en un extremo de la mesa con dos cuernos llenos en las manos. Sus ojos estaban ennegrecidos por debajo y el pelo se le estaba soltando del broche.

Arnulf no cerró la puerta, sino que se quedó de pie serio con la mano apoyada en el marco, preparado para responder cualquier reproche. Todos se giraron hacia él y Stridbjørn alzó la vista. Parecía estar tan borracho como en las fiestas del solsticio hiemal, pero su cara no reflejaba alegría. El ambiente estaba marcado por la tristeza del hombre de la casa y los vikingos hablaban en voz baja. Rolf estaba sentado al lado de su padre, pero miró hacia otro lado y no saludó. Adornaba su hombro un nuevo broche de plata y unos brazaletes que Arnud no había visto nunca. La Ormstand seguía en la mesa, pero el cuerno cubierto de bronce estaba en su sitio. Stridbjørn, lúgubre, levantó el cuerno de hidromiel y gritó con el ceño fruncido: «¡Veulf ha vuelto! Entra y cierra la puerta, hijo, te soportaremos si ya has dejado de aullar como los lobos del bosque».

Arnulf cerró la puerta y Trud se dirigió a él.

—¿Tienes hambre?

—Lo que necesito lo encuentro en el bosque —dijo Arnulf cortándola, pero Trud no se dejó amedrentar.

—El pan no crece en los árboles. Siéntate a la mesa, te traeré algo de comer.

Arnulf dudó y miró las anchas espaldas de los hombres que estaban sentados. No había sitio para él a no ser que se juntasen.

—Ven aquí, vagabundo, siéntate a mi lado. Asbjørn, sé tan amable de moverte —pidió Halfred, y le hizo un gesto a Arnulf para que se acercara.

Que fuera justo el timonel quien lo ayudase hizo que las miradas del resto se suavizasen. Rolf se levantó bruscamente con la mirada extraviada.

—Voy a echarle un vistazo a la yegua gris. Rane cree que va a parir esta noche.

—Pues Rane también puede estar pendiente —exclamó Stridbjørn irritado—, siéntate y sé el apoyo de tu padre. Tú también tienes algo que decirle a tu hermano.

Rolf se levantó de la mesa.

—No hay prisa, y la última vez perdió al potro gris, así que no quiero dejarlo solo. Buenas noches a todos y gracias por la buena compañía.

Los hombres le dieron las buenas noches y se miraron unos a otros, y Rolf asintió brevemente a Arnulf y dejó a Stridbjørn. Arnulf miró a Trud, que estaba atareada con el cuchillo del pan. ¿Qué se traía entre manos? No iba a preguntar, era mejor no atraer más atención de la que ya tenía, pero la conversación no siguió después de que se hubo sentado. Arnulf volvió la vista hacia los rostros curtidos y llenos de cicatrices. La última vez que los vikingos habían estado aquí en otoño, las risas retumbaron bajo las vigas del techo e incluso Asbjørn cantó y los niños tuvieron que taparse los oídos. Ahora estaba él ahí arañando el hacha de plata que colgaba de la cadena del cuello, y Stridbjørn bebía y se secaba la barba con el dorso de la mano. Halfred le dio un cuerno lleno de hidromiel a Arnulf.

—Toma, bebe conmigo. Soy consciente de que esto es lo más cercano a una disculpa que me vas a dar.

Arnulf miró el tablero de la mesa y cogió el cuerno. Bebió y de pronto se dio cuenta de lo mucho que lo necesitaba. Vació el cuerno hasta el fondo y dejó que su potente contenido fluyera por su cuerpo como una caricia. Halfred se rio suavemente y Trud le puso el pan y la carne delante y le dijo: «Come».

Arnulf se agarró a la mesa y Halfred se cogió la barba.

—Escucha, jovencito, tengo algo que contarte.

Arnulf lo miró cortante y Halfred negó con la cabeza.

—Del barco ya no hablamos y tampoco de la tumba de Helge, pero, cuando estuve en la casa real, él presentó uno de tus poemas y le gustó muchísimo.

Arnulf bajó los brazos y se le debilitó el cuerpo.

—¿Qué poema?

—El de los *berserker* de Regnar Hundingsøn. El rey le preguntó a Helge si lo había compuesto él y tu hermano le habló de ti con mucha alegría. —Halfred se quedó callado un instante y dio un sorbo de hidromiel mientras Arnulf asimilaba sus palabras—. El rey le pidió que la próxima vez llevase a su indomable hermano pequeño, porque un buen poema alabando al rey nunca es rechazado en palacio. Le dio un anillo de oro como pago por ser su escaldo.

Arnulf hundió las yemas de los dedos en el pan. Era casi imposible escucharlo. Halfred se quitó un anillo de oro repujado y se lo puso delante. Se rio con rudeza.

—Helge era tan previsor que lo llevaba en la mano que cayó al suelo. Creo que, tras su muerte, debe pertenecerte, porque no lo hubiera conseguido de no ser por ti, así que me permití traérmelo a casa.

Arnulf agachó la cabeza. Le temblaban los labios y presionaba los pies contra el suelo. El puño curtido de Halfred se posó sobre su hombro y Arnulf suspiró.

—Gracias, Halfred —susurró y observó el anillo—, y gracias por no seguir enfadado.

Halfred le dio un apretón en el hombro.

—Eres joven y vehemente. Demasiado joven. Cuando volvamos al mar, no te voy a llevar conmigo, aunque Helge lo habría hecho. No puedo tener a bordo a hombres imprevisibles, seguro que lo entiendes, pero si honras a tu hermano y aprendes a comportarte decorosamente, podemos volver a hablar el año que viene.

Arnulf asintió y se puso el anillo en el dedo corazón. Era enorme, pero le quedaba bien, y parecía estar aún caliente después de haber estado en la mano de Helge. ¡Era del mismísimo rey de los daneses! ¡Y Helge había recitado uno de sus poemas! Arnulf levantó la cabeza y su mirada se cruzó con la de su padre. Stridbjørn lo miró con los ojos lacrimosos, tenía la cara más pálida que nunca. Arnulf apretó el puño y el oro del anillo hizo brillar al resto de los dedos. ¡Por Bragi! Tenía que ir a ver al rey, y con un poema tan imponente como nunca le hubieran recitado. Stridbjørn también podría pronunciar el nombre de su hijo pequeño con orgullo y los ojos de Trud se llenarían de lágrimas de alegría. Se pasaría todo el verano componiendo el poema y en invierno cogería el caballo negro y se iría al palacio, porque ¡sería bien recibido incluso sin Helge!

Arnulf dio un bocado al pan y Trud le rellenó el cuerno. Bebió y dejó que el hidromiel se disolviera en su cuerpo deshidratado. Nadie dijo nada mientras estaba comiendo, pero todos parecían pensar para sí y Arnulf masticaba la carne pausadamente. El fuego de la chimenea se avivaba y las mujeres terminaban sus pasatiempos. Sintió ganas de Frejdis. Echó de menos su calor. Quizá podía hacerle una visita antes de que se acostase.

Asbjørn comenzó a hablar de una lucha que se celebró en los juegos reales de invierno y Hugleik el Cojo se acordó de un duelo que presenció. Ambas espadas estaban rotas, recordó, y los dos combatientes habían infringido todas las normas y el resto de la lucha fue con los puños. Stridbjørn negó con la cabeza y dijo que solo se jugaría la vida en un combate con una espada francesa en la mano, pero Hugleik había oído hablar de un herrero en Havn [3] que sabía imitar el arte de la herrería francesa. Asbjørn creía que era mentira, pero Rune Cuellotorcido confirmó lo que dijo Hugleik, aunque él pensaba que la única arma en la que se podía confiar totalmente era el hacha.

Arnulf escuchaba y escarbaba en el pan. Era bueno quitarse de la cabeza a Helge y siguió absorto a Rune, que contó una historia que le había oído a un gotlandés sobre una lucha sanguinaria entre dos familias por una bella mujer. A esa historia le siguieron otras muchas, pues la mayoría las habían oído en cenas en la casa real y aguantaban bien si las volvían a contar, y Arnulf se olvidó de todo lo que sucedía a su alrededor y dio sorbos de hidromiel con los ojos muy abiertos. Por regla general, los nuevos relatos se contaban en otoño, cuando los hombres regresaban de la expedición, y él se grababa en la memoria con precisión cada palabra que se decía. Después se las volvía a contar mentalmente, quizá podría sacar de ellas algún poema. No iría en perjuicio de nadie versificar alguna de las historias que el rey conocía si alguna vez se presentaba ante él.

—Oye, Stridbjørn, no he sabido nada de tu nuevo esclavo desde que Arnulf lo ató en la cabaña. ¿Te has olvidado de él o la intención es que se muera de hambre y sed? —preguntó Halfred.

Stridbjørn lo miró por encima del borde del cuerno.

—No, no me he olvidado de él. Mañana lo soltaré y le quitaré el capote, y luego él le llevará agua a Trud por muchos latigazos que le haya propinado antes.

—No te va a resultar sencillo —dijo Arnulf, y le hizo un gesto a un esclavo para que le rellenase el cuerno.

—Ah, ¿no? —contestó Stridbjørn y resopló—. Un adversario sencillo le quita dulzor a la batalla, pero no ha nacido el esclavo que no acabe obedeciendo mis órdenes.

Arnulf le dio un buen trago al espumoso hidromiel.

—Es muy terco el noruego y Trud tiene esclavos suficientes para que le lleven agua. Ponerle a hacer el trabajo de un animal es desaprovechar a un buen hombre. Dime, Halfred, ¿no luchó como un oso antes de que le pusierais las cuerdas?

Halfred respondió con una sonrisa torcida.

—¡Sí, te habría gustado ver esa pelea, Stridbjørn! El noruego estaba en medio del barco de Øystein defendiéndose, aunque solo le quedaba un hombre y estaba totalmente rodeado, todos los que están aquí pueden dar fe.

Los vikingos que estaban sentados murmuraron confirmándolo y un par de ellos hicieron observaciones sobre Toke. Asbjørn se inclinó sobre la mesa y eructó.

—¿Desde cuándo defiendes a un esclavo, Arnulf? —preguntó socarrón—. ¿Qué crees que tu padre debe hacer con él?

Arnulf miró lentamente hacia el círculo de hombres. Hugleik el Cojo, con curiosidad, se mesó la barba y Rune Cuellotorcido se puso un dedo en el labio. Stridbjørn miró de reojo, como si no tuviera gran confianza en la sensatez de su hijo en semejantes asuntos.

—Opino que le tiene que dar permiso para ir con Halfred en la expedición de verano y que luego compre su libertad con las preciosidades que se haya ganado —contestó Arnulf.

Asbjørn estalló en risas y estampó el cuerno en la mesa, y muchos hombres se rieron también. Stridbjørn se pellizcó un ojo mientras con el otro miraba agorero a Arnulf y Halfred alzó la frente con asombro.

—¡Eh, Stridbjørn —gritó Asbjørn—, y decías que tu hijo pequeño pensaba menos que un semental! ¡El chaval tiene capacidad para los negocios! ¡Hacerle una propuesta tan insolente a su propio padre! ¡Si mandas al esclavo noruego por ahí con una espada, te darán su peso en plata, eso te lo garantizo yo, que lo he visto luchar!

Stridbjørn golpeó la mesa con el puño.

—¡Como si se pudiera pagar la muerte de Helge con plata! ¡Solo se puede pagar con humillación y sangre! Además, cualquiera sabe que el esclavo se largaría en cuanto tuviera la ocasión, ¡y encima con un arma en la mano! ¡Tu cuello, Asbjørn, sería lo primero que rebanaría!

Arnulf negó con la cabeza.

—Si le das tu palabra de que en otoño podrá redimirse, él te dará la suya de que no se va a escapar.

Halfred se carcajeó, pero Stridbjørn gesticuló con los brazos.

—¡Como si tuviera que confiar en la palabra de un esclavo! O peor aún, ¡darle yo la mía! ¿El poco seso que te quedaba lo has perdido en el bosque? ¡Maldita sean mi casa y mi simiente, y pobre el hombre al que solo le queda un hijo!

Se recostó sobre el respaldo de la silla jadeando y buscó con las manos el cuerno de hidromiel. Arnulf apuró el suyo. Estaba enfadado. Su propuesta no era mala y podía concederle la libertad a Toke después de todo lo que había perdido. El hidromiel burbujeó por su cuerpo y lo dejó mareado e inquieto.

—¿Y cómo sabes que el noruego va a mantener su palabra? —gruñó Stridbjørn—. Hablas como si ya lo conocieras.

—¡Es que lo conozco! —dijo Arnulf y tiró el cuerno—. Es orgulloso, como debe serlo el hijo de un noble, y él no se ha merecido su destino. Lo que Helge y Øystein tenían entre ellos no tiene nada que ver con Toke. Él ha perdido más que alguno de nosotros, en ese barco también estaban sus amigos y su tío.

—¿Toke? —gritó Stridbjørn y se puso de pie con los puños apretados—. ¡Vaya, así que se llama Toke! Has estado de charla con mi esclavo cuando lo ataste en la cabaña. ¿Quizá directamente os hayáis hecho amigos? ¡Amigo! ¡Del asesino de tu hermano!

Arnulf se levantó de un salto.

—¡Toke no ha matado a Helge! Y sí, he hablado con él, y antes de venir aquí. Le di pan y agua, para que tu posesión no perdiera valor, pero, si él hubiera asesinado a Helge, ¡lo habría matado yo!

—¿Qué has hecho? —A Stridbjørn se le subió la sangre a la cabeza—. Aquí he ordenado pena de muerte para todo esclavo que trate con ese patán y ¡mi propio hijo me traiciona!

Halfred levantó las manos conciliador.

—Tranquilizaos los dos. Como bien ha dicho, un adversario sencillo le quita dulzor a la batalla y, si el noruego ha comido y descansado, mañana estarás satisfecho, Stridbjørn.

Este le hizo callar con un movimiento de manos y señaló furioso a Arnulf.

—Dadas las circunstancias encuentro más apropiado que seas tú quien vapulee mañana al esclavo. ¡Y que los dioses se apiaden de ti si no lo haces bien!

—¡Jamás! —exclamó Arnulf, pero Stridbjørn lo desoyó y alzó la voz.

—Si no lo haces, te juro que usaré el látigo contigo delante de las mujeres y de los esclavos hasta que obedezcas e implores perdón.

Un sudor frío recorrió su espalda y Arnulf entrecerró los ojos.

—Por desgracia no puedo apalear al esclavo por ti, me duele la mano de usar el hacha.

Stridbjørn bramó y cogió la espada, y Halfred dio un respingo y agarró a Arnulf del hombro.

—Creo que ya has bebido demasiado hidromiel, Arnulf. Mejor sal conmigo a mear en vez de estar aquí insultando a su padre. ¡Ahora mismo!

Sin esperar respuesta, tiró de Arnulf mientras Stridbjørn le decía chillando a Trud que trajera el látigo inmediatamente. Arnulf echó la mano al cuchillo de caza que llevaba en el cinturón, pero era imposible resistirse a la fuerza de Halfred, y la fogata y los lechos iban pasando por delante de su vista antes de que el aire nocturno le golpease la cara.

Halfred no lo soltó hasta que no estuvieron al lado de la cochiquera y Arnulf notó que su pie firme no estaba seguro sin la ayuda del timonel. Se agarró a un poste y respiró hondo con la sangre latiendo en sus sienes, mientras Halfred resopló y se bajó los pantalones.

¡Otra vez huyendo de casa! Era difícil ver cómo la gente se irritaba cuando lo veían a distancia. El viento había arreciado y ayudaba a espabilarse, ya que el aire era frío.

Salpicó a los mimbres entrelazados y Halfred suspiró hondo. Arnulf se apuró y se echó la mano al cinturón.

—Eres una bestia —gruñó Halfred y observó su creciente charco—. Un día te vas a desgraciar en serio. La gente te conoce y sabe qué se puede esperar, pero un extraño nunca se dejaría convencer por el discurso de tu madre. No eres ningún niño y sabes muy bien la diferencia entre un comportamiento cortés y uno insolente, y debes aprender a guardarte el enfado cuando hay que hacerlo.

Arnulf apuntó hacia un montón de heces de cerdo, pero le dio a un lado.

—¿Tan mal está lo que hago?

Halfred soltó una sonrisilla y se sacudió su masculinidad.

—Una cosa es tener o no tener razón, y otra que tu padre sea el amo de la casa y haya que tratarlo con respeto, sobre todo cuando hay invitados.

Se subió los pantalones y se abrochó el cinturón de plata.

—Si yo fuera tú, me quedaría fuera y me calmaría. Los demás nos vamos a ir pronto a dormir y así te podrás colar dentro y hacerte un hueco.

Arnulf bajó la mirada. La lanza de Odín se le hinchó entre las manos y se imaginó a Frejdis con la cabeza levantada. Estaría durmiendo, pero podría despertarse. Halfred le dio un codazo mientras se reía.

—¡No, ya no eres un niño, Arnulf! Pero recuerda que fue el deseo lo que al final le costó la vida a Helge.

Arnulf murmuró y detuvo con pudor su rebosante deseo.

—Vendré después.

Halfred silbó con alegría y miró hacia las cabañas de los siervos, y Arnulf se enfadó. ¿De verdad creía el timonel que allí lo respetaban? ¡Como si su deseo por Frejdis pudiera aplacarlo una esclava!

Halfred se fue mientras Arnulf murmuraba una estrofa de un poema sobre el amor de Frey y se colocaba el capote y se pasaba los dedos por el pelo. Frejdis era su diosa, su joya, sí, ¡era la mismísima luna! En su luz encontraría paz para su torturada mente y en sus caderas sanaría su herido corazón. Buscó a Halfred con la mirada y comenzó a vagar entre los establos y las despensas. La aldea estaba en calma y solo había luz en la casa de Stridbjørn. Pronto se irían a dormir. En cuanto entrase Halfred, los hombres buscarían pieles para taparse y, después de haber comido y haber bebido, el sueño sería profundo.

La luna todavía iluminaba el cielo y Arnulf veía bien en la oscuridad. Rolf decía que tenía vista de lobo y que no era normal que una persona viera con tal claridad cuando el sol se había ocultado, pero Rolf no salía de casa cuando había acabado el trabajo diario. Arnulf dio un tropezón sobre en la hierba. Que viera bien no menguaba el efecto del hidromiel en su cuerpo y se rio de sí mismo. ¡Qué cabreado estaba Stridbjørn, viejo absurdo!

Tenía que darle las gracias a Arnulf por haberle dado de comer a Toke, pero no, nada, el oso gris siempre estaba gruñendo.

Arnulf tuvo que detenerse y tambalearse un poco antes de entrar en la casa baja de Frejdis. Seguro que estaba durmiendo con su pelo suelto por la cara brillando como el reflejo de la luna llena. Sonrió. Quizá podría limitarse a colarse en su lecho y darle un beso sin que se despertase. Tan solo escuchar su tranquila respiración, tumbarse un rato y notar su olor. El perro no le ladraría porque ya lo conocía y los padres no habrían bebido menos que los demás y estarían dando ronquidos. No tenían dinero y el jardín había conocido épocas mejores, pero no había que burlarse de nadie por no tener pertenencias y ellos eran buenas personas. No tenían esclavos y, de todos los niños, solo Frejdis había sobrevivido, por lo que los padres la querían mucho y le colgaron un pequeño bronce en el cuello. Sus animales se quedaban dentro por la noche para mantener la casa caliente mientras que Trud tenía esclavos de sobra para ir a buscar leña y cortarla.

Arnulf caminó sin hacer ruido por la entrada inclinada de la casa y fue a gatas hasta el tablón suelto que estaba debajo de los nidos de golondrinas abandonados. Ahí, al otro lado de la pared, estaba el lecho de Frejdis, y no pocas veces echaron el tablón a un lado y estuvieron cuchicheando de madrugada. Cuando Arnulf se iba al bosque, se las ingeniaba para hacerle una visita nocturna sin que nadie lo supiera y Frejdis le conseguía medio pan para que se lo llevase. Ella respetaba su necesidad de estar solo, pero lo que no le gustaba es que se fuera con los lobos. Cuando le pedía que se mantuviera alejado de ellos, él se reía y decía que cada uno tenía su manera de acostumbrarse al peligro y que quien no temía a los cazadores grises del bosque podía mirar mejor a los ojos de sus enemigos.

Arnulf se puso en cuclillas y arañó con suavidad el tablón. Cualquier otra persona creería que eran los ratones, pero Frejdis conocía ese ruido y, si estaba al otro lado, se despertaría y le respondería. Pegó la oreja a la pared y esperó un momento, pero, como Frejdis no reaccionaba, dio un leve toque. Seguía sin suceder nada y Arnulf tiró del tablón y puso la boca en el hueco. «Hola, Frejdis, ¿estás durmiendo? ¡Soy yo, despierta!».

Por fin vino un sonido de dentro y oyó su voz medio dormida.

—¡Shh! ¿Qué quieres? Estoy durmiendo, Arnulf, vete.

Arnulf se rio en voz baja y dio un golpe un poco más fuerte.

—¡Sal, Frejdis, necesito tocarte! No viniste a verme al bosque, ¡estoy tan caliente echándote de menos!

Se rio retozón y se sentó sobre los dientes de león, pero Frejdis se enfadó.

—Si tienes tantas ganas, encuéntrate a una que esté dispuesta —susurró—. Has bebido, huele a hidromiel desde aquí.

Ahora parecía despierta. Despierta y un poco enojada.

—¡Venga, no es propio de ti ser una remilgada! No te vas a arrepentir, solo quiero acariciarte el pelo muy suave, ni te vas a enterar. ¡Sal, la luna da tanta luz que parece que es de día y esto está muy solitario sin ti!

—Vete, Arnulf, no puedo.

La voz de Frejdis era imperativa y, a la vez, triste, y tenía la boca pegada al hueco. Arnulf no se rindió.

—¿Irme? ¡Ni de broma! Sal o grito y despierto a todos, incluso tu abuela medio sorda no tendrá dudas de quién está aquí.

—No puedo —dijo Frejdis con la voz temblorosa—. ¿No lo entiendes? ¿Has hablado con Rolf?

Arnulf se puso de rodillas.

—¿Con Rolf? No, está pariendo.

Se puso a reír pensando en Rolf con un potrillo mojado entre las manos y comenzó a recitar en voz baja:

Pálido y brusco
se fue de la mesa
el hermano de Arnulf
con el honor pisoteado
el disco ocular
temblando terrible...

—¡Para! —jadeó Frejdis aterrada—. ¡Qué pesado! Espera, que salgo, pero ¡cállate, por Miólnir!

Arnulf se mordió el labio para aguantarse la risa y apoyó la espalda en la pared. Era peligroso que todos pensasen que tenía que hablar con Rolf, ¡ese majadero! Rolf el Corderito, Rolf el Blandehoces, Rolf el Cobardica, ¿cómo iba a aguantar hablar con un hombre que se fijaba tanto en la sombra de su hermano pequeño? No, ánimo y valor, eso lo tenía Helge, pero Rolf se iba con las cabras para estar en paz y rara vez le dedicaba a Arnulf otras palabras que no fueran de queja o de reproche.

Frejdis salió tranquila con su capa de remates amarillos, y Arnulf dio un respingo y fue hacia ella con una gran sonrisa en los labios y la recibió con los brazos abiertos.

—Qué bella estás, hija de Freya, ven aquí, déjame darte calor, la hierba está fresca.

Frejdis agachó la cabeza y se acurrucó bajo la capa. El cabello dorado le cayó por el rostro y sus hombros comenzaron a temblar como si estuviera llorando. Arnulf guiñó los ojos para aclararse la vista, nublada por el hidromiel, y la abrazó suavemente mientras le acariciaba el pelo. Frejdis se apoyó en él y dio paso a un llanto mudo y tembloroso, y Arnulf la abrazó con más fuerza sin preguntar nada. Ya era muy de noche y, si Frejdis quería llorar, podía hacerlo en su pecho tanto tiempo como quisiera. Notaba las lágrimas empapar su capa a la altura del hombro y meterse por el hueco del escote, pero en lugar de dejarse consolar por las caricias, Frejdis se puso de rodillas con las manos tapándose el rostro. Arnulf hizo lo mismo y la cogió de las manos con cautela.

—Frejdis, ¿qué ha pasado? ¿Te han hecho daño? ¿Qué es lo que me he perdido?

Ella negó con la cabeza y se le cayó la capa de un hombro, dejando al descubierto su cuello, adornado con una cadena de grandes perlas de ámbar y plata. Arnulf se quedó paralizado y lo cogió.

—¡Pero si es la cadena de Trud! ¿Por qué la llevas tú, Frejdis? ¡Respóndeme!

Oyó cómo se aclaraba la voz y tuvo un mal presagio. Frejdis no había robado ese collar y un regalo tan costoso no se daba sin ningún motivo. Ella lo miró temerosa con los ojos hinchados. Los labios se estremecían con cada palabra como si fueran cuchillos hirientes que no deseaba lanzar.

—Vinieron cuando estabas en el bosque, Rolf y Stridbjørn, con la joya de Trud… ¡Oh, Arnulf!

Se apartó de él y se mordió los nudillos mientras los ojos rebosaban de lágrimas. Arnulf la miró horrorizado mientras ella, sollozando, seguía con la mano temblorosa en la boca.

—Rolf vino como pretendiente y mis padres… —Él cerró los ojos—. Lloraban de alegría y los agasajaron con todo lo que había en casa.

Arnulf levantó las manos y abrió la boca, pero no le salía ni un sonido. ¿Frejdis estaba contándole que se había comprometido con Rolf? Negó con la cabeza con vehemencia. Se tiró del flequillo. ¡Era imposible! ¡Una pesadilla! Estaba borracho teniendo una pesadilla en la cochiquera. ¡Rolf no podía haberle usurpado a Frejdis de una manera tan infame, él sabía que Arnulf la quería! Incluso los niños esclavos sabían que era su amada y, ¿acaso no era la piel de marta de Arnulf de lo que estaba revestida su nueva capa de invierno? ¡Traicionar a su propio hermano de esa manera! ¡Y pocos días después de la muerte de Helge! ¡No se puede ser más miserable! ¡Eso era deshonrar el duelo, era imperdonable, despiadado! Rolf se había aprovechado a sangre fría de su tristeza y de su proceder mientras Arnulf estaba desterrado en el bosque.

Gimoteó y se rascó la cabeza. El barco destrozado de Helge parecía surgir de la oscuridad para aplastarlo bajo sus profanados tablones y tras él aguardaban el resto de los delitos como repugnantes duendes con unos ojos que brillaban con malicia. No había mayor malhechor que Veulf Stridbjørnsøn en todo Egilssund y sus tierras. Desde luego, ningún progenitor con pleno uso de razón lo querría como yerno, y mucho menos si Rolf preguntaba primero. ¡Rolf, con todos sus animales alimentados con grano y sus campos segados! ¡Al menos podían luchar por ella! Dejar que las armas decidieran quién era el mejor.

—¡Frejdis, cómo has podido! —Ahora era Arnulf quien lloraba, desesperado y sin la menor vergüenza—. ¡Te quiero! Iba a pedir tu mano después de la expedición, sabes que lo iba a hacer, y no te habría faltado de nada. ¿Cómo has podido decirle que sí a Rolf? —La agarró de los hombros y apoyó la frente en su pecho—. Te quiero más que a mi vida, ¿no lo entiendes? No te cases con Rolf, ¿me escuchas? Eso será mi muerte, ¡mi muerte!

Frejdis se tapó la cara con el pelo y se encogió entre espasmos, como si estuviera ahogándose.

—¿Qué tenía que haber hecho? Nunca nos habría ido bien. Si el año que viene espero un hijo, ¿qué le vas a dar de comer? ¿Restos de las gachas de Trud? Rolf no va a paso lento ni se queda esperando su herencia, es activo y está bendecido por Frey, y puede alimentar y proteger a su descendencia. En tu casa sois ricos, pero nosotros pasamos hambre en invierno y quiero lo mejor para mis hijos.

Arnulf levantó la vista. Tan poco era su valor. La gente creía que no podía conseguir siquiera comida. ¿Acaso el pan era más importante que el hombre? ¿No había querido de verdad a Frejdis, no la había cantado y traído pieles y caza del bosque? Sus manos agarraron las de ella con fuerza.

—¡Se me va la vida, Frejdis!

Al mirar las costosas perlas de ámbar y plata de Trud, reflejó el horror que sentía él, y un gesto de desesperación en los labios de Frejdis le restaba fuerza a las palabras.

—¡Dime qué tengo que hacer! ¡Haré todo lo que desees! No soy menos fuerte que Rolf y puedo aprender a arar los campos y a criar animales tan bien como cualquiera. ¡No volveré de ninguna expedición con las manos vacías! ¡No podré soportar verte con él ni un solo día!

Frejdis bajó la mirada y se soltó de su mano para secarse la nariz con la manga.

—Ya es demasiado tarde. No puedo ir en contra de la voluntad de mi padre y romper la promesa que le hizo a Stridbjørn a pesar de todo tu amor. Y nadie cree en ti, Arnulf. Nadie confiaría en un hombre que deshonra a su padre y vaga por el bosque como un animal.

Arnulf no contestó, sino que deslizó las yemas de los dedos por su mejilla y ella le besó con fervor la palma de la mano. A él le ardían los labios y la mano asumió el dolor para no volver a olvidarlo nunca. Tenía la mirada fija cuando ella se levantó lentamente y se aflojó la capa, y Arnulf dio un salto y notó cómo la sangre le corría por las venas. Sin decir nada, le puso las manos sobre los hombros blancos de Frejdis mientras sintió su piel más fina y vulnerable que nunca y notó cada vello de su cuerpo implorarle que se acercara. Si Rolf iba a tenerla el resto de su vida, ¡él la poseería ahora! Esta noche ella extendería sus caricias como carbón ardiendo y esculpiría cicatrices en cada músculo, y entonces él arrastraría su maldita vida hacia la oscuridad, la añoranza y una eterna nostalgia.

Frejdis dejó caer la capa al suelo en silencio y se quitó el vestido. Su piel estaba más blanca que la luna y Arnulf se volvió sumiso al ver esa belleza divina y solo se atrevió a rozarle el pelo. Los pechos de Frejdis se hincharon prometiendo alegrías infinitas y niños gordos con mejillas sonrosadas, y las caderas se movían más orgullosas que la quilla de algunos barcos. Él las agarró y la atrajo hacia sí, se acercó a un pezón y apretó las suaves nalgas mientras la lanza de Odín adquiría vida propia.

Frejdis lo cogió del pelo y lo presionó contra su abdomen con un ansia y una violencia sorprendentes, como si desease desechar todo lo demás y hundirse en sus brazos para siempre. Él le besó el cuello, los ojos, saboreó su barbilla, le hizo cosquillas en los lóbulos de la oreja con la lengua y acarició uno de ellos con fervorosa suavidad. Quería desaparecer dentro de su exuberante cuerpo y abandonar el suyo propio en la hierba mojada para nunca volver. Igual que los francos fundían el oro y el hierro cuando forjaban sus espadas, él quería fundir su cuerpo con el de ella para que nadie pudiera separarlos.

El deseo hacía que su masculinidad ardiera y Frejdis manipuló con torpeza su cinturón mientras jadeaba. Cayeron los pantalones y él no se tomó tiempo para quitárselos, sino que la cogió, la puso contra la rugosa pared de la casa y la penetró mientras ella gemía y él se daba cuenta de que el deseo que sentía por ella se acrecentaba a cada embestida. Frejdis seguía gimiendo y cerró los ojos. Le clavaba las uñas en el cuello y en los hombros y el pelo le hacía cosquillas en la sudorosa cara mientras él se afanaba con una fuerza inextinguible y sus bocas se encontraron con una amarga dulzura.

Sin previo aviso, algo grande y poderoso golpeó a Arnulf por detrás y una mano lo agarró del pelo con una fuerza desmedida y le apartó de Frejdis. Gesticuló sorprendido con los brazos e intentó recobrar el equilibrio mientras oyó a Frejdis dar un grito aterrador, pero en ese momento algo duro le golpeó en el rostro y los ojos le hicieron chiribitas. Arnulf cayó al suelo y soltó aire de los pulmones mientras se le llenaban la boca y la nariz de sangre. Antes de poder sentir algo o de poder librarse, su cara recibió una patada que le hizo retorcerse de dolor.

—¡Que los dioses te maldigan, Arnulf, y que Hel te lleve contigo! ¿Crees que quiero que plantes tu miserable semilla en mi mujer? Te voy a enseñar yo a amancebarte con mi prometida. ¡Que la vergüenza caiga sobre ti, monstruo!

Arnulf se llevó la mano al abdomen y alzó los hombros mientras se resentía de sus lesiones. ¡Rolf! ¡Ese hijo de Loki estaba ahí al acecho! El cuerpo le temblaba de sorpresa y dolor. Nunca había odiado a Rolf tanto como en ese momento. Qué vil por su parte no querer concederle a su hermano un último abrazo de despedida ahora que le había robado la alegría de vivir y a Frejdis.

La voz de Rolf estaba llena de ira, pero era suave, pues, a pesar del daño, no había motivo para despertar e involucrar a la gente, y estaba de pie ante Arnulf como un roble inclinado. Frejdis se tapó la boca con el vestido y la capa, y huyó con las piernas desnudas. Arnulf apoyó con pesadez las manos en el suelo para ponerse en pie y notó cuánto le ardía el labio inferior. La rabia pesaba más que los dolores y movió la cabeza y alzó la mirada. Rolf no parecía tener tiempo de esperar, pues lo cogió del pelo con brutalidad y lo levantó para golpearle de nuevo en la cara. Arnulf se tambaleó en dirección a la pared de la casa y se enredó en sus pantalones, que los llevaba por la rodilla. Escupió sangre y levantó los brazos para protegerse de la ira de su hermano mientras los ojos le hacían chiribitas.

—¡Espera, para!

Los puños apretados de Rolf se movían delante de su cara.

—Si te vuelvo a ver cerca de Frejdis, te mato, ¿lo entiendes? Es mía y de nadie más, y nadie se va a reír de mí a mis espaldas, puto salido.

Arnulf se secó la sangre de los labios y recuperó el equilibrio a trompicones apoyado en la casa. Le temblaban las rodillas y le palpitaba un dolor sofocante entre las piernas mientras los pantalones le sujetaban los pies como si fueran una trampa.

—¡Tú me la has quitado! —dijo bufando—. ¡Me la has robado mientras estaba fuera! —Arnulf se puso recto y escupió una vez más, ya que le chorreaba la sangre—. ¡Quiero a Frejdis más de lo que tú la querrás nunca! ¡Tú solo te quieres a ti y a tu terrenito, y si hubieras tenido el coraje de preguntarle a solas a Frejdis sin aparecer ante su padre con Stridbjørn y todas esas promesas de riqueza, nunca te habría dicho que sí! ¡No hace ni cuatro días que Helge murió y tú ya estás buscándote una esposa! Tan poco significa él para ti que apenas te has tomado la cerveza en el funeral y ya estabas engañando a Trud para llevarte la joya y regalarla.

Arnulf presionó la palma de la mano contra el labio partido. Rolf apretó los ojos y parecía que le costaba contenerse.

—¿Y esa alegría no le alivió la pena a Trud? Helge no tardaría en aprobar mi propuesta y tú te burlas. ¿Qué clase de hombre se puede permitir hablar de respeto con el miembro brillando con los jugos de una mujer? Tú qué sabes qué siento yo por Frejdis. ¡Tú quieres como el toro a la vaca, pero yo quiero una familia, tener hijos, y cuando me haya construido una nueva granja, Frejdis le traerá bendición a ella y a mi vida!

Arnulf cogió los pantalones furioso, era vergonzoso estar discutiendo con las nalgas brillando a la luz de la luna.

—Pues decidámoslo en buena lid con un arma en la mano. ¡No te creas que tengo miedo de luchar contra ti por Frejdis, torpe!

Rolf no le dejó apretarse el cinturón, le dio una patada en las espinillas y Arnulf cayó al suelo, lo que provocó un gran estruendo. Intentó en vano escapar, pues Rolf se le echó encima. No podía ponerse de pie con los pantalones por los tobillos y los pies de Rolf alcanzaron su trasero, con lo cual la humillación era fulgurante. Completamente fuera de sí, Arnulf se levantaba una y otra vez, pero Rolf le volvía a golpear y lo estampaba contra el suelo. Nunca Arnulf se había sentido tan degradado como cuando dio vueltas controlado por los golpes y patadas de Rolf con su miembro colgando y encogido por el dolor y la decepción, y Rolf no parecía tener suficiente con eso para vengar la afrenta. Agarró a Arnulf con violencia y le obligó a ir a gatas por la hierba, pero, cuando se quitó el cinturón para azotarlo, este perdió la calma por completo.

El mango del cuchillo de caza, que estaba en el cinturón, le rozó la mano y él lo agarró a la velocidad de un lince que extiende las garras. Arnulf se levantó de un salto y se lanzó hacia Rolf con la hoja del cuchillo por delante.

Øystein le había robado a su querido hermano, ¡pero Rolf le había arrebatado lo que más amaba! Frejdis era su vida, su triunfo, ¡su aliento! Era la sangre que corría por sus venas, el sueño sobre el que versaban sus canciones y su único deseo real. Arnulf no podía soportar verla en brazos de Rolf ni por un momento, y nunca había creído que su propio hermano carnal lo pudiese traicionar de esa manera tan terrible.

El cuchillo alcanzó el pecho de Rolf y se adentró allí, y este abrió los ojos y cayó de espaldas.

Arnulf no soltó el mango y se manchó con la sangre caliente que salpicaba, y Rolf se retorció en el suelo y se echó la mano a la herida. Convulsionó, luego permaneció inmóvil y por un momento fue como si a Arnulf le hubiera dejado de latir el corazón. Observó horrorizado a Rolf y oyó un quejido de su propia garganta, pero el corazón se puso en marcha de nuevo, de manera que le crujieron los oídos y empezó a brotarle el sudor por cada poro de su piel. El cuerpo jadeaba y lo sintió como algo ajeno a él.

Rolf había cerrado los ojos y estaba en el suelo sangrando con la mandíbula desencajada, pero no respiraba, y Arnulf caminó titubeante hacia atrás y cogió los pantalones. ¡Había matado a Rolf! ¡A su propio hermano! ¡Era un asesino, y de los más detestables, un fratricida! ¡Y Rolf ni siquiera estaba armado! ¡Era una cobardía, un crimen, una fechoría! Arnulf parpadeó y sintió una quemazón en la garganta. ¡Se había arruinado la vida! Ningún hombre quedaba impune ante un homicidio y nadie era objeto de un odio y un desprecio mayores que un infame asesino.

Arnulf miró el cuchillo ensangrentado. La mano no quería soltarlo y los blancos dedos agarraban el mando como si les hubiera alcanzado una maldición. Se puso de pie como si estuviera sonámbulo. La gente de la aldea lo mataría o lo expulsaría. Lo nombrarían proscrito y lo desterrarían en la próxima asamblea. Stridbjørn, por la vergüenza, se ahogaría en el barril de hidromiel y Trud se moriría de pena. Toda la gente de Egilssund se compadecería de ellos y a él lo juzgarían por todos sus crímenes. Cada uno de sus hechos les recordaría que se tendrían que felicitar por no haber criado a un hijo tan miserable. Las lágrimas le humedecían el labio herido. ¡Y Frejdis! ¡Ella lo odiaría como ninguna mujer ha odiado a un hombre! Una intensa debilidad le hizo bajar los brazos, pero entonces el pánico se apoderó de él y lo aplastó de tal manera que se le nubló la vista. Frejdis volvería dentro de poco. Quizá fue a buscar ayuda y quizá creía que solo tendría que curarle los arañazos a su prometido, pero iba a venir y encontraría a Rolf.

Arnulf se colocó los pantalones y se sonó la nariz con suavidad. No se iba a quedar allí esperando. No quería que vinieran y lo atasen como el criminal que era, y apartó todos los deseos de venganza que le había despertado el fallecimiento de Helge, pues era joven, ¡demasiado joven para acabar su vida! Era el último hijo de Trud y Stridbjørn y, por mucho que hubiera hecho, merecía vivir.

Arnulf volvió a mover los dedos, envainó el cuchillo y echó a correr. ¿Cómo había podido hacerlo? ¡Clavarle el cuchillo a Rolf! Fue culpa suya, bien lo sabe Tyr. ¡A un hermano no se le apalea con el cinturón como si fuera un perro o un esclavo!

Arnulf tropezó con un montículo de hierba y cayó en una cerca con manchas, pero enseguida se volvió a poner en pie. Rolf estaba muerto. Helge estaba muerto y Rolf también. Rolf con sus manos tranquilas y fuertes y los ojos azul claro. Rolf, que le había hecho escudos y espadas de madera cuando era pequeño y le había llevado a montar a caballo por primera vez. Le había enseñado a fisgar anguilas. Los veranos en los que Helge y Stridbjørn habían salido con el barco, fue Rolf quien había ayudado a Trud con el cuidado de los campos y de los animales mientras aguantaba las bromas de Arnulf con reproches, pero con paciencia. Se sabía los cantos de Kveldulf y todas las historias sobre Starkad.

Exhausto, Arnulf se detuvo delante de la casa de Stridbjørn. Tuvo que apoyarse en la pila de leña y le pareció que la casa se estaba tambaleando como si quisiera arrancarse y huir de él. Arnulf escupió sangre y se llevó la mano al ojo. La casa estaba oscura y en silencio, pero su palpitante corazón y su respiración jadeante amenazaban con despertar a la gente que dormía al otro lado de la pared y él se puso a escuchar atentamente y a cada segundo esperaba a oír el grito desgarrado de Frejdis cuando viera a Rolf. Despertaría a toda la aldea y la gente se levantaría creyendo que habría fuego o que venía gente de fuera por mar.

Arnulf contuvo la respiración mientras fue corriendo hacia la puerta. Dentro de poco tiempo tendría encima a todos los hombres y él solo tenía su cuchillo. Necesitaba un arma para defenderse, si no, estaba vendido. Con un arma en la mano podría plantar batalla y mejor morir por un espadazo que vencido y condenado.

Sabía con precisión cómo debía abrir la puerta para no hacer ruido y se puso tras ella como una sombra con los sentidos atentos. Todos estaban durmiendo. Halfred tenía razón, se calmarían cuando volviera, y surgió un ronquido tranquilizador desde el lugar donde dormían. La chimenea ardía y los perros levantaron la cabeza y movieron la cola. Arnulf caminó con cuidado. Stridbjørn estaba tumbado bocarriba con la boca abierta roncando y Trud se había hecho un ovillo dándole la espalda. Ni siquiera el sueño aplanaba las arrugas que se le habían formado en la frente los últimos días y tenía el borde de la manta agarrado. Arnulf se puso de rodillas. ¡Ojalá pudiera echarse al suelo e implorar perdón! ¡Ofrecer compensación y se acabó! Que Stridbjørn golpease todo lo que quisiera con tal de que no le pegase a él lleno de aversión y odio. Arnulf apretó las temblorosas manos. No había sido su intención matar a Rolf, no entendía lo que había hecho. Estaba preparado para un duelo, lo suficientemente furioso para ganarlo, pero asesinar, ¡nunca! Miró a su alrededor.

La Ormstand seguía en la mesa con el brillo de las ascuas reflejado en la hoja. El mango incrustado con hilos de plata parecía estar caliente y vivo, y los dragones entrelazados por el filo llamaban a Arnulf con los ojos brillantes. El dragón superior tenía las fauces muy abiertas y se podía distinguir claramente el diente que le daba nombre a la espada [4]. La fabricaron con tanta plata y tan pura que Helge la consiguió a cambio de cuatro esclavos, e incluso le alzó la voz al herrero con el hacha apoyada en el hombro, pero después acabaron bebiendo juntos y Helge bautizó a su nueva arma en sangre de una víctima bajo el consiguiente *blót* [5]. Amaba esa espada. Arnulf lo había visto a menudo desenvainarla por la noche y ponerla debajo de la piel que usaba para taparse. Tenía la punta más ligera de lo habitual, con el peso tirando hacia el mango, por tanto, el dragón se deslizaba con suma suavidad en la mano y se podía levantar el diente con soltura. Arnulf no pudo conciliar el sueño aquella noche, había cogido una espada por primera vez, el brazo lloraba echando de menos esa inalcanzable hoja, había nacido un poema y Helge, ya antes del amanecer, había prometido buscarle a su hermano un arma parecida.

Stridbjørn era viejo y Rolf estaba muerto, así que Arnulf se acercó con determinación a la mesa y agarró el mango. Se sobresaltó cuando la levantó con el brazo extendido. ¡La espada de Helge! La Ormstand era conocida por más de una hazaña, ahora era su mano la que la blandía, y sentía como si la fuerza y el peligro de la espada se deslizasen por su brazo, como si la serpiente dorada corriera por su sangre y le infundiera una nueva valentía. Helge sonreiría en la mesa del Valhala si supiera que Arnulf había cogido su espada y aplaudiría que la saga de la

Ormstand aún no se hubiera acabado. Le correspondía a Arnulf continuar su trabajo y ser el único que lo conseguiría.

Arnulf le dio la espalda a Trud y a Stridbjørn, y salió a toda prisa. Cogió una funda de madera vacía recubierta de lana de un rincón de la pared, pero no le dio tiempo envainar la Ormstand porque salió corriendo de la casa y dejó la puerta abierta detrás de sí.

De camino hacia las cabañas de los esclavos, apretó los dientes y se endureció. Si tenía que salvar la vida, solo le valía pensar en el camino hacia delante, y con la espada en la mano tenía una posibilidad real de huir. Arnulf atravesó la oscuridad con agilidad. Corriendo como un lobo.

Se metió entre las casuchas y tragó la sangre que seguía llenándole la boca. Sentía un desgarro en los labios, tanto cerca de los dientes como en el lugar donde le había golpeado Rolf, y los dolores de los demás golpes y patadas comenzaron a amontonarse. Arnulf abrió la puerta de la cabaña más pequeña y avanzó a tientas. Toke estaba durmiendo junto al pilar y Arnulf se sacudió el pelo y buscó la cuerda con los dedos.

—¡Despierta, Toke, te vas a Noruega, a casa, a Haraldsfjord!

Toke levantó la cabeza somnoliento, pero, de repente, se sentó y dio un suave grito cuando Arnulf le hizo un corte con la espada al intentar desatarle las manos.

—¿Arnulf? ¿Qué haces aquí? ¿Qué ha pasado?

Sacudió la cabeza, le costaba espabilarse, pero parecía estar en un estado mejor que por la tarde. La cuerda se rompió y Toke levantó las manos mientras suspiraba.

—Nos vamos ya, los demás vendrán dentro de nada. ¡He matado a mi hermano! ¿Te sostienes de pie?

Arnulf cogió a Toke por el brazo y tiró de él, y el noruego se tambaleó y dobló las muñecas.

—¿Tu hermano? ¿Qué dices? ¡Creía que mi padre lo había matado!

—Ese no. Mi otro hermano, Rolf.

En ese momento retumbó en la noche el grito de Frejdis, estridente y despavorido, y le siguieron varios, cada cual más salvaje que el anterior. Arnulf metió la espada en la funda y se la colgó en el cinturón.

—Si quieres venirte conmigo y conseguir tu libertad, echa a correr, si no, ¡quédate aquí y sé un esclavo para siempre!

Toke, confuso, se desperezó y se concentró.

—¡Vale, Arnulf, estoy contigo!

Arnulf le dio un golpe en el hombro y se dio la vuelta.

—¡Rápido!

Si el noruego quería ir con él, tenía que espabilar y demostrar su valía. A pesar de todo, había dormido y no necesitaba las manos para correr. Arnulf salió de la cabaña sin decir nada más y Toke lo siguió a trompicones. Ya fuera, Arnulf echó a correr mientras los esclavos asustados abrieron las puertas de las demás cabañas para ver qué sucedía y él se alejó de ellos lo más rápido que pudo mientras le decía a Toke:

—Los hombres creerán que nos vamos al bosque, pero con los perros nos encontrarán, así que es mejor que vayamos donde los caballos. Muchos pastan en el pantano de las ranas, pero el esclavo que está allí nos verá, así que, si nos da tiempo, lo matamos.

—No. —Toke negó con la cabeza y miró hacia atrás—. No podemos ir a Noruega, necesitamos un barco. El viento viene fuerte y al refugio de la oscuridad podemos llegar lejos.

—¡Estás loco! ¡Nos pillarán con el barco grande en cuanto haya luz!

Toke lo miró insistente con la mano presionando las costillas.

—¡Un barco, Arnulf! Quizá el viento se calme al amanecer y nos dé ventaja, y, en caso de necesidad, podemos hundirlo para que no lo encuentren ni lo reconozcan y hacernos un hueco en un barco de comerciantes.

Arnulf se giró directamente hacia la playa mientras pensaba a la velocidad del rayo. Había antorchas encendidas en la aldea y los perros ladraban. Muchas mujeres estaban gritando y los alaridos llegaban a sus oídos. Le seguía pareciendo poder distinguir la voz de Frejdis, que le quemaba como el fuego y hacía que sus pies se volvieran inseguros. Toke tenía razón, aunque a Arnulf le parecía mucho más arriesgado estar en aguas abiertas que entre los árboles, estaba tan confiado en que el viento era como unas manos caprichosas en las que depositar la vida. Si mermaba, Halfred echaría cuarenta remos al agua.

La arena iluminaba la hierba y Arnulf cogió fuerza y fue corriendo hacia el borde del agua. El viento enmarañaba su cabello y azotaba la espuma del estrecho. Toke estaba justo detrás de él y su fatigada respiración desvelaba que no podía hacer más que seguirlo. El noruego no tenía fuerza para huir a pie en su estado actual y Arnulf se dirigió al astillero de Aslak con la esperanza interior de que nadie de la aldea lo encontrase por allí husmeando. ¡Simplemente creerían que Toke y él estarían yendo al bosque! Si antes de que saliera el sol nadie se daba cuenta de que faltaba un barco, aumentaría considerablemente la posibilidad de escapar.

—Aslak tiene un barco, vamos a cogerlo —propuso Arnulf señalando hacia delante.

En la playa había varios barcos, grandes y pequeños, y bajo un cobertizo estaba el del constructor. Aslak lo llamaba «la golondrina del mar» y no era tan grande como para no poder manejarlo él solo. Cuando los hombres se iban de vikingo en verano, Aslak se iba y hacía negocios con gentes de aldeas lejanas. Tenía los remos señalando hacia el interior qué maderas tenía que cortar, y luego le ponía la quilla al barco nuevo y dirigía la construcción. Cuando ya estaban puestas las bancadas, la sobrequilla y la fogonadura, y solo quedaba el suelo, se iba con la bolsa llena de plata y los dejaba terminar la embarcación.

La golondrina era rápida y ligera de manejar, y Aslak había puesto mucha atención en los detalles y la había pintado cuidadosamente de rojo oscuro, ya que el barco de un constructor tenía que imponer y mostrar a primera vista la capacidad del maestro. Era mejor no darle vueltas a qué pensaría Aslak al ver que le habían robado el orgullo, y Arnulf evitó mirar el nuevo y dañado barco de Helge cuando pasó por delante de él. Le hizo una seña a Toke para que fuera al cobertizo y él fue hacia la proa, cogió la cuerda y, aunque el noruego tenía la cara contraída, con la fuerza de un gigante ayudó a Arnulf a empujar el barco a la arena con el hombro apoyado en los tablones. El barco estaba algo lejos del agua porque a Aslak no le gustaba que le golpease el hielo de las tormentas y tenía suficientes mozos que lo llevasen a por él. Arnulf vio por el rabillo del ojo la llama de las antorchas bailando a causa del viento mientras otras desaparecían y se esforzó tanto que volaron luciérnagas ante sus ojos y pensó que el barco estaba empeñado en resistirse a su ladrón. Le temblaban los músculos y le dolía el labio, y, si las olas no le hubieran bañado los pies con su frescor, estaba seguro de que se habría rendido ante el terrible sentimiento de culpa que rugía en su interior como un animal salvaje y se habría derrumbado.

—¡Vamos, Arnulf!

Toke tiró de él hacia el mar turbulento y saltó la regala. Arnulf fue detrás de él y, exhausto, se puso a buscar a tientas las amarras del barco. El barco se balanceó y dio un bandazo, navegó hacia el lado contrario y le entró agua. Toke cogió el remo con la mano medio abierta y Arnulf sacó el cuchillo y cortó el nudo retorcido. No había tiempo que perder y el agua era peligrosa y estaba embravecida.

—Arriba, ven aquí, te ayudo.

Toke navegaba con una mano y con la otra pudo tirar de la cuerda. Estaba acostumbrado a ir en barco, Arnulf lo notó enseguida, y, como un potro caprichoso, la golondrina giró una última vez y el noruego la controló y el viento empezó a dar en las velas. Arnulf cogió un achicador y miró a tierra nervioso. El barco surcaba el estrecho con decisión y él no vio ninguna antorcha dirigiéndose a la playa. Le empezó a temblar la mano y el achicador golpeó la regala. Los hombres lo buscarían en el bosque. Creerían que Arnulf estaba solo y se había ido con los lobos y, una vez que los esclavos contasen que Toke iba con él, pensarían en los barcos. Pero los esclavos no dirían nada si no les preguntaban y, aunque no conocían a Toke, un siervo nunca se chivaba de una huida a no ser que lo obligasen. Y mientras Stridbjørn, Halfred y Aslak lo buscaban con gritos iracundos, las mujeres meterían a Rolf en la casa para lavarle las heridas y que Trud lo viese. Arnulf dejó los brazos colgando. Trud se derrumbaría sobre el pecho sangrante de Rolf y lloraría más que cuando los ases perdieron a Bálder, y Frejdis estaría enajenada, cercana a la pena y el odio.

—¡Achica!

La voz de Toke era imperativa, y su mirada, dura, como si supiera lo que estaba pensando Arnulf. La emoción por volver a casa parecía por un momento superar al cansancio y a los dolores. Arnulf apretó los dientes y achicó agua con las manos. El barco tenía que quedar prácticamente seco. Había que reducir el agua hasta la altura de los tobillos y se hizo más difícil enderezar el rumbo cuando esta chapoteaba a bordo, había que achicar el agua fuera como fuera. Agarró el mango de la misma manera que agarró el cuchillo cuando atacó a Rolf y se dio cuenta de que la mano seguía estando pegajosa por la sangre. Arnulf perdió el achicador. Rolf estaba muerto. Era un fratricida. Había matado a Rolf. A un hombre desarmado.

Toke le extendió el brazo y sujetó su mano herida con la suya. La presión era contundente y la sonrisa de Toke, cálida. La alegría daba fuerzas. El labio partido de Arnulf tembló y comenzó a sangrar de nuevo. El noruego no lo reprobó y, en vez de acusaciones y reproches, su mirada ofrecía amistad y ayuda.

—¡Gracias, Arnulf! —Toke controló el barco y lo dirigió hacia mar abierto—. Ahora no pienses. Mira a ver si nos persiguen e investiga qué hay en el barco. Necesitamos comida y agua, y tampoco nos vendrían mal unas mantas.

Arnulf apretó los ojos y volvió la vista hacia la aldea, pero seguía sin ver ninguna antorcha en la playa y las casas desaparecían en la oscuridad, que también ocultaba su huida con indulgencia. Intentó respirar hondo, pero tenía el cuerpo rígido y convirtió el suspiro en un balbuceo. Le daban pinchazos bajo la piel y tenía el estómago como una piedra afilada.

El arca del barco de Aslak estaba dentro de las bancadas, pero, a excepción de unas mantas, estaba vacía. La bolsa de comida y el barrilete de agua no los habían rellenado, ya que Aslak no tenía intención de salir antes de que Helge se fuera de vikingo en su nuevo barco.

—Hay mantas.

—Bien.

Arnulf comenzó a notar el frío. El viento era helado, era una noche primaveral fresca y tenía los pantalones mojados hasta los muslos. Ninguna persona en su sano juicio se echaba al mar sin capas de lana extra, protección para las piernas y ropa hidrófuga. Las orillas de Egilssund pasaban ante él, veía el mar a lo lejos y empezó a tiritar. Le temblaba el cuerpo sin control como en el peor frío invernal. Nunca había navegado de noche, pero conocía muy bien los peligros del agua y, mientras divisasen tierra, el viaje sería seguro.

Los ojos de Toke ardían como si tuviera fiebre y parecía el hombre derrotado que Arnulf había visto atado en la cabaña. Si el noruego se desmayaba, a Arnulf no le extrañaría lo más mínimo. Toke tiró de la vela.

—¿Por dónde tenemos que ir? No podemos llegar hasta Haraldsfjord con este barco, tenemos que encontrar el puerto más cercano. Quizá lo podamos vender y encontrar alguna ganga, si no es en Noruega, en algún sitio lejos de aquí.

Arnulf metió la mano en el agua y se la llevó al labio, pero, en lugar de aliviarlo, la sal le quemó.

—El puerto más cercano está en Gormsø. No está muy lejos y seguro que lo podremos vender ahora, antes de que comiencen las expediciones de verano. Ve a estribor en la desembocadura. Si persiste el viento, llegaremos mañana por la tarde, si no…

Estaba ronco y volvió la vista hacia atrás desorientado. Toke asintió satisfecho y lo siguió con la mirada.

—¡Nos las arreglaremos! Hasta mañana no verán que les falta un barco, a no ser que alumbren el cobertizo, y el barco va bien. ¡No has elegido uno cualquiera!

Arnulf se apartó el pelo de la cara.

—Stridbjørn y Halfred me van a perseguir todo el verano, que tengamos ventaja ahora no quiere decir nada. Cuentan con que pongamos rumbo a Haraldsfjord.

—O quizá no. No te preocupes demasiado.

—¡He matado a Rolf! —exclamó Arnulf furioso—. Estoy proscrito y desterrado. ¿De qué no me tengo que preocupar? No van a cejar hasta que no me hayan echado el lazo y me lleven ante la asamblea. Eso si no me matan en cuanto me encuentren.

Toke negó con la cabeza.

—¿Tienes más hermanos?

—Vivos, no —contestó Arnulf mientras se movía nervioso en la bancada.

—Entonces Stridbjørn no deseará ver muerto a su único hijo —constató Toke—, y mucho menos tu madre. Estarán tristes y furiosos, y probablemente te maldigan, pero en su interior se sentirán todos aliviados de que consiguieras escapar. Halfred nunca pondrá un pie en Haraldsfjord.

Arnulf no contestó y se acurrucó. Quizá Toke tenía razón. ¿Por qué querría nadie verlo muerto? ¿A quién ayudaría eso? Escondió la cabeza entre las manos. Intentó no pensar. Notó reventar un golpe de mar. La espuma de las olas chocaba contra el barco. Aslak había tallado en la regala animales y cabezas de pájaro.

Toke conducía el barco cerca de la orilla y lo hizo girar con pericia cuando el estrecho desembocó en el mar. El viento soplaba con más fuerza en esta zona. Azotaba la vela y la golondrina avanzaba rápida y poderosa. Los vikingos solían hablar del viento del Atlántico norte. En el mar, el viento enloquecía a las personas, sobre todo si no tenían una tienda de campaña en la que guarecerse ante las inclemencias.

Arnulf volvió a intentar suspirar, pero en su interior se desató un terremoto. El hecho de que pareciera que la huida no tendría éxito no lo tranquilizaba, al contrario, era insufrible estar ahí sentado sin nada que hacer y la sangre taladraba las venas como el agua helada. Había perdido a Helge, a Rolf, a Frejdis y a sus padres y amistades. ¿Seguía teniendo motivos para vivir? El destino estaba determinado para aquel a quien los dioses daban la espalda. Sus horas estaban contadas y no se prolongarían más allá de esa noche. Los rumores sobre sus crímenes se extenderían por todo el país, se relatarían en los puertos comerciales para los chismosos y lo acompañarían allende los mares, descomulgado eternamente por todo el mundo. Le perseguiría el desprecio y, con él, la eterna amenaza de una muerte por venganza.

El cuchillo homicida estaba en el fondo del barco, donde lo había tirado después de haber cortado amarras. Lentamente, lo cogió y se quedó mirándolo. De noche, la sangre no era roja. Era oscura, azul, del color de las sombras, como un soplo del aliento podrido de Hel. La mano cerrada intentó apretar el mango, nunca lo habían agarrado con tanta fuerza. Su brazo era fuerte, lo suficiente para luchar con Helge, para remar e ir de vikingo, sería sencillo. Giró el cuchillo para que el filo no apuntase hacia las cuerdas.

—¡No!

Toke gritó y soltó el remo de un salto mientras se echó hacia delante y le agarró el brazo. Arnulf opuso resistencia.

—¡Suéltame!

—¡No! ¡Arnulf, para!

El agarrón llegó hasta los huesos, pero Arnulf peleó con su desesperada furia y se tambaleó en el barco con Toke sobre sí. Intentó clavarse el cuchillo, pero no pudo y Toke le dio un manotazo para hacer que lo soltase.

—¡Que me sueltes! ¡No tienes ningún derecho a impedírmelo! —dijo Arnulf chillando e intentó morder a su adversario, pero Toke le puso la rodilla en el hombro y siguió haciendo presión.

—¡No te voy a soltar! ¡Suelta tú el cuchillo!

Arnulf se retorció y gritó de dolor.

—¡He matado a Rolf, estoy maldito, déjame hacer lo que me van a hacer ellos cuando me atrapen!

—¡No te va a matar nadie, imbécil! ¿Prefieres la amistad de Hel antes que la mía? ¡Estás insultando a los dioses si te quitas la vida de esa manera, así que dame ese cuchillo!

Arnulf le puso el puño a Toke en el pecho, donde sabía que le dolía más, y Toke estalló de dolor, pero siguió apretando el brazo con firmeza. Fuera de sí, Arnulf intentó quitarse de encima a Toke con las rodillas mientras la funda de la Ormstand le horadaba el muslo, pero Toke enredó las piernas con las suyas y cogió con ambas manos la mano en la que Arnulf tenía el cuchillo.

—¡Tú me has dado la vida y ahora yo te la devuelvo, bestia danesa! —gritó furioso y golpeó la mano de Arnulf contra el borde del arca. Arnulf chilló y perdió el cuchillo, y Toke lo cogió y se lo guardó en el cinturón. Jadeando y con la cara pálida, volvió a los remos con la mano en las costillas. Arnulf rodó convaleciente por el suelo y agarrándose la mano, llorando como un bebé. Solo deseaba morir y que el dragón del Midgard surgiera del mar para engullir la embarcación y poner fin al sufrimiento. Era insoportable. Su cuerpo estaba a punto de reventar.

El agua le empapó la ropa, se quedó helado, llorando y escupiendo.

—Por Frey, Arnulf, ¿eres un niño o un hombre? —Toke lo levantó con esfuerzo y lo puso a su lado.

—Veulf —bramó Arnulf y estrechó el brazo contra su cuerpo—. No me vuelvas a llamar Arnulf.

—¡No tendrías que haber matado a Rolf si no querías! Que Miólnir me golpee si no eres más pesado que un cargamento de gigantes. Venga, respira.

Arnulf apoyó la frente en las rodillas y Toke abrió la tapa del arca y sacó una manta.

—¡Mira, haz que la locura desaparezca! ¡Por la cabeza de Mímir! Necesito comprarme una cota de malla en Gormsø, si no, las costillas te abandonarán antes de llegar a Haraldsfjord.

Molesto, le puso la manta a Arnulf. Parecía que la pelea le había agotado las últimas fuerzas y respiraba con la boca abierta.

—Estoy maldito y tú apestas a meado, eso es peor —murmuró Arnulf.

—Es culpa tuya, así que te aguantas, pero ojalá un día te corten la lengua.

Toke frotó las manos por la cara y se apoyó cansado en la regala. Arnulf se sonó la nariz con los dedos y respiró dando bufidos. La mano le dolía muchísimo y se la puso ante los ojos.

—¡Y me has roto la mano!

A Toke le dio la risa.

—Un golpe a cambio de una patada, ¡estamos en paz! —Cogió la mano y la apretó mientras Arnulf protestaba furioso—. No está rota, y podías haber soltado el cuchillo cuando te lo dije.

Arnulf estiró la manta y no respondió. Toke miró a tierra, corrigió el rumbo ligeramente y el barco giró obediente a pesar de las agitadas olas. Arnulf se frotó las manos y notó cómo la humedad de la ropa calaba la manta. El corazón retumbaba en el pecho como si quisiera salirse del cuerpo que le había intentado quitar la vida. Si Toke no hubiera intervenido, ahora mismo iría camino del Hel, bajaría al inframundo helado de Niflheim, donde estaría Nidhug royendo cadáveres. ¡Se lo había merecido! Hel lo habría colocado con asco debajo de una serpiente venenosa e incluso los muertos lo esquivarían.

A Arnulf le dolía todo, estaba como un témpano de hielo y se le empezó a hinchar la mano. Se sentía miserable y avergonzado.

—¿Es el primer hombre que matas?

—Sí.

La respuesta fue un simple susurro. El noruego asintió lentamente.

—Pues no es una mala elección empezar con tu hermano. La primera vez nunca es fácil.

Ahora parecía ceder ante el peso de verdad. Tenía la mirada fija y los hombros ladeados. Arnulf metió la mano en el agua para aliviar el dolor y el borde de la manga chorreó agua negra. Estaba vivo. Se escapó de la gente de Egilssund, pero no de la vida de allí, y mientras el pulso se estabilizaba lentamente, intentó ajustar cuentas con su destino. Una muerte rápida no era castigo suficiente para su crimen.

—No eres el único al que los dioses le han dado la espalda —señaló Toke con serenidad—, ambos estamos malditos, Arnulf, nuestra vida está maldita. —Se atusó el pelo con un suspiro lleno de dolor—. Tengo que mirar a los ojos a mis compañeros de Haraldsfjord y contarles a muchas mujeres y niños que sus maridos y padres no van a volver a casa. ¡Habría sido más sencillo si me hubiera muerto en una escaramuza con armas! Éramos veinte a bordo del barco de mi padre.

Arnulf lo miró.

—¡Helge llevaba cuarenta hombres!

—Sí. Fue una lucha desigual.

La mano agarrotada empuñaba el remo y Toke frunció el ceño con amargura.

—Le pedí permiso a Øystein para desafiar a duelo a Helge para que la venganza por su fechoría quedase entre nosotros, pero mi padre dijo que él estaba más enfadado que yo y que los perros viejos debían ser los primeros en dejar el mundo. Cuando Halfred lo mató, la furia de mis compañeros de armas era imparable y se lanzaron todos a luchar. —Apretó la mano que tenía libre—. Si Halfred va presumiendo de esa pelea, es más despreciable que la mayoría.

Arnulf negó con la cabeza, aunque un ojo soltó un rayo de luz.

—No ha presumido, solo habló de la fuerza con la que te defendiste.

—¡Pues claro que me defendí! —resopló Toke—. Al menos justo hasta que Asbjørn tuvo la suerte de golpearme en la frente con el mango del hacha.

Se quedó callado y sentado largo rato reflexionando al lado del remo mientras el barco pasaba por un cabo. Arnulf se humedeció los labios y notó cómo se relajaba su cuerpo mientras miraba a las nubes, y estimó que por el momento el viento no iba a amainar. Pensó en la última pelea de Helge. Lo vio delante de sí con la Ormstand en la mano. Siempre sonreía cuando luchaba y miraba a su enemigo a los ojos. Una vez que Øystein Ravnsbane le partió ambos escudos, le alcanzaron el brazo, así debió de haber sido. No se le podía llamar cobarde al padre de Toke, pues se atrevió a asaltar un barco con el doble de tripulantes que el suyo y Toke había salido a él claramente. Arnulf se arrepintió de sus duras palabras y acciones. Sin motivo alguno, había tratado al noruego injusta e insolentemente. Lo miró de reojo. En adelante, Toke podía contar con él como amigo y no habría más peleas entre ellos. ¡Por la espada de Helge! Toke estaba preocupado y triste y tenía el párpado rajado. Tenía que estar exhausto, había dormido poquísimo y su tristeza era profunda.

—Échate a dormir, si no, te vas a caer al agua y soy yo el que conoce el camino.

Toke se puso recto.

—Solo si me das tu palabra de que no me vas a matar ni te vas a suicidar.

—Tú tienes mi cuchillo y te prometo guardar la espada en la funda. Tú échate, Toke, ¡gracias!

Arnulf le tendió la mano y Toke la tomó.

—Antes de que haya luna nueva, Arnulf, nos vamos de vikingo los dos.

Cogió el achicador y quitó agua del barco, sacó la otra manta del arca y con un ligero suspiro rodó por los duros tablones. Su respiración se hizo pesada y Arnulf cogió el remo con decisión.

Helge y Rolf estaban muertos, pero no quería llorar ni comportarse otra vez como un niño, ¡nunca más! De ahí en adelante solo haría lo correcto, y su dolor y odio a sí mismo no tenían por qué saberlo los demás. Desde aquel momento ningún hombre podría criticarlo por actuar de forma inmoral e impulsiva, y Toke no se arrepentiría de haberlo llevado de expedición. Los dioses lo odiaban y lo habían abandonado con desdén, no hacía falta componer ningún poema sobre eso, pero no era bueno para nadie ir por ahí desprotegido. Arnulf elegiría un nuevo dios. Un dios para los excluidos, uno que fuera tan solitario y luchador como él, proscrito y humillado. El lobo le había dado nombre y los lobos de los riscos del bosque lo habían acogido en su manada, por lo tanto, Fénrir sería el dios al que invocar y ofrecer sacrificios. Estaba atado y condenado en su isla, pero Arnulf sabía que, si alguna vez lo encontraba, el lobo gigante le lamería las manos. Fénrir era fuerte, más que todos los ases juntos. No le negaría su tenebrosa protección y no tenía miedo de sus fuerzas malignas. Arnulf sonrió con firmeza. Por mucho que las nornas hubieran hilado su destino, Fénrir subsistiría hasta el Ragnarok para, en ese momento, matar al mismísimo Odín y así alargar un poco su ciclo vital.

La golondrina pasó por el alto acantilado junto a las cimas de sílex y Arnulf tuvo cuidado con el escollo bajo y afilado que tenía delante y que apenas se vislumbraba en la oscuridad. Otros hombres habían sido desterrados antes que él y se obstinaron en convertir su mala fortuna en hechos cantados por los escaldos. Hombres buenos cuya historia era conocida y admirada. La vida no había acabado y ahora iba rumbo a lo extraño, a su primera expedición, y no estaba solo. No era Helge quien iba a llevar el barco, pero Toke era un vikingo muy valiente y los guerreros noruegos no eran menos bravos que los daneses. ¡Fénrir velaría por su viaje y llevaría un lobo negro por el mar y pelearía y saquearía tan bien como cualquiera! Sin Toke estaría dando vueltas por el bosque con los perros pisándole los talones y seguramente habría tenido un final miserable, le debía mucho al noruego. Tenía que ser leal y tener en alta estima a su nuevo amigo de Haraldsfjord. ¡Ese era el primer juramento en nombre del lobo Fénrir!

***

El viento arreció toda la noche y el barco siguió su rumbo firme hacia Gormsø. Cuando, de vez en cuando, la luna alumbraba la costa entre las nubes, ese brillo y las escolleras se iluminaban y le facilitaban a Arnulf la tarea de reconocer el terreno. Con las primeras luces del día, miró atentamente hacia detrás, pero no se veían velas y se sintió seriamente convencido de que no los estaban persiguiendo.

Arnulf tenía sueño y la mano tiesa de sujetar el timón, y el frío le molestaba cada vez más a medida que aumentaba el cansancio, pero mantenía la mente despierta y le había beneficiado estar en paz con sus pensamientos. Toke se despertó cuando Skinfaxi alzó el sol por el horizonte y las aves marinas volaron hacia el mar. Se incorporó, dio un sonoro bostezo y se frotó las malparadas manos, tras lo cual le sonrió a Arnulf a modo de agradecimiento.

—Me tendrías que haber despertado antes.

Arnulf le devolvió la sonrisa y negó con la cabeza.

—Necesitabas dormir tanto como un oso hibernando.

Toke hizo sus estimaciones de la costa y del viento, y pareció satisfecho.

—Hemos tomado mucha ventaja. ¿Cuánto queda hasta Gormsø?

—Llegaremos a mediodía, el barco va más rápido de lo que pensaba.

Arnulf se apartó el pelo de la cara. Tenía sed y las tripas le empezaron a rugir.

—Pues échate a dormir hasta entonces —dijo Toke y se quitó la manta. La dejó en el arca y escudriñó a Arnulf—. Tienes pinta de tipo peligroso, no puedes aparecer así en ningún sitio. Lávate y dale un agua también a la capa, mejor estar mojado que parecer un hombre que acaba de realizar un sacrificio.

Comenzó a arriar la vela para que el barco se detuviese un breve instante.

Arnulf bajó la vista. Tenía un montón de sangre, también en el cabello, y la de Rolf le llegaba por encima de la tripa. El labio estaba hinchado y dolorido, y le costaba abrir el ojo del todo.

—¿Qué tal la mano?

Arnulf extendió los dedos despacio.

—Más o menos. Puedo usarlos.

—Se defendió bien tu hermano.

Arnulf no respondió y Toke se desabrochó el cinturón y se quitó los zapatos y los pantalones. Estaban muy sucios y el hedor se propagó.

—Uf, qué cerdada —exclamó con fastidio y los tiró al suelo—, quítate la ropa y yo te la lavo mientras duermes, ahora hará más calor y mi manta está casi seca.

Toke se quitó los brazaletes de plata y la capa, saltó la regala y se tiró al agua. El barco dio un breve y peligroso bandazo y Arnulf se asomó por el lado contrario. Toke se agarró al barco con una mano.

—¡Aquí hace más frío que en Niflheim!

Se zambulló en el agua y Arnulf observó furtivamente el cuerpo musculoso del noruego. Era un cuerpo de vikingo. Varias cicatrices por cortes y golpes recorrían su brillante piel y las marcas moradas de las costillas mostraban con claridad dónde le había dado Arnulf las patadas.

Toke se lavó mientras daba bufidos y se sacudió el agua del pelo mientras reía.

—¡Se está fresco aquí abajo, solo espero que me reanime!

Arnulf no vio ningún motivo para abandonar el barco, que ya estaba seco, pero soltó el remo, dejó la funda de la espada y se quitó la sucia capa mientras notó cada lugar donde le había pegado Rolf. El viento le azotaba la piel y sumergió la capa en el agua y se lavó la cara cuidadosamente. El ojo estaba caliente y la helada agua del mar se resbaló por sus labios, salada e imbebible.

—¡Échame una mano!

Toke subió al barco con su ayuda y se acurrucó, y Arnulf siguió quitándose la sangre del tronco.

—No va a ser hoy cuando te eches novia en Gormsø, tienes el ojo totalmente morado —dijo el noruego con una mueca.

Arnulf lo miró de reojo y se limpió la sangre que tenía debajo de las uñas. De una manera insospechada, Toke se sentía orgulloso después de haberse librado de esa mierda de cabaña.

—¿Por qué mataste a Rolf?

Arnulf dejó caer las manos y respiró entre dientes. Se miró el dedo en el que llevaba el anillo dorado de Svend. Toke no tenía ningún derecho a preguntar. Le debería bastar con saber que había cometido un asesinato, la razón era cosa de Arnulf y las circunstancias eran demasiado delicadas como para seguir contándolas. Aun así, Arnulf tenía ganas de abrirse. De no cargar más él solo con ese dolor.

—Se comprometió con Frejdis mientras yo estaba en el bosque. —La lengua no quería formar las palabras, de repente la sentía gruesa y torpe—. No fue mi intención matarlo, simplemente sucedió.

Toke frunció el ceño y asintió.

—¿Por qué siguió golpeándote?

Arnulf intentó taparse el arañado cuerpo con los brazos.

—Quizá.

—¿Y Frejdis? ¿Merecía la pena?

Arnulf apartó la mirada. ¿Que si valía la pena? La habría cambiado por Rolf cien veces, ¡nadie en todo el Midgard valía ni la mitad que Frejdis!

—Sí.

Toke fue a gatas hasta el remo y le alcanzó su manta.

—Yo estoy casado con la mujer más bella que ha nacido bajo las montañas de Noruega. Las mujeres hacen que los hombres cometan los actos más grandiosos, pero también los más siniestros. Échate a dormir, te despertaré cuando aviste Gormsø, supongo que será imposible no verlo, ¿no?

Izó la vela y Arnulf masculló algo incomprensible y se echó la manta encima. Sus miembros doloridos se apoyaron sobre los tablones del barco y puso el brazo sobre la cabeza y se escondió bajo la tiesa manta. Las olas golpeaban los laterales del barco y acurrucado en la manta observó cómo Toke corregía el rumbo con el timón y cómo se ponía a lavar la ropa. A Arnulf le dolía la cabeza, estaba mareado por el cansancio y tenía más sed de la necesaria. Aun así, no pudo descansar hasta que Toke no terminó de lavar la ropa y de tenderla en uno de los obenques que sujeta el mástil.

***

Arnulf no había descansado en absoluto cuando Toke lo despertó a la hora de comer. Estaba empapado en sudor y el eco de un grito mortal intensificó su pesadilla. La vela ya no estaba tan tensa y las olas se habían calmado, y Arnulf se sentó a duras penas mientras gemía y se llevaba las manos a la cabeza. Tenía hambre y sed y dolor, y le volvía a doler la cabeza. Sentía palpitaciones en el labio y el ojo y, si no hubiera sido por la pesadilla, habría tenido más ganas de seguir enroscado en la manta y seguir durmiendo hasta que llegara el momento de su muerte.

—Toma.

Toke le dio la capa. Estaba húmeda, pero más seca de lo que esperaba, y se la puso.

Había escampado y el sol calentaba y se reflejaba en el agua. No lejos de allí tres islitas encorvaban la espalda sobre la superficie del mar y justo tras ellas avistaron Gormsø con sus llanas playas de arena y verdes campos. Había muchos barcos en la arena y, tierra adentro, innumerables tiendas de campaña y tenderetes con los postes tallados y manteles a cuadros cubriéndolos. Había también dos anchos atracaderos que llevaban hasta los barcos comerciales que venían de lejos y que estaban cargados de cajas, cántaros y barriles.

Arnulf notó tensión por el cuero. Los últimos veranos Rolf lo había llevado a Gormsø cuando la gente de Egilssund había acabado de construir los *knarr*. Cargados de lana y pieles y ámbar, salían para negociar por productos que no eran capaces de producir y Arnulf solía llevar un buen montón de pieles para vender. Los días en las plazas comerciales eran la mejor experiencia del verano y siempre estaban relacionadas con la alegría y las risas, y el encuentro con amigos y parientes de otras aldeas. En Egilssund no había mucha gente de la edad de Arnulf, pero en Gormsø nunca faltaban jóvenes con los que beber y competir, y Rolf a menudo tenía que ponerse serio con Arnulf cuando tenía que volver con él a casa.

Ahora todo era distinto y a Arnulf, de repente, le entró miedo al pensar que iba a ver a gente que lo conocía. Por regla general, los habitantes de Egilssund iban a Gormsø después de la fiesta del solsticio de verano, así que podía esperar que la mayoría de los comerciantes fueran desconocidos, pero no podía estar seguro de ello. Se tocó el ojo con cuidado y miró de reojo a Toke, que estaba sentado en la bancada agarrando con fuerza el remo. El noruego había intentado bajarse del todo las mangas, pero no pudo esconder las heridas de las muñecas y cualquiera que los viera a los dos se daría cuenta enseguida de que había estado atado y había peleado por liberarse. No tenía pinta de esclavo fugitivo, pero las marcas de las cuerdas eran sospechosas y el rostro magullado de Arnulf, sumado a que reconocerían el barco de Aslak, no les dejaba en buen lugar.

A Arnulf de pronto se le quitaron las ganas de atracar el barco en Gormsø. El plan que la noche anterior había sido tan obvio resultó de repente un riesgo y un peligro a plena luz del día.

—¿Esperamos a que se haga de noche? —preguntó con la voz ronca.

Toke negó con la cabeza rotundamente.

—Perderíamos mucho tiempo, y ya nos han visto. Si esperamos hasta la noche, la gente empezaría a hacerse muchas preguntas. —Miró a Arnulf—. Pero quizá sea mejor si no vamos juntos. A mí no me conocen y puedo responder por mí y, si tú te quedas en el barco, probablemente nadie te moleste. Puedes hacerte el dormido mientras intento vender el barco. Hay muchos aquí que se podrían usar para expediciones comerciales largas.

Arnulf asintió y se apretó el cinturón. La Ormstand, vigilante y protectora, estaba sobre el muslo, y Toke lo miró serio.

—Nada de asesinatos, Arnulf, no desenvaines por mucho que te digan, ¡prométemelo!

—¿Por quién me tomas? —dijo Arnulf, y Toke se encogió de hombros y suavizó la mirada.

—Yo sé de lo que hablo, Stridbjørnsøn, sé de lo que un hombre despechado es capaz de hacer después de haber cometido su primer asesinato y la tal Frejdis parece haber dejado en ti una profunda huella.

Tiró de la falda y puso rumbo directo a Gormsø, y Arnulf se colocó la capa y se juró que no hablaría con nadie si no era necesario.

La plaza comercial de Gormsø era grande y concurrida de primavera a otoño. Además de a los lugareños, Arnulf había visto a menudo a comerciantes noruegos que vendían piedras de afilar, cordajes y dientes de morsa, y también venía gente de Birka con hierro y cera y, a veces, preciosidades del este. Traían consigo seda, además de brocados y especias. Los comerciantes francos una vez pasaron por allí para intercambiar armas y cristal por ámbar, y el año pasado un occidental les vendió estaño.

Cada año Arnulf había devorado los productos de cada puesto y admirado joyas y armas, pero, como ahora iba con Toke, estaba serio y en alerta. No reconoció ninguno de los barcos que estaban en la playa y tampoco las tiendas de dormir que había detrás de las filas de puestos. Había gente por todas partes y el negocio parecía ir bien. Varios hombres llevaban ropas costosas o extravagantes, y el sonido de la flauta y el olor a carne cociéndose llegó a Arnulf cuando la quilla del barco tocó al fondo de la arena, y Toke y él salieron de un salto para empujarlo hasta llegar a tierra. Había poca gente junto a los barcos, y la propuesta de Toke de que Arnulf se hiciera el dormido en el barco hizo que su estómago rugiente y su paladar seco protestasen. El noruego tampoco había comido mucho los días anteriores y no estuvo muy acertado que los puestos de cerveza y comida estuvieran situados en primera línea para tentar a los recién llegados.

Toke se escurrió el agua de la pernera y se bajó las mangas.

—Volveré lo más rápido que pueda, ten cuidado.

Arnulf asintió y se apoyó en el barco con la mano puesta sobre el mango ornamentado de la Ormstand.

—Me quedo aquí solo si no me dejas morir de hambre.

Toke hizo una mueca.

—No has pasado ni la mitad de las penurias que he pasado yo desde que me crucé con Helge. ¡Piénsalo mientras esperas!

—¿No fui yo el que te llevó pan y agua? —bufó Arnulf escandalizado y miró a Toke furioso.

El noruego no respondió, pero sonrió confundido y le dio la mano, que Arnulf cogió con fuerza. Si Toke le daba la posibilidad de salir de allí, tendría que dejar de exigir y calmar un poco la sed.

Toke fue hacia los puestos a paso rápido y Arnulf se sentó con la espalda vuelta al barco y suspiró hondo. El barco estaba mojado, pero la capa estaba tan húmeda que se confundían. Siguió con la vista los gestos fervorosos de los comerciantes que estaban junto a los puestos y oyó sus gritos y risas. Un herrero había llevado sus herramientas y montado una fragua, y los golpes del martillo resonaban por doquier y se mezclaban con los relinchos de los caballos y los cacareos de las gallinas. Unos chavales estaban probando un arco nuevo y una joven le mostraba con una gran sonrisa una madeja de tela a un hombre de apariencia occidental que sacó una cadena de bronce del portamonedas del cinturón. Junto a una mesa alargada, dos hombres pujaban por la misma piel de oso y estaban a punto de llegar a las manos. Arnulf se mordió la lengua para salivar. Era injusto que se tuviera que conformar con seguir las bromas a distancia mientras Toke comía y bebía y se mezclaba con gente de bien. Se arriesgaba a arrugarse y encanecerse al sol si el noruego marcaba el ritmo, ¡y las jarras de cerveza chocaban tan fuerte que se oirían hasta en Egilssund!

Estuvo un buen rato mirando la golondrina desanimado e intentó que no le dominasen pensamientos sombríos y cada vez le costaba más aguantar la sed, pero como esas torturas le parecían excesivas, se puso de pie nervioso. ¡Era una tontería estar sufriendo de esa manera cerca de un puesto de cerveza! Nadie lo conocía y, si alguien preguntaba algo, ¡no estaba prohibido haberse metido en una pelea! Una jarrita de cerveza y un trocito de carne no le llevarían mucho tiempo, y Toke no se daría cuenta.

Arnulf se tapó el ojo hinchado con el pelo y se dirigió al puesto con alegría. Sonrió a un par de chicas con cestas y se agarró el cinturón con los pulgares cuando empezaron a reírse a su espalda. Quizá no parecía tan temerario como otros mozos a los que a las mujeres les apetecía mirar, y ¿Frejdis no lo elogiaba por cómo le caía el pelo? Como si la hilera de puestos abarcase algún peligro para un valiente, ¡qué estupidez dejarse asustar como un niño!

Había varios hombres hablando sentados ante el puesto de cerveza, descansando en los bancos alargados que estaban bien dispuestos y detrás del barril que tenía el vendedor por tripa estaban las jarras más grandes colgadas de unos ganchos. Arnulf se cercioró de que no hubiera caras conocidas bebiendo y pidió una jarra del mejor barril. Se dejó caer sobre un banco y enseguida se olvidó de todo lo que tenía a su alrededor cuando la aromática cerveza regó su garganta como la balsámica lluvia tras la pertinaz sequía. ¡Jamás en la vida había tenido tanta sed! ¡La tensión y la huida podían deshidratar un cuerpo con tanta fuerza!

La cerveza fluía calmando sus doloridos músculos y susurrando tranquilizadora a sus extremidades para que se calmasen, y la triste visión del fondo de la jarra llegó hasta Arnulf mucho antes de que la sed se hubiera apagado de una manera soportable.

El vendedor levantó las cejas asombrado cuando Arnulf pidió más cerveza y le llenó la jarra de nuevo mientras los hombres que estaban en los bancos alzaron las suyas por Arnulf. Saludó cortésmente y volvió a beber sin importarle lo que pensaran los demás. Hoy podía beber como lo hizo Tor en Utgarda-Loki y, cuando la segunda jarra se vació, fue más sencillo dejar de pensar en la muerte de Rolf y en la despiadada sentencia que dictaría la asamblea por fratricidio. Eructó hacia dentro, se sintió bien por primera vez en días y se limpió la espuma de los labios con esmero.

Arnulf quería que le volvieran a llenar la jarra y le irritó ser objeto de la diversión de los demás bebedores. Le sonrieron y brindaron mientras se daban con el codo unos a otros y Arnulf volvió a brindar con desgana y escupió al suelo. Debería intentar comer algo antes de beber más para que la cerveza no se le subiera a la cabeza, pero se sentía bien. Un comerciante con la barba morena, cuyo atuendo desvelaba que era de Gotlandia, se acercó a Arnulf.

—¡Sí que tienes sed, joven amigo! —Se dirigió a los demás riéndose—. Cuando un chaval bebe con tanta ansia y, como es evidente, se ha metido en pelea, es que le han quitado la novia. ¿Tengo razón, ojo morado?

Arnulf resopló, pero se calló una respuesta mordaz porque había prometido comportarse ante extraños. Dio un trago largo y dejó la jarra en el banco.

—Bebo porque tengo sed, yo no te pregunto por qué bebes tú.

Volvió a escupir y dejó de tener hambre. Lástima que la jarra se fuese vaciando poco a poco, él había vuelto a ver el fondo de la suya, quizá el barrilero le había engañado.

—No lo tome usted a mal, hombre —dijo Barbanegra para calmar los ánimos—, pero una buena historia pega con una buena jarra de cerveza.

Arnulf apuró la suya.

—No te gustaría oír mi historia. ¡Más cerveza!

La lengua se deslizaba extraña en la boca. Quizá Rolf también la golpeó cuando le partió el labio. El vendedor cogió la jarra y la llenó, pero no se la devolvió inmediatamente.

—¿Con qué me vas a pagar, jovencito? Mi cerveza es mejor que la mayoría y no se da a cambio de nada. Además, no veo que lleves portamonedas en el cinturón, pero a lo mejor estás dispuesto a darme un pedazo de ese anillo que llevas en el dedo.

Arnulf se puso furioso. ¡El anillo de oro del rey era el pago a Helge como escaldo y la herencia de Arnulf! ¡Cómo se atrevía ese pelagatos a proponer algo así! ¿Por qué no le dejaban esperar a Toke en paz? Frunció el ceño.

—Te doy mi cuchillo. No tenía pensado quedármelo mucho tiempo y, a cambio de él, me puedes llenar la jarra otra vez tranquilamente.

El vendedor asintió y le dio la jarra, y Arnulf pudo beber más.

—Parece un buen cuchillo —espetó Barbanegra y le miró la cadera—. No puedes cambiarlo por cerveza, tiene valor, puedes hacer negocio con él. Me lo puedes vender a mí y pagar la cerveza con plata.

Arnulf lo miró irritado.

—¿No crees que pueda beber como un vikingo? Si hago un trato honrado con el vendedor, no te metas. Si lo deseas, le puedes comprar el cuchillo a él después.

Barbanegra frunció el ceño, pero un pelirrojo regordete se rio en alto.

—Ja, ja, ¿no te vas a beber también la espada, potrillo borrachín? Debe de ser bella la chica por la que estás triste, pero no me extrañaría que hubieras robado las dos armas, porque la espada me parece que es demasiado buena para un golfo como tú.

Arnulf dio un golpe en el banco con la jarra, con lo cual la cerveza salpicó, y se llevó la mano a la empuñadura de la Ormstand.

—¡Esta espada es mi legítima herencia y en menos que canta un gallo puede separar tu cara de cabra de tu cuello gordo! ¡He matado a un hombre antes, por si te interesa saberlo, y no tardó mucho tiempo en morir!

El pelirrojo levantó las manos, pero siguió riéndose.

—¿No sería él quien te pegó? Nada, no respondas, tú sigue bebiendo cuanto quieras, a mí me da igual.

Arnulf respiró hondo y cerró los ojos un segundo. Tenía que volver al barco, ya había bebido más de la cuenta y tanta cerveza podía ser traicionera para un estómago vacío. Soltó la espada y cogió la jarra.

—He matado a mi hermano.

De repente, Arnulf se empezó a reír. ¡Ya lo había dicho, no era tan difícil!

Barbanegra y el pelirrojo se miraron de reojo inseguros mientras Arnulf se bebía la cerveza.

—¿Te lo estás inventando? —preguntó el vendedor, pero Arnulf negó con la cabeza y se mareó y tuvo que agarrarse al banco.

—Cierto que no, lo maté ayer, así que me podéis convidar a una cerveza en su honor.

Se volvió a reír, una risa tonta y desenfrenada. ¡Cerveza de despedida! Desde luego, Rolf se la merecía y así la historia podría ser conocida a lo largo y ancho.

El vendedor dio un paso adelante, le quitó la jarra a Arnulf y le puso el puño en la cadera.

—Sea mentira o no, es hora de que pagues y busques otro sitio para plañir, que una persona de tu edad no tolera más cerveza.

Arnulf seguía riéndose impasible. Estaba radiante, el cuerpo le daba sacudidas.

—Te voy a pagar, pero las historias son muy tristes. ¿No preferiría oír una canción?

Sacó el cuchillo, lo lanzó al poste de la tienda de campaña y la hoja del cuchillo ensangrentado tembló. Todo el alboroto que había a su alrededor enmudeció.

—¡Ese cuchillo está lleno de sangre! —exclamó el vendedor con asco y lo quitó de un tirón.

—¡Pues claro! —gritó Arnulf alegremente—. ¡La sangre de mi hermano, ya lo había dicho! —El banco se tambaleó bajo sus pies y el viento hizo que las telas de las tiendas se sacudieran, con lo que se volvió difícil mirar. Le temblaron las manos cuando se agarró el cinturón—. ¿No quieres también la funda? ¡Va con el cuchillo, también tiene sangre!

Arnulf se puso en pie, pero tuvo que volver a sentarse porque el suelo, inesperadamente, se enfadó con él e hizo que le temblasen los pies.

—¿Alguien ha visto a Aslak, el constructor de barcos? —El vendedor de cerveza miró a su alrededor—. El chaval este ha venido en su barco. A ver si quiere encargarse de él antes de que se caiga de morros.

Arnulf soltó el alcohol y fue a gatas por el banco hasta el comerciante gotlandés.

—¿Sabéis qué, buena gente? Me temo que se me olvidó traerme a Aslak cuando tomé prestado el barco, pero estoy seguro de que pagará bien para recuperarlo. ¿Lo quieres tú, Barbanegra, o tú, gordo? ¡Mejor negocio que ir hasta Egilssund no habéis hecho jamás, y ahora os voy a cantar la canción que os he prometido!

El pelirrojo se levantó furioso con los puños apretados, pero Arnulf, enardecido, marcó el compás en el banco con la mano y agarró la negra barba:

El hijo de Stridbjørn
perdido emprende
la caza del pariente
pena de sangre
cosecha de odio
el camino fraternal
efectúa escondido
la hazaña mortal

—¡Bjarke!

Una mano agarró con fuerza el hombro de Arnulf. Un puño lleno de heridas.

—¡Bjarke, por Frey! ¡Estabas aquí emborrachándote!

Toke agarró a Arnulf por las piernas, aunque sus rodillas estaban blandas como la mantequilla. Barbanegra liberó su barba furioso y Arnulf se abrazó feliz al noruego.

—¡Toke, mi único amigo! ¡Ven a beber conmigo! ¡Esos borregos no se creen lo que les estoy diciendo, haz el favor de contarles que tengo razón!

—¿Lo conoces? —le preguntó el vendedor a Toke con el cuchillo de Arnulf en la mano.

—¡Que si lo conozco! —Toke alzó la mirada—. ¡Que los dioses me maldigan, es mi cuñado, se ahoga en cada barril de cerveza que ve! —Miró los rostros serios de los hombres y se fijó en el cuchillo; luego sonrió con simpatía—. ¡Estáis como si el Ragnarok estuviera al caer! ¿Qué patraña os ha hecho creer? La última vez dijo que había cantado para el rey Svend, y la anterior, ¡que se había acostado con la madre del señor Hakon! En todo el país no hay mayor embustero que Bjarke, ¡ay de mi pobre hermana, que está casada con él!

Los hombres parecieron confiar un poco en él y Arnulf sintió que tenía que callarse y dejarle la palabra a Toke. Se agarró al hombro del noruego y le entraron unas náuseas que le hicieron arder la garganta.

—Pero el cuchillo —objetó el vendedor— está lleno de sangre. Afirma que ayer mató con él a su hermano.

Toke dio una sonora risotada.

—¡Bjarke no tiene hermanos! Se lo clavó a mi perro y, como veis, también yo me llevé una parte. Y ahora disculpadnos, porque parece que a mi cuñado no le han pegado lo suficiente como para que se le quite la tontería, así que nos retiramos para hablar de nuestras cosas. ¡Quedad en paz y disfrutad de la cerveza!

—¿Y el barco? —gritó Barbanegra desconfiado—. Ha venido en el barco de Aslak, el vendedor lo ha visto, ¡déjate de charla, noruego!

La mirada de Toke divagó un instante, pero mantuvo la sonrisa.

—Aslak llegó ayer tras la puesta de sol y nos dio permiso para probar su barco y dar una vuelta por la costa porque el caudillo de mi aldea lo enviará a buscar si encuentro útiles sus habilidades.

Hizo una señal de respeto con la cabeza y se llevó a Arnulf a rastras antes de que a los hombres se les ocurriesen más preguntas, y Arnulf los vio sacudir la cabeza junto al tenderete y brindar. Toke le puso el brazo en su hombro y se alejó a toda velocidad de las tiendas y los puestos rumbo a la playa. Sin embargo, no llegaron muy lejos antes de que perdiera pie y cayera de rodillas mientras vomitaba. Toke jadeó y le dio la espalda a Arnulf, que estaba tosiendo y regurgitando y ahogándose. ¡Por el rostro medio putrefacto de Hel, como decía el primer juramento a Fénrir! ¡Su comportamiento había sido imperdonable! ¡Se había quitado la careta sin saber con quién hablaba! ¡Toke debía de odiarlo ahora mismo! Arnulf se avergonzó como nunca e intentó balbucear una disculpa, pero la lengua no quiso obedecer y se le nubló la vista. Decididamente, tenía que tumbarse y dejarse caer. Justo aquí, donde la hierba parecía tan suave. ¿Quizá Toke no le diría que lo odiaba si se hacía el dormido?

Arnulf cerró los ojos y colocó las rodillas bajo su dolorido vientre. Solo necesitaba apoyar la frente en la hierba un instante y una anestésica oscuridad se expandió a su alrededor como si la mismísima tierra perdonase sus faltas y actos.

—¡Arnulf, por Tyr! ¿Cuánto has bebido? ¡Intenta ponerte de pie, recupérate!

Arnulf intentó agarrase sin entusiasmo a la mano de Toke.

—No presto oído a ningún juramento por Tyr, has de saber que ahora el lobo Fénrir es mi dios. Jura por él y déjame en paz, déjame morirme aquí sin que nadie se dé cuenta.

Toke resopló escandalizado.

—¡Te voy a dar yo lobo Fénrir a ti, bestia! Ninguna persona con dos dedos de frente pone su destino en manos del poder de una criatura tan antojadiza.

Cogió a Arnulf del pelo, tiró de él hasta sentarlo y lo miró con insistencia.

—Escucha ahora que estás despierto. Hay un islandés de nombre Sigurdur que está dispuesto a llevarnos en su *knarr* hasta Kaupang, en Noruega. Le he prometido que vendría a buscarte enseguida para que se te viera, pero espero que se tape los ojos cuando lo haga.

Arnulf dio un hondo suspiro e intentó aclararse la mente. ¿Kaupang? Eso sonaba a pájaro, ¡un pájaro feroés! Se quedó mirando a Toke, pero el rostro del noruego flotaba ante su mirada y cerró los ojos con fuerza.

A Toke le faltaba un brazalete de plata y llevaba un hacha en el cinturón. El arma estaba lejos de valer tanto como la plata, así que el resto le debió de haber caído en suerte al islandés. Arnulf entrecerró los ojos, pero no los pudo volver a abrir. Era como caer a un agujero sin fondo. Un agujero profundo y suave que se acercaba a él con calma. Y en Hel desde luego no hacía frío, ¡ni el más mínimo!

***

El suelo serpenteaba debajo de Arnulf con giros vertiginosos y él tenía la cabeza en la fragua del herrero, convertida con feroces golpes de martillo en el filo de una espada. Se arrolló jadeando, con náuseas y dolor de estómago. La luz deslumbraba como si Skinfaxi arrastrase el sol directamente hacia él, y Arnulf tosió y notó el sabor del vómito. Los convulsos músculos fueron testigo de nuevas pesadillas que se disolvieron y se olvidaron antes de que los pensamientos recuperaran el sentido. Guiñó los ojos angustiado y escuchó los graznidos de las gaviotas y el ondear de la vela.

—¡Buenos días, Stridbjørnsøn! Si alguna vez acabas en Valhala, no cuentes con que te dejen dormirla hasta mediodía, allí los *einheriar* se levantan de un salto cuando canta el gallo.

Arnulf ocultó la cara entre las manos.

—¡Cállate, Toke!

Toke se rio de él.

—¿Así me agradeces que te haya traído a rastras hasta el barco y que te disculpe el estado en el que llevas casi toda la noche? La verdad es que pones bien a prueba la confianza de tus amigos. Si no estuviera tan contento de ir de vuelta a casa, me hartaría de ti.

Arnulf abrió los ojos y se incorporó con dificultad.

—Disculpa, ¡debes de estar furioso! No tenía intención de beber tanto…

Frunció el ceño y alzó la vista. Alrededor había barriles y cajas amarrados en montones y el suelo estaba lleno de fardos envueltos en cuero que, supuso, contenían lana y ropa de lino. El ancla era testigo de muchos años de expediciones y al lado del mástil había un pequeño bote para desembarcar cuando hacía frío. El *knarr* era ancho y tenía un gran calado. Alrededor de la mercancía había un puñado de hombres sentados hablando o jugando a algún juego de tablero que se levantaban cuando el barco tenía que girar. Olía a pescado y a leche agria y, de pronto, Arnulf se puso a vomitar de nuevo. Alcanzó a sacar medio cuerpo por la regala antes de que los corrosivos jugos gástricos pasasen por la garganta. Toke se agarró el cinturón mientras se reía y los comerciantes dejaron caer unas cuantas observaciones burlonas. Arnulf cayó al suelo bocarriba y asintió pálido a modo de saludo. Se sentía enfermo hasta morir y le costaba soportar el balanceo de la embarcación.

—Bienvenido, Bjarke Olaifson, ¡espero que la cerveza fuera buena!

Junto al remo había un islandés alto de barba castaña con rasgos duros que manejaba el barco con pericia. Arnulf entendió que debía de ser Sigurdur. El timonel llevaba una ropa lujosa, tenía espada y hacha en el cinturón y parecía capaz de defender su productivo negocio. Muchas cicatrices arrugaban su rostro y daban muestra de más de una expedición de vikingos, y escudriñó a Arnulf.

—Gracias, Sigurdur. He de agradecer que cargarais conmigo ayer.

Arnulf se sonó la nariz y cogió el agua que Toke le dio.

—A lo largo del tiempo, otros hombres han subido a bordo, pero es raro que vaya con gente a la que acabo de conocer.

Arnulf bebió y mejoró un poco.

—De mí no tienes nada que temer.

Sigurdur rio bravucón y se le movió la barba.

—¿Vas por ahí con esa cara? Pareces de esos que necesitan un pequeño pretexto para armar bronca, pero Toke ha hablado bien de ti y espero que tenga razón.

—Bjarke es manso como un cordero —dijo Toke sosegado—, y el hecho de que me ayudase a escapar de mi cautiverio bajo el señor Torsten solo habla bien de él. Creo que Bjarke no sabía que este se pondría tan furioso por pedirle la mano de su hija y no se le puede reprochar que necesite tomarse una o dos cervezas después del rudo trato que le dieron los mozos.

Sigurdur se encogió de hombros y Arnulf pestañeó con la explicación de Toke, pero no preguntó nada. ¿Bjarke Olaifson? ¿El señor Torsten? ¡Toke era resuelto para estas cosas, había que dejarlo a él!

Sigurdur se quedó callado y Toke tenía salchichas y pan, y, a pesar de las náuseas, Arnulf se obligó a comer y a integrarse. Ahora era la cabeza lo que le torturaba.

El sol estaba alto y el viento era normal, y en la proa se formaba una espuma refrescante. Arnulf se quedó mirando la costa, pero ya no la reconocía y tampoco había visto antes esas aldeas que pasaban ante sus ojos. Sigurdur se fijó en la corriente y de vez en cuando daba la orden de virar la vela. Los comerciantes se mantuvieron aparte y ya no hablaban, y Toke se sentó con los brazos alrededor de las rodillas cavilando. Arnulf estaba cansado. No le caía especialmente bien el islandés, que parecía conocer las aguas y esquivaba los escollos con precaución y se anticipaba a las aguas de bajo fondo. El barco era pesado y giraba despacio, y eso hizo que Arnulf se pusiera a pensar en un buey muy usado, que solo obedecía a las malas bajo el yugo, pero era un buen barco, con espacio suficiente para llevar ovejas y ganado a bordo.

Se fue deslizando cada vez más y al fin cayó molido al suelo con el brazo bajo la cabeza. Si nadie le pedía nada, le dejarían echarse una siestecita esos islandeses o lo que fueran, y Toke era excelente dando respuestas verosímiles. Y ¿qué más había que hacer ahí?

✳✳✳

Arnulf estuvo dormitando hasta la noche. Cuando se incorporó, se le había quitado el dolor de cabeza, se arremangó y sacó el brazo por la regala. El frescor de la brisa sobre el agua le acarició la dolorida mano y sintió placenteramente cómo se deslizaba entre sus dedos. Toke seguía ensimismado y callado, pero Arnulf se inquietó y le dieron ganas de hablar. A pesar de todo, iban camino de tierras extrañas y le apetecía saber algo de antemano. El noruego estaba mirando al horizonte como si esperase ver montañas lejanas, y el sol temprano le doraba la piel.

Arnulf se secó con cuidado las salpicaduras de la mano y sintió la hinchazón. Creía poder confiar de nuevo en su fuerza y apretó el puño un par de veces.

—¿Cómo se llama tu mujer? —preguntó Arnulf en voz baja para que los hombres de Sigurdur no lo escuchasen.

Toke se acercó y giró la cabeza.

—Gyrith. Gyrith Stentorsdatter.

Arnulf asintió complacido. ¡Gyrith era un nombre bonito!

—¿Cuánto tiempo lleváis viviendo juntos?

—Dos años.

La cara de Toke de repente se relajó.

—¿Tenéis hijos?

El noruego sonrió y se le iluminó la mirada.

—Una niña. Ranvig. Ya debe de gatear. Tiene el pelo rubio como el trigo maduro.

Arnulf le devolvió la sonrisa.

—Será guapa.

—Sí, es muy guapa.

Toke suspiró y se mesó la recortada barba.

—Prefería no haber estado con mi padre en esa expedición por venganza, pero mi hermana lloraba y mi familia estaba furiosa. Puede ser razonable irse de vikingo e intentar enriquecerse, pero, cuando se tiene esposa e hija, la moral se viene abajo.

Arnulf se limó una uña rota con un tablón.

—Rolf no quería ir de vikingo, solo Helge.

Toke asintió.

—Cada hombre tiene que hacer lo que considere mejor. Me encanta navegar y animarme con una interesante disputa, pero en realidad el viaje y los actos de un hombre no son tan importantes. Llevamos a cabo hazañas o morimos por azar mientras las mujeres siguen adelante y saben domesticar al *berserker* más salvaje. —Miró pensativo las olas—. Un hijo crecerá para, quizá, morir con la espada en mano, pero una hija dará alegría y nietos, y cantará cambiando en templado el invierno más frío. Para mí, Frey y Freya son los dioses más importantes, y cuando otros ofrecen sacrificios a Tor y a Tyr antes de una expedición, mi ofrenda es para Frey, para que cuide de mis seres queridos mientras estoy fuera. De mi vida ya me encargo yo.

Arnulf se mordió la uña. Toke no podía tener muchos más años que él, pero hablaba como una persona de treinta. Lo entendía y no lo entendía. A los niños los cuidaban las mujeres y estaba bien pedir protección a los dioses cuando se emprendía un viaje peligroso. ¡Hacer eso era casi burlarse de los dioses y el noruego también lo había hecho!

—No fueron Tor ni Frey los que me enviaron aquí para romperte las costillas.

—No, y Tyr tampoco ayudó a mis compañeros en el barco de Øystein.

Toke se quedó con la mirada perdida.

—No te esperes una calurosa bienvenida en Haraldsfjord, Arnulf, pero mientras yo tenga aliento, nadie te va a poner una mano encima. Tu hermano ha profanado a las mujeres más solicitadas del fiordo y el timonel de tu padre ha matado a un señor conocido y respetado. Yo responderé por tu vida cuando lleguemos, pero después tú tienes que ganarte el respeto y el favor de la gente.

Arnulf agachó la cabeza. No había pensado a tan largo plazo. Como miembro de su estirpe, iba a sufrir odio y vergüenza necesariamente y alguien podría pensar que había que matarlo como venganza. Noruega era un refugio frente a la ira de Stridbjørn y el destierro de la asamblea, pero no sería bien recibido. Alzó la mirada.

—Si quieres, diré que eres Bjarke Olaifson y me guardo la verdad.

La clara mirada de Toke era sincera, pero Arnulf frunció el ceño y negó con la cabeza. Le podrían llamar muchas cosas, pero no iba a renegar de su origen, era tan hijo de señor como Toke y tenía que asumir sus actos. Toke asintió mientras un esbozo de sonrisa iluminó su rostro.

—Entonces diremos que eres Arnulf Stridbjørnsøn y que Frey nos ampare.

—Seré el hijo de Stridbjørn hasta que me muera, y estoy orgulloso de ello, pero mi nombre lo decido yo —contestó Arnulf con seriedad.

—¿Veulf?

—¡Veulf!

—No, Arnulf, es como eso de que Fénrir es tu dios.

—Entonces veamos qué dios está más cerca de quién y decidiremos el nombre después.

—Ese deseo te lo concedo, ¡pero no pienses tan mal de ti!

Arnulf apartó la mirada y estaba que bufaba. ¿Qué sabía Toke de lo que pensaba alguien después de matar a su hermano? Arnulf notó cómo los ojos se le inyectaban en sangre mientras su mirada quedaba perdida en los tablones del suelo. Si miraba ahora a Toke, lo golpearía hasta tirarlo al suelo, y el noruego pareció adivinarlo, pues se levantó y se alejó un poco.

Arnulf dio un suave gemido. ¡Quizá los habitantes de Haraldsfjord llevaran a cabo esa venganza y le darían paz para siempre! Lo liberarían del odio que sentía por sí mismo. Suspiró dolorido y apoyó la cabeza en las manos. ¡Rolf solo le había hecho cosas buenas, y la nostalgia le ardía como ascuas en el pecho! ¡Ojalá se levantase de la tumba y exigiera penitencia! ¡Ojalá hubiera un castigo para expiar el delito que había cometido! Un destierro solo serviría para liberar a la gente del miedo a la locura de un demente, pero eso no aliviaba la insufrible carga de la culpa y no le daba libertad al corazón. No devolvía la alegría. Era un tormento. Un árbol cuyas raíces estaban podridas, marchito, pero incapaz de morir. El aliento de Arnulf ardía tanto como el fuego de un dragón. ¡Maldito!

***

Sigurdur dio orden de virar y el barco hizo una curva y se dirigió a la playa. Era momento de montar el campamento, pues un crepúsculo traicionero fácilmente podía hacer encallar el barco a deshora.

Arnulf se despeinó, se pasó la mano por la cara y se guardó el desánimo para sus adentros. Ahora era Bjarke Olaifson, y Bjarke no tenía nada de lo que arrepentirse, sino que era un chaval libre de culpa.

Los hombres que iban a bordo cogieron las bolsas de la comida y las tiendas de campaña y el ancla cayó haciendo que el barco se quedase quieto. La playa estaba inclinada y no estaban lejos de la orilla. El islandés había elegido el lugar del desembarco con cuidado para estar cerca de su barco. Se quedaron en él dos hombres durmiendo y vigilando la corriente, y Arnulf y Toke estaban ahí cuando el barco, por última vez, se balanceó hasta la playa.

La comida que había solo se podía comer fría, pero Sigurdur les pidió a algunos compañeros que reunieran leña para hacer una hoguera junto al barco, pues las noches de primavera eran frescas. Los comerciantes mantuvieron las distancias con Arnulf y Toke y no parecía que hubiera pieles ni tiendas adicionales, pero a Arnulf le daba igual. Estaba huyendo y preparado para agradecer lo que le cayera, y ya había sufrido bastante durante sus castigos en los bosques de Egilssund.

Montaron las tiendas, encendieron la hoguera y un viejecito que cojeaba repartió pan y tasajo y fue sirviendo la leche agria. Arnulf dio buena cuenta de la comida y Sigurdur dijo que Toke y él tenían que buscar mantas en el barco y conformarse con un hueco sobrante en alguna tienda de campaña. Toke contestó que la arena era blanda, que las dunas daban abrigo y que no temía a la climatología danesa, ya que conocía el frío de las montañas.

Los comerciantes no hablaron mucho mientras comían y solo aparentemente toleraban la presencia de Arnulf y Toke. Sigurdur habló con el canoso sobre la navegación hasta Noruega y Arnulf masticó carne y le murmuró a Toke que sus compañeros de barco no eran la alegría de la fiesta a pesar de que Toke pagase más de lo habitual por el viaje a Noruega. En Kaupang, Sigurdur y su gente podrían comerciar con sus productos como en Gormsø, pues habían aprendido mucho de sus charlas. El noruego no contestó, sino que se quedó mirando fijamente al fuego y Arnulf se calló para no parecer descortés con sus murmullos.

En cuanto la comida se acabó, Sigurdur se fue a descansar y Arnulf fue al barco a por mantas mientras Toke escogió una duna alta con un hoyo detrás. Alisó la arena y dejó el hacha en el suelo, pero Arnulf se dejó puesto el cinturón con la espada porque se sentía más protegido si sentía la funda de la Ormstand pegada a su muslo. Echó una manta al suelo con cuidado y Toke bostezó cansado.

—Puedes decir lo que quieras, pero esta gente es rara —exclamó Arnulf, y amontonó arena para hacerse una almohada.

Toke se dejó caer mientras daba un pesado suspiro y colocó el hacha a su alcance.

—El barco está bien, avanzamos, así que lo que les moleste a los hombres de Sigurdur es cosa suya, es mejor no meterse.

Se observó un instante la muñeca y se puso por encima la otra manta.

—Sigurdur ha estado de vikingo antes de hacerse comerciante. No me gusta su mirada.

—Vale, quizá ha estado de vikingo, a mí su mirada me vale para que siga el rumbo. ¡Duérmete! Si quieres ir de pillaje, tienes que acostumbrarte a dormir y recargar fuerzas por muchos pensamientos que te vengan a la cabeza y por muy mal que vaya el barco. ¡Buenas noches!

Arnulf se acercó a Toke y cogió su parte de la manta.

—Eso también lo habría dicho Helge. Toke, ¿tú qué edad tienes?

—Veinte inviernos y, como digas una palabra más, te clavo el hacha en la frente —murmuró Toke enfadado con la manta sobre la cabeza.

—El verano que viene quería pedirle matrimonio a Frejdis.

—Tú solo te obedeces a ti, ¿no? —dijo Toke en voz baja—. Te intentas suicidar justo cuando acabas de salvar tu vida, te emborrachas en el peor momento imaginable y te pones a cotillear como un grupo de mujeres cuando las personas honradas queremos dormir. No vas a pedirle matrimonio a nadie, te vienes conmigo de vikingo. ¡Que Garm te lleve!

Arnulf mostró un gesto de enfado y se quedó callado, pero dormido. La noche ya había empeorado y el cielo iluminaba las dunas. Una noche como esta el año pasado, Frejdis estaba bailando desnuda en la playa. Con el pelo al viento y la piel brillante, era ligera como el rocío sobre la hierba, y un extraño la habría tomado por un espíritu del bosque. Arnulf cantó y marcó el ritmo de su baile y los ruiseñores se quedaron mudos.

Apretó los ojos. ¿Qué estaría haciendo Frejdis? ¿Estaría llorando por Rolf? ¿Quién se casaría con ella tras la muerte de Rolf? ¿Su medio primo de Ørnholm? ¡Seguro, ojalá sufriera un accidente! Criaba ovejas gordas con una lana gruesa. Así Frejdis podría quedarse hilando y tejiendo el resto de su vida y vender las ropas en Gormsø mientras los niños jugaban con las madejas.

Arnulf apretó las manos. ¿Pensaba mal de él? ¿Se iría con él si una noche aparecía por allí para llevársela? Podrían irse a Islandia, a Gotlandia, al oeste o donde ella quisiera, ¡Frejdis era demasiado buena como para pasarse la vida tejiendo! Seguía siendo de Arnulf, lo quisiera o no.

Se obligó a dejar de pensar en ella. En su lugar pensó en Helge, que estaba de fiesta bajo los escudos dorados del Valhala, y en Rolf, que estaba en Gimle, la última estancia de los hombres justos. Helge moriría otra vez en Ragnarok, pero Gimle quedaría perdonado.

Toke respiró hondo. Arnulf estaba inquieto bajo la manta con la cabeza dándole vueltas. Se quitaba los pensamientos uno a uno, pero aparecían otros nuevos y se quedó inmóvil para no despertar al noruego. Era una tontería alterar su calma nocturna de aquella manera, pero el sueño no quería aparecer. El cielo oscureció y la luna se deslizaba sobre él de forma imperceptible. Rolf, Helge y él eran tan diferentes entre sí que no se pudieron unir en la muerte. Para un fratricida solo Hel queda abierto.

La arena de la duna se desplazó ligeramente y Arnulf alzó la vista y se quedó tieso de repente.

En lo alto de la duna estaba Sigurdur como una sombra oscura a la luz de la luna brillando con la espada que llevaba en la mano. En un semicírculo alrededor de la duna, Arnulf vio sombras armadas que se acercaban en silencio, reprimió el impulso y empezó a sudar a chorros. ¡Toke y él estaban a punto de caer en una emboscada! ¡El islandés y su gente tenían en mente asesinarlos con nocturnidad y alevosía! ¡Degollarlos y robarles las riquezas y las armas, y evitar el esfuerzo de viajar hasta Haraldsfjord!

—¡Despierta! —Arnulf presionó a Toke con el dedo y le susurró sin aliento—. ¡Nos van a atacar ya!

Toke, que tenía un sueño ligero, se despertó enseguida y se puso en alerta. Su sangre de guerrero no le traicionó.

—¿Cuántos? —susurró bajo la manta.

—Sigurdur está al lado y hay más.

—Pues lo pillamos en cuanto aparezca.

Arnulf agarró el mango de la espada sin hacer ruido. Toke consiguió alcanzar el hacha y los hombres de Sigurdur, aparentemente, contaban con que sus presas dormían con placidez. Los músculos del noruego estaban rígidos en los hombros de Arnulf, duros y vivos como los de un gato en estado de alerta.

Los comerciantes se acercaron con cuidado sobre la arena, pero, aunque llevaban armas, parecía que iban a dejar a cargo de los asesinatos al experto timonel.

De repente, Sigurdur comenzó a correr duna abajo, y Arnulf y Toke dieron un salto para recibirlo. El islandés dio un grito de asombro, pero se repuso de inmediato y su espada se encontró con el hacha de Toke y saltaron chispas. Arnulf, con un grito lleno de furia, hizo frente a los sorprendidos comerciantes y les retó con la Ormstand amenazante. Desde la espada notó que su brazo adquiría una fuerza inmensa, la empuñadura parecía abrasarle la mano. Todos los golpes victoriosos de Helge estaban en la hoja, sedienta y ansiosa por servir a su nuevo dueño y ligera como una rama de avellano. Como una serpiente enrollada que silba, la Ormstand esperaba dar rienda suelta a su ataque.

Los hombres de Sigurdur retrocedieron preocupados y Arnulf rodó para ayudar a Toke, que bloqueó otro golpe de espada con el hacha. Había que vencer al islandés lo antes posible, antes de que a sus compañeros les dieran ganas de sumarse a la pelea, y Arnulf le atacó violentamente por el cuello mientras Toke dejó caer el hacha provocando el rumor de un furioso golpe. Sigurdur detuvo el ataque de la Ormstand, pero el hacha le dio en el muslo y cayó abatido en la arena mientras gritaba. Arnulf le puso la espada en el pecho y Toke se giró resoplando hacia los titubeantes hombres. Si atacaban ahora, perderían a su timonel y eso no les agradaba. A pesar de todo, su vida era más valiosa que las joyas de Toke y la espada de Arnulf, y el barco en el que iban era suyo.

Sigurdur se llevó las manos a la pierna quejumbroso y Arnulf cogió su espada. El corazón le latía a mil por hora, para enseñar los dientes apretó tanto la Ormstand contra Sigurdur que comenzaron a brotarle gotas de sangre del pecho. Toke avanzó con autoridad hacia las miradas perniciosas de los hombres.

—¡Gentuza miserable! ¡He aquí un comerciante honrado y como recompensa nos queréis apuñalar por la espalda mientras dormimos! ¡Soy Toke Øysteinsøn y a mí se me trata con respeto o pagaréis sus fechorías con vuestra vida! —El hacha se balanceaba delante de él y goteaba la sangre—. ¡A partir de ahora soy vuestro nuevo timonel y el que no quiera hacer el viaje a Noruega conmigo se puede quedar aquí con sus mercancías! ¡Tirad las armas ahora mismo y decidme si estáis de acuerdo!

Arnulf creyó que habían ganado fácilmente y estaba casi ilusionado, pero entonces el más joven de los comerciantes dio un grito y corrió hacia Toke con la espada levantada. Los demás no lo dejaron en la estacada y lo siguieron a gritos con las armas en alto. Toke, impávido, blandió el hacha con ambas manos y derribó sin demora al joven, y luego retrocedió de un salto hasta llegar a Arnulf y Sigurdur y le clavó el hacha en la frente al islandés.

La sangre y la masa cerebral salpicaron la arena, y Arnulf se quedó paralizado mirando la cabeza partida de Sigurdur. Los escandalosos hombres detuvieron el ataque con el rostro helado. Toke había matado a dos hombres en un abrir y cerrar de ojos y Arnulf lo miraba estupefacto. ¡No había un vikingo más activo! ¡Nadie lo iba a detener en su vuelta a casa!

Toke tenía la mirada furiosa y rio triunfante con la mirada puesta en sus adversarios.

—¡Pues corta bien el hacha que compré en Gormsø, y todavía puede dar más cortes! ¡Venid a vengar a vuestros muertos, que esta noche hay fiesta en Hel!

Subió corriendo la duna y Arnulf lo siguió con una espada en cada mano. El noruego estaba loco, eso lo sabía Arnulf desde el principio, pero ¡qué compañero de batalla! ¡Ni los mismísimos ases se avergonzarían de su compañía!

Arnulf se colocó al lado de Toke y contó diez hombres al pie de la duna. Estaban todos ahí, además de los dos que estarían durmiendo en el barco.

Aunque Toke y él tenían la ventaja de estar en la picota, no tenían escudos, y aunque las muertes parecían haber estremecido a los adversarios, también les provocaban odio y deseos de venganza. Por muy diestros que fueran con las armas, sería imposible hacerles frente. Arnulf resopló, no quería arriesgar ni la pierna ni la vida.

Los enfurecidos tripulantes rodearon la duna, pero no todos tenían valor para subir corriendo por ella, y Toke le gritó a Arnulf para darle ánimo y embistió contra los más intrépidos con movimientos letales de hacha.

—¡Mirad qué gallinas! ¡Cuando matan al gallo, se quedan desvalidas!

Se acercaron dos hombres a Arnulf, que pensaban que Toke no llevaba razón en lo que decía. Detuvo un hachazo con la espada de Sigurdur y un espadazo del otro hombre con la Ormstand que pasó rozándole la cadera, y combatió con él. La diferencia de altura le daba más gravedad a su cuerpo y, aunque los pies se hundían en la arena, repelió a su adversario, pero tuvo que volver a saltar para proteger sus piernas de un nuevo hachazo.

Toke golpeó a uno de ellos en el hombro y a otro, en el pecho; su victoria encorajinó a Arnulf para enfrentarse con la Ormstand, partió el mango del hacha de su enemigo y con su espada le dio la estocada final en el cuello.

El hombre rodó por el suelo sin vida y Arnulf profirió un grito victorioso y fue a por el siguiente atacante con mucha audacia. Había matado de nuevo, pero esta vez no tenía la culpa y, si tenía que morir ahora, sería durante una batalla que bien merecía un poema épico. Sintió la sangre del lobo y del águila bullendo bajo la piel. ¡El destino de todo hombre es morir, pero vivir es la honra de todos!

Tres hombres comenzaron a increparlo y Arnulf dio un paso atrás y les lanzó arena a los ojos de una patada. Tuvo efecto, pues se detuvo el ataque entre escupitajos e improperios y Toke, que tenía encima el hacha de su adversario, le copió la idea y se libró de él. La gente de Sigurdur también intentó tirarles arena, pero estaban a una altura más baja y no alcanzaban, y Arnulf pateó la arena entre golpes. Recordó cada movimiento que Helge le había enseñado y la Ormstand conocía las espadas enemigas y buscaba venganza.

Un hombre de pecho fornido con un escudo presionaba la espalda de Arnulf, pero este golpeó el borde superior del escudo y le dio al hombre en la rodilla cuando este levantó su defensa. Peleó por llegar hasta Toke e intentó quitarle el escudo al herido mientras por el rabillo del ojo vio que otro hombre le lanzaba un hacha. Toke mantuvo una distancia prudencial, pero un hacha le golpeó en el brazo y perdió su arma mientras gritaba. El hacha llegó hasta el hueso y Toke titubeó, se la quitó y la lanzó. Cogió la suya con la mano izquierda y consiguió bloquear un espadazo a duras penas, pero cayó de rodillas a causa del esfuerzo.

Arnulf esquivó el escudo y dio dos pasos atrás para llegar hasta Toke, que estaba de rodillas sangrando mucho y apartó la espada de los hombres de Sigurdur, mientras miraba fijamente a sus enemigos. Arnulf temía que el brazo estuviera roto, hizo frente al ataque de un hombre que tenía una gran barba gris con un grito vehemente e intentó arrebatarle la espada al que estaba atacando a Toke. No lo consiguió y el de la barba gris se echó de nuevo sobre él mientras el otro volvió a atizar a Toke. El noruego paró el golpe, pero cayó al suelo y el agresor sacó el cuchillo y se lo lanzó.

Arnulf devolvió los golpes. El corazón se le subió al cuello y amenazaba con ahogarlo, jadeó con el sudor cayéndole por los ojos. ¡Por los lobos de Odín, esas bestias querían matar a Toke! ¡Todos, sin excepción, tendrían que convertirse en alimento para los cuervos y antes de que la siguiente nube pasase ante de la luna!

Con un gran esfuerzo, clavó la mano del de la barba gris con la Ormstand y la espada de Sigurdur al adversario de Toke, que gesticuló con los brazos y cayó al suelo. A trancas y barrancas el noruego consiguió sobreponerse, y parecía que no estaba herido. Arnulf vio cómo los restantes hombres corrían duna arriba en manada mientras le gritaban al de la barba gris que volviera a tirar al suelo a Toke.

—¡Sígueme! ¡Al barco!

Intercambió golpes con su adversario y recuperó la espada del islandés.

—¿Tú estás loco? ¡Nos van a cortar en pedazos!

Toke gimió y se tambaleó mientras cerró los ojos.

—¡Hazme caso! —bramó Arnulf, y con las dos espadas golpeó los hombros del de la barba gris, que se desvaneció en el acto. Los comerciantes olieron la sangre y el miedo ya había desaparecido de sus rostros.

—¡Por Fénrir!

Arnulf bajó corriendo entre los hombres, defendiéndose con todo, y Toke lo siguió y se encargó de los que llevaban escudo. Manejó el hacha con la mano izquierda y no malgastó fuerzas con golpes innecesarios. La gente de Sigurdur pareció asombrarse con esa precipitada huida y Arnulf se abrió paso entre violentos espadazos.

El barco no estaba lejos y la hoguera seguía encendida. Arnulf saltó hacia él y se cercioró de que Toke lo estaba siguiendo mientras oía los gritos enloquecidos de los comerciantes cuando se pusieron a perseguirlos. No tardarían mucho en llegar a la orilla y, aunque muchos estaban muertos y heridos, seguían siendo bastantes para conseguir derrotarlos rápidamente a cielo abierto.

Arnulf se detuvo delante de las tiendas de campaña con tal brusquedad que la arena echaba chispas y soltó la espada de Sigurdur y cogió de la hoguera una rama que ardía. Jadeante, la sujetó por encima de la cabeza y se giró hacia sus perseguidores, que aumentaron la velocidad con aire triunfal. La victoria parecía estar al alcance de sus manos.

—¡Quietos!

Arnulf se colocó al lado de Toke, que, encorvado, presionaba la muñeca contra el brazo herido sin soltar el hacha.

—¡Un paso más y tiro la rama al barco y le prendo fuego!

Los hombres se detuvieron. Miraron furiosos a Arnulf y cuchichearon entre ellos, como si dudasen de que Arnulf fuera a cumplir su amenaza. Todas sus pertenencias y las ganancias anuales estaban en el barco del islandés y, si empezaba a arder, tendrían que vender las joyas y armas que llevaban para poder volver a casa.

Toke dio un bufido.

—¡Así te habló Fénrir, Arnulf! ¡Solo a un auténtico hijo de Loki se le podía ocurrir un truco tan infame! —dijo Toke gruñendo y con los ojos brillando bajo el pelo empapado de sudor.

—En todo caso, no fue Frey —respondió Arnulf satisfecho consigo mismo y miró desafiante a los malvados hombres—. ¡Tirad las armas, incluso el menor de los cuchillos y hagamos las paces! A partir de mañana, Toke será el timonel y partiremos al amanecer hacia Haraldsfjord. Los bienes de los muertos os los podéis repartir y luego llevaros el barco a donde queráis, pero hasta Haraldsfjord debéis jurar por Odín que no nos vais a volver a atacar.

El anciano que cojeaba, apareció solo después de la llegada del resto, miró a Arnulf.

—Podéis quedaros mi arma, mi plata vale más que vuestra sangre y ha de asegurarme la vejez, pero jurar por Odín a la fuerza no es válido ante los ases.

Arnulf apretó los ojos y miró alrededor, pero asintió.

—De acuerdo, con las armas basta, pero no tiraré la rama hasta que me queme los dedos, así que andando.

El Cojo dejó la espada en la arena mientras gruñía y, una vez que cedió, los demás lo siguieron a regañadientes. Dejaron en una duna las hachas, los cuchillos y las espadas, y Arnulf le dio a Toke la rama ardiendo y cogió una piel de una de las tiendas sobre la cual puso las armas. Se guardó la Ormstand en el cinturón, se echó la piel al hombro y les lanzó a los vencidos una mirada aciaga.

—Toke y yo dormiremos en el barco lo que queda de noche y mantendré el fuego encendido hasta que lleguemos a Noruega. Al amanecer podréis subir a bordo, pero al menor paso en falso quemo el barco. ¡Sabed que ni Toke ni yo tenemos nada que perder ni el menor miedo a morir entre las llamas!

Los hombres de Sigurdur parecieron tomar en serio sus palabras y Arnulf le puso la mano en el hombro a Toke y lo condujo con cuidado a la barcaza para el embarque. Toke estaba pálido y seguía sangrando cuando comenzó a caminar con el brazo colgando. Arnulf echó dentro las armas, le dio un empujón al bote y ayudó al noruego a subir. Un par de golpes de remo después, no era fácil avanzar más con el *knarr*, y ahí le fallaron las fuerzas a Toke, que se sentó en el suelo con la espalda pegada a una caja.

Arnulf cogió un par de lámparas de aceite de ballena y las encendió, parecía que tenía fuego en la mano.

—¿Te sientes mal? ¿Tienes el brazo roto? —le preguntó con la lámpara pegada a él.

—No, pero no es poca cosa.

Arnulf se agachó junto al brazo de Toke y le dio de sí las mangas para poder llegar hasta la herida. Había esquirlas y a Arnulf le dieron náuseas. Cogió el cuchillo de Toke y las sacó con el mayor cuidado que pudo mientras Toke se retorcía lamentándose.

—Hay que cerrarla. —Arnulf dejó el cuchillo en el suelo—. ¿Sabes si hay lañas a bordo?

—Solo sé que se me va la vida. ¡Dame agua!

Arnulf, agitado, comenzó a buscar rollos de estopa entre la mercancía y le dio un odre de agua a Toke. Encontró lo que buscaba y rasgó una tira de tela mientras Toke se bebía el agua, pero, cuando fue a vendarle el brazo, el noruego hizo un aspaviento y se echó mano a la herida.

—Eso no hace que deje de sangrar. Coge el aceite de ballena de una lámpara y ponlo sobre la llama de la otra. Cuando hierva, aplícalo en la herida.

Arnulf se rascó la cabeza, y Toke resopló y apoyó la cabeza contra la caja.

—¿Helge no te contó eso? También se puede usar hierro candente, pero con heridas abiertas es mejor el aceite. —Hizo una mueca y sonrió—. Si uno provoca heridas, también ha de estar listo para recibirlas.

Arnulf colocó con cuidado una lámpara sobre la otra y miró hacia la playa.

—¡Te deshiciste de dos de un solo golpe! ¡Voy a componer un poema sobre ti, Toke Øysteinsøn!

Toke escupió al suelo.

—Tú también te defendiste bien. Eres un digno hermano de Helge y me salvaste la vida. ¡Que Frey te lo recompense!

—¡Deja a Frey con sus cosas, me alegro de no estar aquí solo!

Arnulf sonrió mientras la satisfacción le puso la piel de gallina, pero Toke frunció el ceño.

—No sonrías demasiado todavía, me estoy poniendo enfermo. La fiebre no necesita heridas grandes para dejar seco a un hombre, lo he visto otras veces.

Arnulf estaba contrariado y un escalofrío le recorrió por la espalda.

—Tienes que aguantar hasta Haraldsfjord, ya verás como, al ver a Gyrith, te aferras a la vida, ¡acuérdate de mis palabras!

Toke bebió otro trago al agua.

—¡Ñoñerías, Stridbjørnsøn!

En la playa llevaron a los heridos a las tiendas de campaña.

Toke intentó estirar el brazo que sangraba, pero tuvo que ayudarse con el sano. Puso la mano en la regala, apartó la mirada y se quedó esperando mientras respiraba con pesadumbre.

—Después tienes que traer el barril de cerveza fuerte, que ahí seré yo quien necesite algo más que agua.

Arnulf asintió. El aceite de ballena estaba cociendo.

—¿Estás listo?

—Sí.

Toke agachó la cabeza. A Arnulf no le gustaba lo que tenía que hacer y apretó los dientes antes de verter el aceite sobre la herida. Toke dio un respingo y gritó como una bestia mientras le temblaba el brazo como si se lo estuviera sacudiendo un oso, pero no dejó de agarrarse. Una risa malvada estalló desde las tiendas de la playa.

—¡Está bien oírte gritar, Toke Øysteinsøn! ¡Ojalá te duela y se te infecte la herida! ¡Que sepas que estoy orgulloso de haberte herido!

Toke jadeó de forma aguda y no respondió, y Arnulf se calló una respuesta y vendó el brazo a conciencia. Podían reírse los lacayos de Sigurdur, pero no eran mejores luchadores que los perros.

Con cuidado le soltó los dedos a Toke, que había intentado perforar los huecos de los remos del tablón superior, y el noruego dejó caer el brazo y cerró los ojos. El pecho le aplastaba. Arnulf le dio un apretón en el hombro y se puso de pie para sacar las jarras. El barril de cerveza estaba cerca del timón, como si el islandés hubiera querido vigilarlo, y, aunque Arnulf opinaba que él también necesitaba con justicia una cerveza, se conformó con llenar una de las jarras.

Toke se la bebió sediento, pero Arnulf cogió el saco de agua y miró hacia la vela de lino inflamable. No estaba totalmente seguro de si realmente hubiera prendido fuego al barco llegado el momento, pero lo importante era que los comerciantes creyeran que sí y por el momento parecían seguir creyéndolo. Arnulf cogió unos sacos de lana.

—Ven, échate aquí.

Le dio la mano a Toke y el noruego pasó vacilando sobre la cuerda y los fardos, y se echó sobre los sacos de lana mientras suspiraba. Arnulf vació un par de sacos y se los puso encima de la pierna a Toke, que le pidió más cerveza. Se la dio y se la volvió a beber de un trago, y se acomodó exhausto mientras murmuraba a modo de disculpa:

—Mañana haré yo guardia cuando esté un poco mejor, pero sangrar tanto es agotador.

Arnulf negó con la cabeza.

—No creo que nos vuelvan a atacar esta noche, pero qué hacemos los demás días. ¿Los atamos?

—No. —A Toke se le nubló la vista—. Tenemos por delante seis días y nadie puede estar atado tanto tiempo. Nunca he odiado tanto a nadie como a Stridbjørn después de esos dos días en la cabaña y el odio ya ha desatado las cuerdas más duras, y eso acaba en asesinato. Ahora mismo nos temen y están enfadados, pero entienden nuestros actos y los necesitamos para manejar el barco. —Rechinó los dientes y se puso uno de los sacos en el hombro—. Un comerciante cuida de sus productos como una madre cuida de sus hijos, mientras tengamos fuego en la lámpara, no nos van a tocar. Vamos a dejar a las gallinas en una esquina del corral y las soltamos en Haraldsfjord.

Arnulf puso los sacos alrededor de Toke con cuidado y sonrió alentándole.

—Te voy a regañar como al desmelenado de Egilssund. ¡Descansa!

Toke asintió y cerró los ojos, y Arnulf se sentó en el banco a su lado, junto al timón y miró hacia la playa para vigilar la hoguera. Cogió la lámpara.

Se estaban encargando de los heridos en las tiendas y enterraron a los muertos en la arena.

Arnulf se apartó el pelo de la pegajosa frente. Matar era una parte de ser vikingo, pero Helge no habría matado nunca si no hubiera sido necesario y Arnulf no se había imaginado que tuviera que acabar con tantas vidas tan rápido. Tiritó. La energía del muerto se sumaba a la de la persona que mataba. Los niños se hacían hombres y los hombres se hacían invencibles y, aunque Helge había sido austero con la Ormstand, había tenido una mesnada de guerreros fallecidos tras cada golpe que dio. Arnulf no se sentía más fuerte que el día anterior, pero ya estaba enfadado. Los hombres a los que había derribado se merecían ese destino y que fuera Arnulf quien los ajusticiara lo habían decidido las nornas hacía mucho. Miró a Toke, que estaba debajo de los sacos. Su destino también estaba decidido. O sanaban sus heridas y su brazo se recuperaba en el transcurso de unos meses o se le envenenaría la sangre y moriría, pero en su mente estaba el volver a casa con Gyrith y la pequeña Ranvig, y ese deseo era un potente antídoto contra el veneno.

Arnulf se llevó el índice al labio lleno de costras. Trud lo sabía todo sobre heridas y había curado muchas de las que se hicieron Stridbjørn y Helge, pero Arnulf siempre había estado demasiado ocupado consigo mismo como para mirar con atención lo que hacía y se arrepintió de su indiferencia. ¡Ahora le vendría muy bien todo ese conocimiento!

∗∗∗

Ningún nuevo suceso enturbió el viaje mientras la luna brillaba en el cielo y a Arnulf le estaban venciendo el cansancio y los pensamientos sobre Helge y Rolf. Se sentó en el suelo mientras luchaba por mantenerse despierto y miraba regularmente hacia las tiendas de la playa, donde de vez en cuando algún hombre se quejaba en voz alta. Toke dormía intranquilo y hacia el amanecer Arnulf se quedó adormilado y perdió la lámpara, pero en el último instante consiguió evitar el fuego de la jarcia.

Al rayar el alba, desmontaron las tiendas y los hombres de Sigurdur se prepararon para subir a bordo. Cocieron las gachas del desayuno en las exiguas hogueras y enrollaron los sacos, y Arnulf se puso de pie y se estiró. No es que hubiera sido un lecho cómodo, pero bajo los tablones sueltos encontró pan y tocino salado y, al menos, aplacó el hambre. No había que despertar a Toke, que necesitaba descansar para poder recuperarse.

Uno de los comerciantes heridos murió durante la noche, pero los demás fueron ayudados a lo largo del dudoso camino hacia la orilla y Arnulf empujó el bote desde el *knarr* y les dejó que se subieran a él. Se forzó a dormir y los recibió con un saludo rudo y amenazándolos con la lámpara oscilando delante de él. Miraron de reojo y notaron que Arnulf sostenía la llama cerca de los rollos de cuerda y este ordenó que levaran el ancla. Se sobresaltó cuando lo dijo. A pesar de la seriedad y de que solo era un *knarr* y no un barco con cuarenta remos, se dio cuenta de que Helge hacía eso cada primavera cuando salía de expedición.

Con voz imperativa gritaba a sus hombres y decidía el ángulo de la vela con un golpe de remo. Los comerciantes obedecieron y se juntaron lejos de él más callados que nunca.

Arnulf tomó la decisión de seguir el rumbo del día anterior y gritó que desplegaran la vela. Puso la lámpara a sus pies y cogió el timón, y un viento favorable le dio impulso al barco, pero no avanzó mucho antes de que Arnulf reconociera que de ningún modo la embarcación se dejaba controlar tan fácilmente como el ligero barco de Aslak. El casco era difícil de virar y no podía ser domesticado sin más por una mano inexperta. Arnulf nunca había llevado un barco grande y notó sobre sí miradas maliciosas del grupo de hombres mientras intentaba mantener la dignidad y emitir las órdenes correctas. Alzaron la vela como él quería, pero el *knarr* escoró y navegó en diagonal, y se alejó de la costa, y Arnulf no vio otra solución que despertar a Toke y pedirle ayuda.

Toke no estaba durmiendo profundamente, pero, al tocarlo, estaba en exceso caliente y, cuando abrió los ojos, los tenía enrojecidos por la fiebre. El noruego no parecía ser de mucha ayuda como timonel y Arnulf se avergonzó de haberlo despertado.

—¿Qué tal va el brazo?

Toke sacudió la cabeza y frunció el ceño.

—¡Dame agua!

Arnulf tuvo que ayudarlo a sentarse y le sujetó la jarra. Toke se quejó y preguntó entre susurros si estaban navegando.

—Sí, pero no puedo controlar el barco.

Toke asintió y respiró hondo con la mirada puesta en el ensangrentado vendaje.

—El viejo, al que le falta una pierna, ese sabe navegar.

—¿Y tú cómo lo sabes?

Arnulf no había visto al timón a nadie más que a Sigurdur.

—Cuando la tormenta arrecia, se pone al timón a los más viejos. Conocen el mar —murmuró Toke—. Deja que me tumbe un poco. ¡Qué mierda!, que se me fueran las fuerzas ayer.

Arnulf lo ayudó a enderezarse y llamó en voz alta al anciano. Este era tan enclenque que se podía fiar de él y no era el más reticente del grupo.

El viejo fue cojeando por el barco e hizo aspavientos cuando se puso en la bancada al lado de Arnulf. Su pelo era tan gris como su capa de lana.

—Quieres que maneje el barco, ¿verdad?

Sus ojos claros tenían una mirada afilada, pero se sonrió ligeramente y dirigió la proa hacia el rumbo correcto como si nada.

—Los jóvenes sabéis pelear, gritar y atacar, pero, cuando hay que navegar y mantener el rumbo, os tenéis que callar y dejar a los que tenemos experiencia.

Arnulf, tenso, se sentó en el suelo delante de Toke agarrando con fuerza la lámpara.

—Toke llevará el barco en cuanto se mejore. Ya lo ha hecho muchas veces.

El anciano se encogió de hombros.

—Ah, ¿sí? Ya veremos. Quizá debería quedarse en tierra y curarse la herida como es debido. Corre el riesgo de perder el brazo.

Arnulf negó vehementemente con la cabeza.

—Desde luego que no, y no se puede posponer el viaje a Noruega, así que tú ocúpate del barco y yo me ocuparé de Toke.

Hizo una mueca y miró hacia el mar. Quedaba mucho hasta llegar a Haraldsfjord, muchísimo. Las fuerzas del Cojo eran pocas y la piel de sus manos estaba gastada, pero, si Toke pasaba mucho tiempo enfermo, Arnulf sucumbiría a la falta de sueño y sería un blanco fácil.

El anciano lo observó minuciosamente, como si quisiera leerle la mente, y Arnulf se mesó la barba y se ciñó la capa.

—No sé de qué estáis huyendo y no te lo estoy preguntando, pero a mí no me tenéis que temer. Este es mi último viaje y no deseo otra cosa que llegar a casa sano y salvo con mis bienes, pero no conozco las aguas más allá de Kaupang, y la costa de Noruega está llena de escollos y corrientes desconocidos para mí.

Toke levantó con fatiga la cabeza del lecho y miró al viejo.

—Ve por la costa y cruza hacia Noruega medio día para llegar a Kaupang. Espero haber descansado bastante para hacerme cargo yo, el mar de Noruega me fluye por las venas.

El anciano dio su aprobación.

—Trato hecho, noruego, pero, si no estás listo para guiarme cuando veamos las montañas, pongo rumbo a Kaupang y me bajo con mis pertenencias.

La cabeza de Toke se hundió de nuevo en el saco de lana.

—Me parece justo, veterano. Y puedes tranquilizar a los demás, que esto se hace extensible a ellos si se portan bien conmigo. —Le hizo una seña a Arnulf para que se acercase—. Despiértame cuando ya no puedas más, que esos bastardos no son tan dóciles como para no volvernos a morder si nos dormimos, ¡y deja de ser tan tonto! Estás cansado. ¡Prométemelo por Fénrir!

Arnulf asintió y le cogió la mano ardiente.

141

—Duerme y ponte bien, Toke. ¡Gyrith te está esperando!

Toke sonrió y tembló.

—¡Gyrith!

Se rascó la cara y cerró los ojos, y Arnulf le dio una palmada en la mano y la puso sobre el saco de lana. ¡Por Geri y Freki! ¡Toke tenía que recuperarse rápido! Arnulf ni siquiera sabía en qué parte de Noruega estaba Kaupang. ¿Qué haría ahí arriba si Toke perdía la vida? Se sintió más solo que nunca y creyó escuchar reír a las nornas en los golpes que las olas daban contra la proa. Arnulf apretó los puños y vio el anillo del rey Svend presionándole los dedos. Se quedó mirándolo. Era el pago por el escaldo de Helge. Arnulf tenía que haber estado con él declamando en el salón del rey, ¡nada menos que un hombre que había bebido el hidromiel de Súttung! ¡Como el mismísimo Odín!

***

Toke yacía enfermo mientras el barco dibujaba la costa danesa y Arnulf hizo lo que pudo para ayudarlo a soportar la fiebre y los dolores. El noruego intentó aguantar el suplicio con dignidad y Arnulf le dio agua y cerveza, y le enfrió la frente mientras le hablaba a susurros de Gyrith y de la pequeña Ranvig para hacerle pensar en algo bueno. Cuando él necesitaba dormir, Toke recobraba ánimo y se sentaba cerca de la vela con la lámpara encendida en la mano haciendo guardia envuelto en la capa de lana.

Por la noche, el Cojo ancló el barco cerca de una playa apropiada y bajó a tierra con los demás hombres de Sigurdur mientras que Arnulf y Toke se quedaron en el barco. Arnulf habría dado plata por un buen perro guardián y se sintió cansado y mareado, como si estuviera borracho, y comenzó a dudar de si podrían seguir con el viaje con tan pocas horas de sueño.

Los comerciantes cuidaban a sus heridos, hablaban en voz baja y lanzaban miradas inquietantes a Arnulf y a Toke, pálidos de miedo por si la lámpara, accidentalmente, por pura fiebre o cansancio, acabase encima de la vela, que era altamente inflamable, pero Toke les gruñía y mantuvo la confianza en llegar a casa a pesar de todo el sufrimiento. Ya había tenido heridas antes y creía sentir que la fiebre iba a desaparecer y, cuando el anciano encanecido auguró que los dos corrientes marinas que rompían en la punta norte danesa estarían delante, revivió y se le iluminaron los ojos.

El Cojo propuso llegar a tierra y esperar al amanecer del día siguiente antes de avanzar hacia Noruega, pero Toke se levantó del lecho y ordenó que levasen la vela y que dirigieran la proa hacia mar abierto. Se sentó en un arca y se tocó el brazo herido mientras hablaba con el anciano sobre cómo el barco podía sortear las caprichosas corrientes, y Arnulf casi se olvidó de vigilar a los comerciantes en su ansia por escudriñar las olas.

A una distancia segura del impetuoso rugido de los dos mares vio cómo Dinamarca desaparecía tras él mientras las olas se volvían más fuertes. Liberó el pecho con un profundo suspiro y pareció dejar que su proscripción se quedase en el maldito país que les había robado la sangre a sus dos hermanos. Fue entonces, al desaparecer de su vista el último trozo de playa y bosque, cuando se liberó de su condena y, mientras Toke siguiera callado, nadie sabría nada del oscuro secreto que Arnulf llevaba consigo. Sonrió con las lágrimas cayéndole por las mejillas y rápidamente se las secó. En aquel momento nacía Veulf, el pariente de Fénrir, y el mundo estaba abierto.

Al Cojo le parecía más seguro ir hacia Götaland y seguir desde allí por la costa hasta Noruega, pero Toke se negó en redondo y le pidió ponerse ante el timón por un momento. Arnulf abrió los ojos asombrado, pero le dio la lámpara y aprovechó para echar un sueñecito y se dejó caer exhausto en los sacos de lana. La vela estaba extendida como el rabo de una vaca preñada y la serenidad de las olas del mar daba seguridad, igual que los brazos de Trud acunándole. ¡Trud! Ya no tenía ningún niño, solo canas y la piel arrugada. Seis veces había parido, pero el único fruto que había recogido para su vejez era muerte y tristeza. Arnulf hundió su cara en el saco. Si Rolf hubiera aparecido un momento después, quizá Frejdis hubiera quedado encinta y le podría haber dado a su madre un nieto.

Al otro lado del mar se oía a lo lejos el aullido del lobo Fénrir, y a través de la lana y en las esquinas del barco Arnulf percibía claramente la respuesta desde las profundidades de la serpiente de Midgard. Los hijos de Loki conocían el presagio y les inquietaba, ya que, cuando un hermano mataba a otro, ¡era una señal clara de que Fimbulvetr y Ragnarok estaban cerca!

***

Arnulf notó que Toke le sacudió el brazo, pero el sueño era profundo como si estuviera en un cambio de medialuna y le costó decidirse a soltarlo.

—¡Despierta, mira!

Arnulf fue reacio a mantener los ojos abiertos y se sentó en un extremo con las extremidades entumecidas. Toke estaba enfrente tambaleándose, muy debilitado, pero con la mirada ardiendo y el amanecer sobre la piel. Sonrió ampliamente, parecía estar mejorando y señaló con la mano temblando.

Arnulf se quedó cerca, se agarró a la regala y se puso de pie asombrado.

—¿Llevo durmiendo toda la noche? ¿Por qué no me has despertado?

Miró hacia el mar. El cielo rosa susurraba sobre las olas y Arnulf se quedó boquiabierto cuando vio la poderosa montaña que se erigía al lado del barco. Como luchadores grises de Jotunheim, los acantilados puntiagudos se elevaban hacia la bóveda celeste, tan altos que las nubes quedaban reducidas a la nada, y Toke rio suavemente y se apoyó en el hombro de Arnulf.

—¡Noruega! ¡Espéranos! ¡Así quería que la vieras!

En tensión y jadeando, observó esperanzado hacia la tierra de los gigantes y a Arnulf le dio un escalofrío cuando el sol estuvo delante de él y miró el fuego rojo de las montañas. El contorno de los grises acantilados se incendió y le devolvió el saludo con un torrente de colores, y Toke se arrodilló cansado y se asomó por un lateral del barco.

—¡Mi tierra, Arnulf! ¡La tierra de los gigantes y los trols y los hombres libres! Y debajo de los pastos más verdes y más brillantes de los fiordos está mi hogar.

Parecía que estaba a punto de perder el sentido y Arnulf, preocupado, le puso la mano en la frente, pero estaba tan fresca como el viento matutino.

—¡La fiebre ha desaparecido!

Toke asintió débil, pero aún sonriente.

—Sí, se ha ido, pero la noche ha sido larga, aunque el viejo ha conducido el timón la mayor parte del tiempo. Está durmiendo y yo necesito descansar. Deja el barco a distancia de la costa y rodéala, es segura. Por la noche atracamos en Mågefjord, y despiértame a tiempo, a ver si puedo coger el timón.

Miró por última vez a tierra antes de dejarse caer al suelo y Arnulf le echó la manta por encima al feliz noruego, que se durmió enseguida. Luego se sentó al lado del timón y miró el maravilloso paisaje mientras los descontentos comerciantes gruñían al otro lado del barco. Kaupang no estaba muy lejos si se giraba el barco y a los hombres de Sigurdur no pareció agradarles estar tan cerca de una plaza comercial y luego irse en dirección contraria, pero a Arnulf le dio igual. Acarició el desgastado timón y, a primera vista, le gustó el duro paisaje, una tierra cuyos huesos salían de la frugal hierba, afilados como el hierro y grises como una manada de lobos.

***

Arnulf pasó días embelesado con la lámpara en la mano mirando la costa noruega por la que pasaba el barco con un viento estable en la vela. El mar estaba en calma y el tiempo era bueno, pero el tibio aire primaveral se fue enfriando y el viento rascaba, y Arnulf sacó unas capas de lana que pertenecían a los comerciantes fallecidos. Toke comenzó a recuperarse de la pérdida de sangre y de la fiebre, y empezó a coger más el timón mientras dirigía con diligencia la embarcación entre las innumerables islas y escollos que parecían formar una línea de defensa delante del litoral.

De vez en cuando se abría la enorme pared de roca y Arnulf miraba los anchos fiordos que, brillantes como hebillas de plata pulida, serpenteaban tierra adentro, y, cada vez que eso sucedía, tenía la imperiosa necesidad de seguir su curso para ver qué escondían. Algunos parecían exuberantes con los laterales anchos cubiertos de hierba y cataratas ruidosas mientras que en otros había muchas aves cuyos gritos resonaban en el barco. Otras veces se fijaba en aldeas lejanas que estaban en los lugares más propicios para atracar, y también pasaron otros barcos, pero, cada vez que Toke veía estas embarcaciones, daba un rodeo o se ocultaba tras las islas más cercanas. El *knarr* era una presa fácil de asaltar y eran pocos hombres y desarmados, así que Toke no vio motivos para tentar a sus paisanos. No los temía, pero quería llegar a casa y no iba lo bastante rápido.

Arnulf observaba lleno de admiración que Toke nunca parecía dudar de qué dirección tomar entre la aparición, a veces insuperable, de escollos e islotes. Debía de haber navegado por aquí varias veces y asintió cuando Arnulf se lo preguntó.

—Øystein me llevó de expedición por primera vez en mi duodécimo verano. —El noruego se rio al pensarlo—. Mi madre estaba en contra, pero, como mi padre le dejó elegir los tres vikingos más gallardos para que cuidasen de mí, cedió. Cuando tenía quince, decidí que sus cuidados eran humillantes y tenían que acabar, pero, hasta que no supe mantener a raya a la mesnada con la espada, Øystein no pensó que me pudiera cuidar yo solo.

Arnulf sonrió. Era bueno oír a Toke tan contento, y el aire fresco parecía beneficiarlo y mantenerlo despierto la mayor parte del día. El brazo le provocaba dolores constantes, en especial cuando el mar era duro y él no era más fuerte que el Cojo, que a veces tomaba el timón, pero, cuando las aguas eran más o menos fáciles de navegar, Arnulf podía controlar el barco bajo la paciente supervisión del noruego.

Los hombres de Sigurdur parecían haberse resignado a su destino y pasaron el tiempo lo mejor que pudieron con pequeños pasatiempos, con los diferentes productos y conversando y jugando a juegos de mesa. El Cojo caminaba con libertad por el barco y se hizo cargo de preparar la comida, lo cual no le gustó demasiado.

—Allí, donde la costa se parte y va hacia el noreste, ahí está Haraldsfjord —explicó Toke mientras Arnulf estaba a cargo del timón—. En el fiordo hay tres aldeas y en la más interior está la casa de mi padre. También hay granjas en las peñas y las vacas pronto irán a los prados, así que en verano también vive gente arriba en las cabañas. Detrás de la casa de Øystein está el lugar donde nos reunimos y también un ara que colocó mi abuelo, Sigtryg Jernside.

Se calló y gritó algo sobre la vela y le pidió a Arnulf que girase un poco el timón.

—La gente del fiordo tomó a mi padre como señor y antes que él estuvo su padre. Ambos trajeron prosperidad a la aldea.

Toke se quedó con la mirada perdida y Arnulf evitó hacer pregunta alguna. Øystein Ravnsbane estaba muerto, y Toke esperaba ocupar su lugar aunque fuera joven y continuar su obra era duro y peligroso. Arnulf se mordió la lengua y sostuvo el timón hasta que Toke se lo indicó. Toke sería un buen señor para Haraldsfjord. Valentía y resolución no le faltaban y pocos habrían abatido con mayor rapidez a los comerciantes que se le echaron encima. Pero, cuanto más cerca de Haraldsfjord estaba el barco, peor parecía estar, y Arnulf no envidiaba tener que mirar a los ojos a amigos y parientes para comunicarles la muerte de veinte hombres.

***

La noche del séptimo día Toke dejó el barco en un islote que parecía usarse como lugar de pernoctación de pescadores y navegantes. Dejó que los hombres de Sigurdur desembarcasen y se colocó en la proa con una jarra de cerveza y miró taciturno hacia el norte. Arnulf cogió un mendrugo y se sentó al lado de Toke. Lo partió por la mitad y Toke cogió su parte, pero no se lo comió y Arnulf no dijo nada. Echaba de menos la tierra firme bajo los pies y pensó en la aldea de Egilssund. Ahora ya habría acabado el banquete en honor de Rolf y habría llevado su caso ante la asamblea y dictado la condena de proscripción y destierro. El orgullo de Stridbjørn se habría resquebrajado y sus gruñidos coléricos eran amargos y desdichados; el aspecto de Trud, envejecido y afligido.

Arnulf estaba muy serio y con el estómago encogido. Se liberó del peso de la culpa y se sintió liberado, ya que, cada vez que se esforzaba, se le iban de la cabeza los malos pensamientos sobre Egilssund y podía poner toda su atención sobre las medusas que pasaban debajo el agua.

En el islote los pájaros inquietos estaban medio adormilados en sus nidos, parecía que se sentían molestos y Toke alejó la jarra y sostuvo en alto el brazo con la cabeza agachada. Mientras lo miraban los comerciantes, aguantó el dolor que lo torturaba, pero, cuando abandonaron el barco, no paró de beber hasta ahogar su pena.

—¿Te duele mucho?

—¡Bien lo sabe Odín! —Toke alzó la vista—. Voy a tener que sujetar la espada con la mano izquierda en la expedición de este año y me daré con un canto en los dientes si para el año siguiente no sucede lo mismo.

—Entonces necesitarás otra vez a tu mesnada. —Arnulf sonrió—. Estaré orgulloso si me dejas defender tu lado derecho.

Toke escupió al agua, soltó el brazo y se tocó el pelo.

—¡Cállate, Stridbjørnsøn! Nadie puede desear estar atado a un hombre en su primera expedición.

—Lo digo en serio.

Toke asintió pálido.

—Pues, si es de verdad, te doy las gracias y acepto tu ayuda. No es seguro que los otros se vayan a preocupar por mi vida después de haber oído las noticias que traigo. Arrastro la vergüenza a un linaje orgulloso arriesgándome a volver a casa tras haber perdido tanto el barco como los hombres.

—¡Fue tu padre quien le trajo desgracia a sus parientes al meterlos en una pelea en desventaja, no tú! ¡La gente se alegrará de ver que su hijo está vivo! Mejor que vuelva un hombre que ninguno. Come. Estás muy débil.

Toke apartó la vista del pan.

—Hay un hombre en la aldea exterior, Leif Narizpartida, que no me desea ningún bien.

Arnulf le robó un sorbo de cerveza.

—¿Qué le has hecho?

Toke frunció el ceño y le quitó la jarra.

—Nada, pero ya ha expresado antes que sería mejor para los habitantes del fiordo seguirlo a él en vez de a Øystein, y tiene sus seguidores. Para él solo soy un cachorro grande.

Arnulf quitó el moho de la corteza del pan. Qué temerario es este tal Leif si piensa así. Además de temerario, es un estúpido. Los machos más viejos de una manada de lobos saben que los jóvenes pueden ser una amenaza y se encargaban de amedrentarlos a tiempo o expulsarlos.

Toke empezó a comer sin ganas.

—¿Cómo se llama tu hermana? —preguntó Arnulf.

—Jofrid.

—¿Y tu madre?

—Hildegun.

—¡Hay muchas mujeres esperándote!

—A mí y a Øystein.

Toke tiró el pan y su inquieta mirada recorría las montañas. Arnulf lo recogió y se lo devolvió con insistencia.

—¿No fuiste tú el que dijo que había que descansar por muchas preocupaciones que se tengan y por muy fuerte que se mueva el barco? Pues eso también se aplica a la comida. Come y coge fuerzas para mañana.

Toke lo miró furioso, pero cogió el pan y le dio la espalda a Arnulf para poder comer a gusto. Arnulf lo dejó y dio un traspié. Bostezando, se prometió que era la última noche que se turnaba con Toke para dormir y se frotó la frente para intentar contener un incipiente dolor de cabeza.

Leif Narizpartida. ¡Sonaba peligroso! ¡Que te partan la nariz hace violento al más tranquilo! ¿Quién lo habría hecho? ¿Øystein Ravnsbane?

Arnulf se estiró en los sacos ajustándoselos mientras tiritaba. Si no hubiera sido por el agotamiento, habría maldecido su lecho provisional desde el principio. ¡El olor a agrio de la lana, el pan duro, la carne seca y el viento gélido de la noche! ¡La primavera noruega era fría como el invierno de Egilssund! No se podía comparar con el lecho de paja cubierto por las pieles y el techo;

151

había motivos para tener ganas de llegar a Haraldsfjord, o eso esperaba.

***

La desembocadura del fiordo era amplia y estaba rodeada de montañas salpicadas de nieve. El agua estaba tranquila y el viento soplaba suave, así que el amplio *knarr* entró con ligereza en el enorme fiordo y Arnulf tuvo la calma de no perder de vista el mar imponente. El fiordo debía de tener la misma profundidad que las montañas que se erguían abruptas; se sintió pequeño e insignificante bajo el majestuoso acantilado y estiró su espalda.

Toke dejó a cargo del timón al Cojo y ordenó a los hombres de Sigurdur que se fueran a popa, pues en el fiordo de sus padres él estaría en la proa, tan orgulloso de exhibir la cabeza de dragón. Miró hacia delante serio y sereno y los comerciantes enmudecieron. Arnulf alzó la mirada hacia las montañas y se emocionó; sintió que así tenían que estar los *einheriar*, sin palabras, esperando con una veneración muda e inmóvil cuando las valquirias traían nuevos guerreros muertos al Valhala.

No se oía ni un ruido en el fiordo, ni siquiera de los pájaros, y el barco avanzaba despacio por las resplandecientes y sinuosas aguas que parecían haber sido aradas con maestría entre las estribaciones montañosas. De manera lenta e imperceptible, las montañas se acercaban al agua y estrechaban su curso, y, tras otro giro y algunos escollos solitarios, de repente apareció un claro, como si los troles de las montañas hubieran arrancado las rocas y aplanado la tierra con sutileza. Había prados que vestían las montañas, y los eideres y los gansos encontraban cobijo entre los esclarecidos carrizos. Crecían abetos y arbustos junto al agua que dejaba entrever un camino de piedras que conducía hasta la primera aldea del fiordo.

Las casas cubiertas de piedra y las cercas entrelazadas parecían aferrarse a las escabrosas cuestas, y Toke le pidió al anciano que acercase el barco a la orilla, que estaba llena de embarcaciones, y que arriasen la vela.

Los perros comenzaron a ladrar y la gente salió corriendo de las casas, abandonando las tareas para ver quién perturbaba la paz. A Arnulf le llamó la atención lo expuestas a ataques y saqueos que estaban las aldeas noruegas en comparación con las danesas, en las que los habitantes tenían una buena perspectiva y podían avistar barcos enemigos a tiempo. Seguramente por el mismo motivo, los hombres no perdían el tiempo y se juntaban en la orilla con armas y los niños, nerviosos pero curiosos, buscaban seguridad detrás de las mujeres y los esclavos.

Un hombre ancho y robusto con una piel de lobo blanca sobre los hombros avanzó antes que los demás. Su rebelde cabello moreno era largo y la barba, poblada, pero el rostro estaba desfigurado por grandes cicatrices, y solo le quedaban dos trozos de nariz. Se puso con las piernas abiertas y con los puños en el cinturón, y Toke levantó la mano a modo de saludo mientras el barco se balanceaba con calma.

—¡Hola de nuevo, Leif Narizpartida!

La voz resonó con fuerza por el agua.

—¡Bienvenido, Toke Øysteinsøn!

Leif escupió a la arena y escudriñó a Toke y al barco.

—¡Te fuiste en una nave con buenos hombres a bordo y vuelves en un *knarr* escaso de personal! ¿Dónde están Øystein y los demás? ¿Dónde está mi sobrino?

—Luego te respondo —contestó Toke—, tienes que reunir a tu gente y seguirme hasta el lugar de encuentro inmediatamente.

Leif Narizpartida guiñó un ojo y se retorcía pausadamente un mechón de su larga barba mientras los hombres comenzaron a murmurar.

—¿Por qué debería obedecer? Estamos juntando a los animales para llevarlos al prado y aquí tenemos mucho trabajo. Si Helge Stridbjørnsøn ha capturado a tu padre, ya te voy diciendo que no voy a dar dinero para el rescate de ese viejo zorro.

Toke, con una seña, le ordenó al Cojo que izasen de nuevo la vela y el barco comenzó a moverse.

—Vendrás —gritó como despedida—, porque lo que tengo que decir afecta a todo el fiordo, sobre todo a ti.

Sin prestarle más atención a Leif, Toke pidió que dirigieran el barco hacia la parte central del fiordo y Arnulf vio que la mirada furiosa de Narizpartida se le clavaba en la espalda. Siguió con la vista la agitada charla de los hombres hasta que el fiordo dio un giro. Toke se sentó en la proa y Arnulf especuló sobre qué tipo de hombre había sido Øystein Ravnsbane. Leif no parecía querer estar por debajo de alguien más débil que él y que Helge hubiera perdido la vida en la pelea con Øystein le parecía razonable a Arnulf.

Toke se atusó el pelo y clavó la mirada en la siguiente curva y, cuando el barco rodeó un cabo cubierto de arbustos, apareció otra aldea. Estaba menos inclinada que la primera y tenía más hierba alrededor, y el hombre con el que habló aquí Toke fue mucho más amable y cordial que Leif. Sus ojos eran claros y suaves y, aunque estaba en la flor de la vida, ya tenía canas. Se llamaba Toste Skjaldely [6] y obligó a Toke a parar y desembarcar para tomarse un descanso y una jarra de hidromiel, pero Toke no le dio más explicaciones que a Leif y simplemente le pidió que reuniese a sus parientes y lo siguiera hasta la asamblea.

En el último tramo, el fiordo se volvía recto y acababa en un lago poco profundo junto a cuya orilla estaba la tercera y última aldea. Arnulf avanzó en el barco, dejó la lámpara y estiró el cuello. Las casas eran grandes y había muchas embarcaciones atracadas en la orilla, entre ellos el barco grande de vikingos que había visto alguna vez. Allí se extendían campos verdes y fértiles con trigo y animales más allá de la aldea, donde un majestuoso valle parecía seguir el curso del fiordo para, al final, subir por los laterales y derramar una red de senderos quebrados. Una catarata brillaba como un brazalete de plata al final del valle. Tanto las montañas como las casas se reflejaban en el lago y Arnulf se quedó pensando. Esto era lo que tanto había echado de menos Toke. ¡Incluso los dioses del Ásgard tenían que darse cuenta de la belleza que suponía! ¡El valor de Freya era la aldea de Øystein Ravnsbane!

La gente vio el barco a tiempo, pero, como casi le faltaba viento a la vela, tardaron en alcanzarlo. Cuanto más cerca estaba, más claro veía Arnulf lo bien vestidos y nutridos que parecían estar los esclavos, y los mayores y lo bien construidas y ornamentadas que estaban las casas.

Toke estaba quieto en la proa mientras los habitantes se reunían en la orilla, pero, cuando una mujer con el pelo moreno largo y un niño en brazos salió corriendo rápidamente de la casa más grande, dio un grito angustioso y estiró los brazos hacia delante. Ella gritó y lo saludó, y no pudo mantener los pies quietos, sino que bailó y levantó al niño y lo saludó con las manos de este.

El *knarr* se raspó uno de los laterales con un corto atracadero antes de que Toke se bajase de un salto y corriera hacia la playa entre los gritos de bienvenida de los allí presentes. Le llovían las preguntas, y más de uno frunció el ceño y miró de soslayo el barco de Sigurdur, pero Toke no respondió. Solo cuando una mujer gritó si habían vengado a Jofrid, Toke dijo sí y sus palabras desataron júbilo, pero él solo tenía ojos para Gyrith y la pequeña Ranvig. Se lanzó a su regazo y la abrazó, cogió en brazos a Ranvig y rompió a llorar. Ranvig dio un grito y Gyrith lloraba mientras se reía, y Toke tropezó y cayó de rodillas, pero lo ayudaron a ponerse en pie.

Arnulf miró a su alrededor un instante. Los hombres de Sigurdur se habían repartido por el barco y estaban listos para irse de inmediato. Lanzaron miradas inquietas a la multitud de hombres armados que estaban en la orilla y Arnulf apoyó al Cojo mientras ponía la mano en la regala.

—Buen viento hasta Kaupang y que vayan bien los negocios.

—Gracias, Bjarke. ¡Y bienvenido a casa!

Arnulf hizo una mueca y se ajustó la funda de la Ormstand antes de dar un salto y pisar tierra firme. El Cojo gritó algo sobre la vela y el *knarr* dio la vuelta y se fue mientras Arnulf se detuvo en la orilla y, nervioso, esperó a no sabía muy bien qué.

Nadie pareció notar que el barco se había ido y Arnulf perdió de vista a Toke entre el gentío. Puso la mano en el mango de la espada. Confiaba en el noruego, pero Toke ya no lo necesitaba y quién sabe lo que podía pasar cuando lo conocieran.

Algunos niños curiosos rodearon a Arnulf y señalaron impresionados a la Ormstand, pero Arnulf los miró con desagrado y con un gesto les hizo entender que tenían que mantener distancia. De repente, los gritos y las preguntas cesaron. Toke se subió a un bote de remo que estaba puesto bocabajo y levantó la mano. Su brazo herido había comenzado a sangrar bajo el vendaje después de tanto abrazo, pero no pareció darse cuenta.

—¡Ni siquiera el mejor escaldo podría poner palabras a la alegría que siento por volver a estar en casa! —Toke estaba ronco por la emoción y miró las caras conocidas mientras una mueca de duda le hizo torcer la boca—. Pero veis que vuelvo solo. —Lanzó una mirada hacia el círculo—. Les he pedido a Leif Narizpartida y a Toste Skjaldely que reúnan a su gente y vayan hoy a la asamblea, pues allí les quiero contar lo que nos ha pasado a mí y a mis compañeros y responderé a todas las preguntas.

Toke buscó a Arnulf con la mirada y le hizo un gesto para que fuera hasta allí. Arnulf se empequeñeció un poco y fue veloz hacia el bote con el corazón acelerado. Todos lo miraban, se sentía como un caballo al que daban vueltas por el mercado para que los compradores juzgasen su valía. Intentó responder a las miradas con amabilidad sincera, pero no le salía la sonrisa y sentía las rodillas flojas e inseguras. Se colocó delante de Toke y el noruego le puso la mano en el hombro.

—Este es Arnulf. Es mi amigo y mi compañero de viaje, y a él le debo la vida, así que recibidlo bien.

De pronto, un flujo de lágrimas presionó los ojos de Arnulf y notó que Toke pasó de tener la mano en su hombro a darle un apretón de preocupación. Los aldeanos lo miraron con simpatía y Gyrith avanzó sonriente.

—¡Sé bienvenido a Haraldsfjord, Arnulf! Ha sido un largo camino y, sin duda, necesitáis descanso y una buena comida antes de reunirnos con los demás. ¡Sé mi huésped en casa de

Øystein, como si fuera tu casa, y que sepas que nadie te puede agradecer más que yo por la vida de Toke!

Se quitó con un guiño una lágrima y dejó paso a una exuberante mujer mayor con una mirada afilada y una cálida sonrisa. Su cabello castaño tenía canas y estaba recogido con un gran broche de plata; tenía el rostro suave y arrugado.

—Soy Hildegun, la madre de Toke, y yo también te quiero dar la bienvenida, todos los amigos de Toke son bienvenidos aquí. Toke es mi único hijo y, si le has salvado la vida, ¡desde hoy tengo dos hijos!

Arnulf respiró hondo y pensó que tenía que responder, pero se quedó mudo y se le sonrosaron las mejillas. En lugar de hablar, inclinó la cabeza y Hildegun pareció entenderlo.

Una joven con la tripa hinchada le saludó con la cabeza y él notó lo mucho que se parecía a Toke, así que ella debía de ser su hermana Jofrid.

Toke se bajó del bote, agarró a Gyrith por el talle y encabezó la marcha por el camino hecho de tablones de madera que daba a la aldea. Jofrid cogió en brazos a Ranvig y le hizo un gesto a Arnulf para que fuera con ella, y la gente, esperanzada y angustiada, empezó a conversar y acompañó a Toke hasta casa. Arnulf pudo ver en sus gestos llenos de temor quiénes eran los compañeros más cercanos a Øystein y se le entrecortó la respiración.

Toke habló en voz baja con algunos hombres que parecían serle cercanos. Les pidió que esperaran fuera y se disculpó por querer estar un momento a solas con su familia. Ellos asintieron y le miraron el brazo que sangraba y montaron guardia ante la puerta para resguardar la paz del hogar.

Toke y Gyrith entraron, y Arnulf inclinó la cabeza ante el poder rúnico y cruzó el alto umbral de la puerta mostrando un total respeto.

La habitación en la que entró parecía más grande que la casa vista desde fuera y los esclavos habían conseguido que las llamas ardieran y encendido la luz de las lámparas colgantes. Cuando Arnulf se hubo acostumbrado a la oscuridad, vio que la disposición no era muy distinta a la de la casa de Egilssund, pero todo era más grande y suntuoso, e incluso el menor e insignificante detalle estaba adornado. Los lugares para dormir eran anchos, y las pieles, gruesas, y las mantas de colores compartían espacio en las paredes con armas cubiertas de plata y escudos lujosamente decorados. Arnulf se sintió como un campesino pobre cuando comparó la riqueza de Øystein con la de Stridbjørn, y comprendió mejor los relatos de Helge sobre la grandeza y la pompa que le resultaban ajenas.

Tres esclavas trabajaban febrilmente al lado de las ollas y Gyrith fue a por hidromiel mientras Toke, cansado, se dejó caer y asomó la cabeza por los tablones de madera envueltos en paño con los ojos cerrados. Jofrid y Hildegun sacaron manteles y jarras limpias, y Hildegun puso verduras secas en una vasija pequeña y les pidió a los esclavos que las cocieran.

Arnulf se sentó al borde del lecho, algo alejado de Toke, y Gyrith le dio el cuerno de hidromiel y le pidió que bebiera. Luego ella se sentó al lado de Toke y le acarició el pelo, y él asintió con un suspiro, bebió hidromiel y apoyó la cabeza en su hombro.

Arnulf probó la bebida. El hidromiel estaba más fuerte y dulce que el que fabricaba Trud, y se lo bebió a sorbos mientras miraba las camas e intentaba adivinar en qué lugar dormía cada uno.

Jofrid se sentó para tomar aliento y se puso las manos en la barriga, que de vez en cuando cambiaba ligeramente de forma, y una de las esclavas le levantó las piernas con cuidado y las puso sobre unas pieles. Ranvig gateaba por el suelo con una oveja de madera en la mano, y Toke la miró y alzó la cabeza sonriente. La niña tenía unos rizos rubios y los ojos claros, era tal y como se la imaginaba, solo que con las mejillas algo más redondas.

Un esclavo echó el estofado de cordero caliente en un cuenco de madera y se lo llevó a Arnulf con un trozo de pan negro, y Hildegun cogió una lujosa capa roja con adornos y la puso al lado de Toke. Mientras Arnulf comía, Gyrith y Hildegun ayudaron a Toke a quitarse la capa desgarrada para curarle las heridas. Toke se quejó cuando Hildegun le quitó el vendaje; ella frunció el ceño al ver el brazo y buscó el ungüento y un vendaje.

—¿Puedes levantar el brazo?

—No. —A Toke le costaba soportar el roce—. Puedo doblarlo, pero solo un poco.

Gyrith le dio la infusión de hierbas hirviendo que habían preparado los esclavos, pero Toke hizo un gesto de asco y se negó a beberla. Hildegun cogió la jarra y se la puso en la mano como si fuera un niño desobediente.

—¡Bebe!

Toke apartó la jarra mientras negaba con la cabeza.

—¿Para qué? Si esto no funciona y, además, ya no tengo fiebre.

La madre le miró el brazo con el rostro muy serio.

—El mismísimo Odín te ha amparado, puesto que no hay gangrena. Agradéceselo y cuida esa herida con esmero, que, si

160

no, lo mismo se arrepiente de su gracia y te deja con un brazo inútil el resto de tu vida.

Toke agachó la cabeza avergonzado y se atusó el cabello. Cogió la jarra.

—¡Perdóname!

Hildegun sonrió triste y le acarició la mejilla barbuda.

—¡Toke!

Se obligó a beber la infusión y después tomó agua para quitarse el mal sabor de boca. Hildegun le miró la muñeca herida, pero no le preguntó nada. Gyrith lo ayudó a ponerse la capa roja una vez que Hildegun hubo vendado el brazo y le cambió la cadena de plata que llevaba puesta por una que pesaba más, y fue a por comida. Arnulf pensó que Toke parecía un señor y se rascó la cabeza pensativo. ¡El hijo de Øystein no podía hablarle a la gente vestido como un simple campesino!

Hildegun puso el brazo herido en un cabestrillo forrado de tela amarilla y se sentó en silencio a su lado mientras él comía. La seriedad nunca había abandonado su rostro y Arnulf se preguntó si ella presentía lo que le había pasado a Øystein.

Un hombre asomó la cabeza por la puerta e informó de que ya se veía en el fiordo el primer barco de Toste Skjaldely, y Toke asintió y le dio a Gyrith el cuenco medio lleno. Quiso ponerse en pie, pero Hildegun lo cogió de la mano y se lo impidió. Le miró la mano y le preguntó con la voz apagada:

—¿Øystein está muerto?

Arnulf contuvo la respiración y puso el cuenco en el suelo. Gyrith cogió en brazos a Ranvig, se la entregó a una esclava y le hizo un gesto para que se fuera. Toke suspiró hondo con la cara desfigurada por los dolores a la vez que se vio aliviado por que fuera Hildegun quien le preguntase, y Jofrid se puso recta con una mano en la cadera.

—Sí —afirmó Toke, y le apretó la mano a su madre.

Gyrith se tiró al suelo y se mordió los nudillos, y los hombros de Jofrid comenzaron a temblar. El pelo se desparramaba por su cara y Hildegun cerró los ojos un instante. Cuando los volvió a abrir, estaban brillando, pero no lloró.

—¿Y los demás hombres?

—También.

Gyrith estaba conmocionada delante del fuego con los nudillos sangrando y Jofrid gimoteaba como un gatito cuando se enrosca en su manta. Hildegun le acarició la mano a Toke y la estrechó contra el pecho.

—Lo supe en cuanto te vi. Había una niebla negra en tu sombra, un suceso abominable que te persigue.

Toke miró angustiado el fuego y Gyrith subió a la cama de Jofrid y la abrazó. A Arnulf le dolió ver así a las mujeres y se retorció. La añoranza por Helge y Rolf empezaba a punzarlo como una vieja herida. Le gustaría consolar a Jofrid y a Gyrith, que se esforzaban por llorar en voz baja para que no se las oyera desde fuera, pero se sintió como un traidor, pues fueron los suyos quienes causaron la desgracia.

Durante un instante nadie dijo nada, pero entonces Toke se puso de pie tambaleándose. Se tocó la herida, pero retiró el brazo con una mirada decidida. Su cara había envejecido diez años y tenía una mirada ardiente como si estuviera preparado para encontrarse con la muerte. Arnulf también se levantó y Hildegun caminó serena hasta la pared contraria y cogió de una esquina una espada con una funda negra con incrustaciones de ámbar.

—¿La espada de Sigtryg? —preguntó Toke con veneración, y su madre asintió y se la abrochó al cinturón.

—Si hemos perdido a Øystein y a los tuyos, que el amparo de mi padre resuene allá donde vayas. Hay runas en la empuñadura. A Sigtryg nunca lo abandonaron. —Se secó una lágrima de la mejilla y ajustó la funda—. Leif Narizpartida apenas dejará que se celebre el funeral de Øystein. Esperemos que Tyr te dé fuerza.

El mismo hombre que había anunciado la llegada de Toste Skjaldely informó de que los barcos de Leif estaban a la vista y de que los estaban esperando en el lugar de reunión. Toke fue hacia Gyrith y Jofrid y les acarició el pelo.

—Venid conmigo —les pidió con sutileza—, me gustaría que al menos hubiera cuatro personas que me sigan queriendo cuando diga lo que tengo que decir.

Miró asustado a Arnulf, que hizo un gesto de rechazo con la mano.

—No pienses en mí, tienes a los tuyos e hiciste lo que pudiste. Cuéntaselo todo.

La voz de Arnulf era más dura de lo normal, pero, si Toke debía presentarse ante la gente con su horrible mensaje, Arnulf también debía desvelar quién era. Toke asintió con gratitud.

—¡Por Frey, Arnulf!

—¡Por Fénrir!

Hildegun ayudó a las llorosas mujeres a ponerse de rodillas y les pidió que dejasen de llorar un instante por Toke, y Gyrith cogió a Jofrid por las axilas y le dijo en voz baja que la tensión era dañina para las embarazadas. Jofrid maldijo con amargura al niño culpable de la muerte de veinte hombres y de su deshonra, y Arnulf le miró la inmensa barriga. ¡Era el hijo de Helge quien daba patadas! La carne y la sangre de Helge, que ya desde su

163

nacimiento había determinado el destino de tres aldeas. ¡Le daban ganas de gritarle a Jofrid que tenía que cuidar la vida de ese niño como si fuera la suya! ¡Era el tío del sucesor de Helge y, si no hubiera infringido la ley, serían Rolf o él quienes tendrían que criar al niño! Una corriente de sensaciones turbulentas hizo que se le extendiera una quemazón por el pecho, pero Toke estaba yendo hacia la puerta con Hildegun detrás de él y Arnulf tuvo que ocultar su infame pensamiento y acompañarlo. Al menos ahora podía encargarse de Jofrid si la asamblea transcurría de un modo poco favorable.

Fuera había mucha gente, pues Toste Skjaldely y sus conciudadanos habían llegado y alrededor de la casa de Øystein las charlas iban en aumento, pero cesaron cuando apareció Toke. Al verle la cara magullada y a las mujeres llorosas tras él, la gente se quedó helada como si, sin previo aviso, soplase un viento gélido de las montañas. Todos entendieron que Øystein había muerto y respaldaron a Toke y a su familia con compasión y pánico en la mirada cuando Toke salió en silencio de la asamblea. Arnulf se llevó la mano a la empuñadura de la espada y notó cómo le ardía la mirada. Iba justo detrás de Jofrid y de Gyrith sin mirar a nadie y sintió cada piedra que pisaba a través de la suela. Había tanto silencio en la aldea que se oían los golpes de remo del barco de Leif por todo el fiordo, y Arnulf los vio tomando lugar y atracando entre las demás embarcaciones.

Un hombre alto de pelo moreno corto con una barba encrespada subió al lado de Gyrith y la abrazó protegiéndola. Le faltaba una mano y tenía los mismos rasgos faciales que ella, por lo cual Arnulf concluyó que debía ser Stentor, su padre. Gyrith le apretó la mano en silencio, y Stentor cruzó su mirada con la de Arnulf brevemente y se echó la capa sobre los hombros. Arnulf estaba desanimado, ya que el hombre tenía un ojo marrón y el otro amarillo, y le rodeaba una fuerza que tenía su raíz en algo más que en sus músculos.

El lugar donde se reunían era amplio y llano, y parecía que lo usaban para el pasto. En el medio había una elevación para que todos pudieran oír a la persona que hablaba. Al lado había una gran ara con motivos mitológicos tallados a los lados. Arnulf reconoció a Miólnir, a Sléipnir y el símbolo del sol, y la sangre reseca dejaba entrever que recientemente se había llevado a cabo un sacrificio, seguramente para que ayudara a que los hombres tuvieran un buen regreso a casa.

Toke se dirigió despacio hacia la elevación y, aunque caminaba erguido, parecía que iba cargado, como si llevase el peso del mundo sobre sus hombros. Hildegun y Gyrith se situaron a los pies del promontorio y Jofrid bajó la vista hacia una de las piedras colocadas en círculo a su alrededor. Los hombres con los que más había hablado Toke se quedaron cerca de él y el resto de los habitantes se apelotonaron alrededor excepto por el lado que daba al valle, donde se iban a colocar Leif Narizpartida y sus compañeros.

El silencio era insoportable, e incluso los niños se callaron y buscaron a sus madres con la mirada. Arnulf aguardaba con una calma forzada y Toke miraba más allá del fiordo y no parecía querer decir ni una palabra hasta que no llegase todo el mundo.

La voz de Leif retumbó entre los barcos y, al igual que Toke, este se había vestido tan para la ocasión que la plata brillaba por doquier. Orgulloso, dejó la orilla del fiordo y subió hasta la aldea gritando con un grupo de hombres armados mientras hacía gestos con los brazos y ponía cara de ofendido por haber sido convocado. No le acompañaban ni mujeres ni niños, y Arnulf lo consideró una mala señal. El rival de Øystein acudía a la reunión listo para la batalla. Apretó con más fuerza la Ormstand. La asamblea de Egilssund era sagrada y solo se podían llevar cuchillos a las reuniones, pero esa ley parecía no tener validez aquí.

Toke no llevaba bien la aparición de Leif Narizpartida, se hizo una composición de lugar y se mantuvo en silencio. Lo acompañaban ayudantes fuertes y muchos de los compañeros de Toste Skjaldely se apartaron para no estar cerca de ellos. Gyrith se secó las mejillas y miró con agresividad a Leif. Aunque era muy delgada, se irguió y se puso como defensa entre Toke y él. Oscura como una diosa de las tinieblas, custodió al padre de su hija y a Stentor se le puso una leve sonrisa en el rostro.

Toke miró a su alrededor y vio que todo el mundo estaba pendiente de él. Se sintió asquerosamente solo en el promontorio y, si Arnulf no fuera un extraño en el fiordo, habría subido a hacerle compañía.

—Como veis, he vuelto a casa en solitario y solo Frey sabe lo que he padecido para poder estar aquí hoy.

La voz le temblaba ligeramente, y una mujer rompió a llorar y se recostó en el hombro de su marido.

—Øystein Ravnsbane ha muerto y los que estaban con él… —Bajó un poco la cabeza y buscó a Gyrith con la mirada—. Sus compañeros no lo abandonaron y ahora todos están a bordo con él como buenos *einheriar* rumbo al Valhala.

Toke cerró los ojos y la mano de Arnulf comenzó a temblar agarrada a la espada. Bajó la vista y oyó los gemidos y los llantos. Mucha gente se desplomó sobre la hierba lamentándose, aunque la mayoría parecía estar preparada para oír el funesto mensaje de

Toke. No hubo ni gritos ni lamentaciones. Con tranquilidad y amargura, el llanto ennegreció la hierba de Haraldsfjord.

Jofrid se quejó de nuevo con las manos en la barriga y Stentor apretó la mano alrededor del martillo de Tor que le colgaba del cuello. Toke no dijo nada más, se sintió invadido por la tristeza, y Arnulf recordó aquella noche en la playa de Egilssund cuando Halfred anunció la muerte de Helge. Los sollozos y quejidos de los allí presentes lo conmovieron, pero Leif no les dio paz a los desconsolados y gritó furioso:

—¡Sus compañeros no lo abandonaron, pero tú estás aquí! ¡Explícate, Toke! ¿Quién mató a mi sobrino? ¿Quién ha sido más fuerte que veinte de nuestros mejores hombres y dónde estaba tu arma cuando cayeron? ¡Una pelea así solo deja en pie a traidores y cobardes!

Los ojos de Toke se incendiaron.

—¡Luché para que los que se toparan conmigo me recordasen hasta su último aliento, Leif! Estuvimos esperando a Helge Stridbjørnsøn medio invierno a las puertas del palacio del rey Svend y lo encontramos en Sælvig. Llevaba cuarenta hombres consigo y Øystein me negó el dispensar a los nuestros y retar yo solo a Helge para vengar a Jofrid, pues es el deber de un hermano. Él quiso ese duelo y Helge murió. La batalla fue dura y le provocó muchas heridas a Øystein, y el timonel de Helge, Halfred, vengó al hijo de Stridbjørn matando a mi padre y a partir de ahí empezó el combate.

Leif escuchaba con los ojos apretados mientras acariciaba el filo de su hacha con el pulgar. Sus hombres estaban en silencio detrás de él con la cara impertérrita como si tuviesen por tarea amedrentar a Toke. Jofrid hizo una mueca brutal con la boca cuando oyó que Helge había muerto y se quedó resarcida.

—Nos defendimos con gallardía y la lucha fue larga. Todos perdieron la vida menos yo. Me derrotaron y me llevaron a Egilssund, donde Stridbjørn me torturó y me dejó dos días atado en una cabaña sin comer ni beber.

Toke mostró la mano con las marcas de la cuerda. Hildegun sufrió con sus palabras y los labios de Gyrith temblaron, pero Leif Narizpartida solo parecía lamentar que Toke no se hubiera quedado de esclavo en Dinamarca.

—Estaba tan débil que temí no poder oponerme a Stridbjørn, como era mi voluntad, pero entonces llegó Arnulf, enviado de Odín, y me soltó y me dio pan y agua en contra de las órdenes de su padre.

—¿De las órdenes de quién? —exclamó Leif, y miró a Arnulf como si quisiera matarlo. Arnulf lo miró desafiante y subió ligeramente a la elevación cuando Toke titubeó. La tierra abrasaba y las miradas interrogantes se le clavaron en la espalda, pero el pecho le ardía más que el aliento de Fáfnir.

—De las órdenes de mi padre. Helge era mi hermano.

La gente empezó a cuchichear y Leif hizo muecas con el rostro lleno de odio.

—¡Su hermano! ¡Así que eres familiar de un violador! ¿Qué sacabas al traicionar a tu padre y al tratar con un esclavo?

Arnulf tenía todo el cuerpo en tensión y la piel le temblaba como un potro asustado por un relámpago. Estaba sudando a chorros, pero no podía flaquear ni tardar en responder, ni darle a Leif espacio para que le asfixiase.

—Simplemente saber cómo murió Helge.

—¿Y por qué estás aquí y no en Egilssund? Cuando un hombre pierde a su hijo, el hermano del muerto tiene que quedarse en casa y darles apoyo y consuelo a sus padres.

Toke miró a Leif con intensidad y al intercambio de palabras le siguieron los llantos contenidos de la gente.

—Porque maté a Rolf, mi otro hermano, esa misma noche.

La sangre palpitaba por la mano que agarraba la empuñadura de la espada y Leif bramó y escupió con desdén.

—¡Un fratricida! ¡Un asesino que traiciona a los suyos y se va del país con un esclavo! ¡Toke! ¡Ibas en mejor compañía cuando te fuiste!

—Arnulf es mi amigo. ¡Si te burlas de él, te burlas de mí! —exclamó Toke con la voz llena de furia.

—Ah, ¿sí? ¡Un hombre que es capaz de matar a su propio hermano mientras la familia está llorándolo es también lo suficientemente astuto para abusar de la confianza del hijo de un señor! ¡Te ha traído hasta aquí como agradecimiento y ha salvado el pellejo, y solo un hijo infame no venga la muerte de su padre! La sangre y el linaje de Helge corren por sus venas. ¡Mátalo!

—¡Fue Halfred quien mató a Øystein, no fueron ni Helge ni Arnulf! —replicó Toke furioso, pero Leif respondió.

—¿Y a quién servía Halfred? Stridbjørn estaba de acuerdo con sus actos, ¡pero tú has vendido tu honor por un vaso de agua! ¡Venga a tu padre y demuestra que eres digno de llevar la espada de Sigtryg o lárgate! ¡Quien traiciona a Haraldsfjord debe ser más fuerte que el resto! ¡Hay demasiadas mujeres en tu casa, Toke; piensas y actúas como ellas!

Toke estaba lívido y se hubiera echado encima de Leif inmediatamente si no hubiera estado tan débil, y Leif sabía que no corría ningún riesgo con sus humillaciones. Stentor intercambió miradas con Toste Skjaldely, que le dijo por señas que mantuviera la calma. Muchos apoyaban a Toke y le respaldarían contra Leif, pero, si este no era hombre para defenderse, no era digno de su padre. Arnulf sabía que, si Toke se ganaba a la gente, arrinconaría a Leif.

—No hay que hacer leña del árbol caído —respondió Toke tranquilo para ahorrar fuerzas—. Arnulf tenía sus motivos para matar y, hasta donde yo sé, ¡nunca se ha arrepentido! ¡Estoy dispuesto a retarte y probar mis fuerzas en cuanto sanen mis heridas, y el que más alardea de su honor es porque suele carecer de él! Cuando le doy mi amistad a un hombre, cumplo mi palabra, y Arnulf y yo nos hemos salvado la vida muchas veces.

Cuando se calló, el silencio era aplastante y Arnulf tomó aire. La gente se miraba de reojo y Arnulf vio en sus miradas cómo se mezclaban la tristeza y la preocupación con el enfado.

Leif soltó una breve risa.

—Eso está hecho, Toke Øysteinsøn. Cuando tengas fuerzas para pelear, mi espada y yo discutiremos sobre lo que significa el honor, y creo que en ese momento habrá que nombrar un nuevo señor.

Toke dio su aprobación y se pasó la mano por la frente.

—Encantado de estar de acuerdo contigo, Leif. Pero, hasta entonces, de acuerdo con lo establecido en mi herencia, voy a tomar las decisiones sobre el fiordo y las aldeas, como antes de mí hicieron mi padre y su padre. Si alguien se opone, que dé un paso al frente y diga lo que tenga que decir que será escuchado. ¡Ningún hombre libre ha de prestar atención a un señor al que no respeta!

Miró a su alrededor y Arnulf solo vio cabezas haciendo gestos afirmativos, pero Leif tenía algo que añadir.

—¡Creo que un solo día contigo como gerifalte sería excesivo! A pesar de que hemos perdido buenos hombres, hay que organizar la expedición estival cuanto antes y decidir quién va a manejar el barco. No voy a estar a las órdenes de un lisiado al que le ha abandonado la suerte, y en eso creo que hablo en nombre de toda la aldea. Ni siquiera puedes aguantar la espada con el brazo en ese estado, ¡y Øystein tampoco podía! Estás tan enfermo que estás temblando, quédate en casa y déjate cuidar por tus mujeres, ¡te prometo que Tveravn volverá a casa con más riquezas que nunca!

Leif Narizpartida, provocador, se encaró a la gente y Toke se irguió, pero todo el mundo vio que le chorreaba el sudor. Arnulf respiraba con la boca entreabierta. Si Toke no lideraba la expedición, no tendría la posibilidad de ser el señor. Leif Narizpartida lo que quería era rapiñar la plata y eso contentaría a la mayoría y, si la suerte estaba de su lado, a la gente le costaría aceptar a Toke como el mejor aspirante a la hora de gobernar las aldeas.

Arnulf sacó la Ormstand y dejó colgando la hoja de su espada.

—He prometido ser el brazo derecho de Toke en la expedición y tus hazañas no pueden compararse con las de esta espada, Leif. Toke llevó el timón por toda la costa noruega y no habríamos llegado antes si hubiera habido un timonel distinto.

Leif bramó y desenvainó justo delante de Arnulf. Se le incendiaron hasta las cicatrices de su destrozado rostro.

—¿Cómo osas pronunciarte en este asunto, miserable danés? ¡Si Toke no te mata, lo haré yo y vengaré a mi sobrino, bien lo sabe Odín!

Blandió el hacha y Arnulf se preparó para pelear, pero Stentor se interpuso rápidamente con los brazos en alto.

—¡Parad! —Su ojo amarillo brillaba, a Arnulf le recorrió un escalofrío por la espalda y Leif parecía respetarlo lo suficiente como para escucharlo—. ¡Solo se puede derramar sangre sagrada tan cerca del ara, y si hay que vengarse o no solo lo decidirá Toke!

Leif murmuró y desgarró el aire con la cabeza del hacha.

—¡Pues échale las runas a Arnulf y deja que Odín decida su destino!

Stentor negó con la cabeza.

—No se molesta a los dioses con preguntas para las que uno tiene respuestas. Y Tveravn es el barco de Toke y te puede negar un sitio en él, así que reflexiona y no pretendas decidir sobre su travesía, Leif. Tienes buena gente contigo y tienes razón en que solo el mejor puede mandar en Haraldsfjord, pero dale a Toke el respiro que desearías para ti, pues, como tú bien dices, está enfermo y hay que tratar esas heridas.

Leif apartó la mirada, pero guardó el hacha, y Arnulf envainó la Ormstand. Toste Skjaldely se apartó con tranquilidad. Su mirada reposada hizo que Arnulf volviera a respirar y la gente respiró.

—Quién se va a adjudicar el puesto de señor lo decide la gente, no la espada. Creo que Odín ha protegido a Toke y lo ha traído de vuelta como un regalo para el fiordo, y hay que ser muy valiente para volver y hablar de una derrota tan fea como la han sufrido Øystein Ravnsbane y sus hombres. Deja que Toke descanse y que lidere la expedición con la autoridad de señor del fiordo, y luego veremos si ha tenido éxito. Y si no tienes nada más que decir, Leif Narizpartida, me gustaría oír el resto de su relato, pues no me gustan las historias a medias, ya sean buenas o malas.

Leif se mesó la barba mientras murmuraba y Toste se giró hacia Toke y levantó la mano invitándolo a continuar. Toke cerró los ojos como si estuviera mareado y Arnulf dudó de que pudiera resistir mucho más tiempo.

—No hay mucho más que contar, Toste. Arnulf y yo nos escapamos a la plaza comercial de Gormsø y allí nos hicieron sitio en el *knarr* con el que llegamos hasta aquí. Los hombres que estaban a bordo nos atacaron la primera noche y fue una pelea dura en la que cayeron algunos de ellos, me dieron un hachazo en el brazo y Arnulf amenazó con quemar el barco si no nos traían hasta Haraldsfjord, y le concedieron ese deseo y dejaron las armas.

Toste asintió con los ojos ardientes.

—Parece que tu joven amigo ha mostrado inteligencia y valor y, por mi parte, desde ahora ha de ser bienvenido sin importar su origen y sus dudosos actos.

A Arnulf le conmovió profundamente el apoyo de Toste, pero Leif tenía mucha facundia.

—Entonces dejemos que Toke maneje a Tveravn como quiera, pero, mientras estamos aquí hablando, entiendo que en el fiordo hay un barco con mercancía y plata sin vigilar. ¡Mis hombres están bien armados y atrapar ese *knarr* será más fácil que pescar un bacalao! Préstame el barco y demostraré que tengo un poco de energía, y repartiré una compensación a las viudas y a los huérfanos.

Toke estaba cediendo al cansancio y parecía empeorar seriamente. Se le ladeaban los hombros y se agarraba el brazo, pero tenía la mirada decidida y la voz firme.

—¡Les di a los comerciantes mi palabra de que podían navegar en paz en cuanto yo llegase a Haraldsfjord y mi primera decisión como señor del fiordo es no romper una promesa! Tveravn aún no está listo, le falta rodaje y se va a quedar donde está.

Leif Narizpartida resopló y le dio la espalda.

—¡Pero yo no le he dado mi palabra a nadie y mi barco está listo para buscar riquezas, aunque tenga que remar yo solo! Los hombres que tengan sed de plata que se vengan conmigo y, cuando Tveravn esté listo para la expedición, haz que nos llegue el mensaje, Øysteinsøn.

Se fue hacia los barcos con sus hombres detrás de él y muchos jóvenes de otras aldeas lo acompañaron con gritos fervorosos. Arnulf los miró con desprecio. ¡Era tan fácil reclutar apoyos cuando se obtenían ganancias sin esfuerzos! Leif Narizpartida debió de haber averiguado lo que Toke tenía que decir cuando lo vio en su aldea, si no, no se habría comportado como un soberano con su séquito.

Gyrith se sentó al lado de Jofrid y comenzó a llorar de nuevo, y los sollozos fueron en aumento. Muchos se fueron o se pusieron a charlar, y Toke se bajó del promontorio tambaleándose y fue hacia Toste y Stentor. Ya no había nada más que decir, cada uno había dado su versión y Toke temblaba y estaba lívido. Toste Skjaldely le puso la mano en el hombro.

—¡Bien dicho, Toke! Si Leif se creía que podía bajarte de ahí solo con brujerías, se equivocaba mucho, y ahora sabe que la fuerza de Øystein no ha abandonado tu aldea a pesar de su muerte. Leif Narizpartida es un buen hombre y un vikingo fuerte, pero cada cierto tiempo le gusta hacerse notar, y su control del fiordo sería más severo de lo que le gustaría a la mayoría. Ahora tengo que quedarme en mi casa con mis compañeros y parientes, aunque preferiría ser huésped en la tuya, pero debes saber que estoy contigo, incluso en el caso que tengas problemas con Leif.

Toke asintió despacio.

—¡Gracias, Toste! Esperaba que dijeras algo así y sé que Øystein deseaba que yo prosiguiera su tarea si él caía.

Toste lo soltó y miró a su gente.

—Sed listos ahora y no os enemistéis con Narizpartida. Prometedme que no lucharéis en contra de él si no estáis de verdad con fuerzas y no os deis prisa en preparar a Tveravn. La desconsiderada intervención de Leif se le volverá en contra si seguís comportándoos con dignidad.

Toke asintió y miró satisfecho hacia el fiordo. Leif se quedó gesticulando en la orilla y distribuyó a los hombres en dos barcos, y Arnulf pensó en los comerciantes y en el Cojo y apretó los dientes. El anciano no llegaría a casa con sus mercancías y, antes de morir, iba a maldecir a Toke por haber roto su promesa y creería que les había mandado a sus vikingos. Toke parecía estar pensando lo mismo y a Arnulf le dolió que Leif pusiera en ridículo la promesa de Toke, que había dejado que a la gente del fiordo se le escapase de las manos una presa fácil.

Toste se despidió con la mano y se fue, y los amigos de Toke se reunieron en torno a él mientras Hildegun le pidió a Stentor en voz baja que echara las runas para que el brazo de Toke se curase. Stentor prometió hacerlo enseguida mientras la luz del sol siguiera teniendo fuerza para arrasar con todo lo malo y, después de darle un abrazo a Gyrith, se fue de allí dando zancadas.

Toke tenía muchas preguntas que hacer y responder, y se sentó extenuado en una piedra y mucha gente se tumbó en la hierba alrededor de él. Arnulf se quedó de pie, ya que no se sentía del todo seguro, y Jofrid lo miró con los ojos enrojecidos y mordiéndose los labios. Arnulf nunca había visto tanto desprecio en los ojos de una mujer y apartó la mirada avergonzado. No podía hacer nada ante el hecho de que Helge ofendiese a Jofrid, pero era bastante razonable que ella odiase a cada miembro de la familia culpable de su pena y de su humillación.

La hermana de Toke se puso de pie con fatiga y caminó orgullosa hacia Arnulf. El nonato le ensanchaba la barriga y tenía las mejillas redondeadas por el avanzado estado de gestación.

—¡Arnulf Stridbjørnsøn, si yo fuera hombre, te retaría a duelo hoy mismo! —Lo miró fijamente a los ojos mientras su respiración se entrecortaba—. Ahora debo esperar a que Leif Narizpartida cumpla su amenaza de matarte y, hasta entonces, sufrir la afrenta de agasajarte como huésped en mi casa, ¡pero no eres bienvenido!

—¡Me estás juzgando demasiado rápido, Jofrid Øysteinsdatter! —dijo Arnulf con la cabeza agachada—. Aunque sea hermano de Helge, no puedo responsabilizarme de sus actos y soy el primero en lamentarlos, pues he perdido a la persona a la que más quería cuando Øystein se cobró venganza. No deseo enemistarme contigo y no quiero que me des ni una sed de agua. ¡Ahórrate tu odio! Tu humillación ya ha sido vengada con creces. —Alzó la mirada y vio los ojos enfurecidos de Jofrid llenos de lágrimas—. Tu hermano es mi amigo y, si alguien ha de ser atendida eres tú, pues llevas sobre ti una carga enorme.

Jofrid gruñó furiosa y se ajustó la capa a los hombros.

—¡Un niño fruto de una violación nunca es apreciado y, en cuanto nazca, lo echo a los lobos! ¡Estoy en mi derecho, por mucho que opine Toke, y, si eso te duele, me alegro más aún! ¡Ay de ti, Arnulf, pues la fechoría de Helge condujo a la muerte de mi padre! ¡En cuanto Toke y tú os vayáis de expedición, mis hechizos conducirán tu travesía hacia la desdicha y Freya me ayudará hasta que tu hermano te pueda dar la bienvenida al reino de los muertos!

Se dio la vuelta y dejó paralizado a Arnulf, que gimoteaba y negaba sobrecogido con la cabeza. ¡Echar a los lobos al niño de Helge! ¡Por encima de su cadáver! ¡Niñata endiablada! ¿Cómo podía Jofrid ser tan desalmada para proponerse actuar como gente humilde necesitada y además regocijarse en ello? ¡Era la hermana de Hel, no de Toke! ¡Y amenazar con hechizos y maldiciones cuando Toke nunca habría podido regresar a casa sin la ayuda de Arnulf, qué ingrata! ¡Ese bebé merecía la vida más que cualquier otro, bien lo sabe Fénrir!

Arnulf se quedó mirando la parte trasera de Jofrid contoneándose e intentó estimar cuánto quedaba para que diera a luz, pero nunca había pensado mucho en tales asuntos y las mujeres podían estar orondas durante meses sin que ocurriese otra cosa que tener dificultades para respirar. Si Toke y él estaban fuera cuando el niño naciera, no podrían evitar que Jofrid matase al primer nieto de Trud y de Stridbjørn, y cargar también con la responsabilidad de ese asesinato era más de lo que Arnulf podía aguantar. El bebé tenía que ser la continuación de la familia y, si era un niño, le esperaba en Egilssund el asiento de señor. ¡Jofrid debía escucharlo, hacer una promesa!

Hildegun pasó por delante de Arnulf caminando con dificultad. Tenía los ojos cansados e iba inclinada buscando únicamente el ara mientras sacaba su afinado cuchillo. Por un instante Arnulf temió que se fuera a quitar la vida por tristeza y fue tras ella, pero se soltó el broche de plata del pelo y, con un rostro inexpresivo, comenzó a cortárselo y a ponerlo sobre la piedra. Arnulf se detuvo angustiado. Las voces que había alrededor de Hildegun se callaron al igual que Toke mientras su madre iba colocando con cuidado cada puñado de pelo largo brillante para al final poner la joya sobre la superficie ensangrentada de la piedra. También dejó las perlas de ámbar y los anillos de plata y se fue hacia la montaña sin mirar a nadie. Toke le hizo una seña a un hombre para que se acercase a él y le pidió que vigilara a Hildegun a una distancia prudencial. Todo el mundo tenía derecho a estar triste a solas, pero no iba a ser la primera mujer de Haraldsfjord a la que no se vigilaba.

Arnulf se unió a Toke y dejó a Jofrid en paz, pues aún no iba a parir. Los hombres que estaban en la hierba reanudaron sus conversaciones y Gyrith se sentó en la piedra, al lado de Toke.

Enseguida quedó claro qué familias eran las perdedoras con la derrota de Øystein y quién se encargaría de ayudarlas. Parecía que Toke se iba a caer rodando a cada momento, pero permanecía sentado. No quería celebrar el funeral antes de que se acabase la expedición y dijo que era importante contar con espacio suficiente para nuevos esclavos cuando navegasen con Tveravn porque era muy necesario conseguir más manos antes de que finalizase el verano. Un hombre alto lleno de pecas con un cabello rojo chillón opinó que sería mejor llevar el mayor número de hombres y después mandar un barco con las mercancías obtenidas en saqueos para comprar esclavos en Tranevig, ya que allí solían vender presos del este y estos eran los más dóciles.

Arnulf se cansó de estar de pie y se sentó con la Ormstand en las rodillas y se puso a chupar una brizna de hierba. Pensó en Toke en la cabaña y creyó que no era sencillo esclavizar a un hombre libre viniera de donde viniera. En Egilssund, Stridbjørn solo había tenido siervos nacidos allí. Toke le dio parte de la razón al pelirrojo.

—Los esclavos del este son frioleros durante los rigores invernales de la montaña, pero es sensato tener a cuantos más, mejor. Que se le envíe un mensaje a Styrbjørn Bredblad y a Tord Vifilsøn para reunirnos aquí antes de catorce días; con ellos nos aseguraremos un buen trato.

El pelirrojo negó con la cabeza.

—Enviaron un mensaje hace diez días, pero, como no teníamos ninguna novedad sobre tu ausencia y la de Øystein, se fueron.

Toke frunció el ceño.

—¡Tenía un acuerdo con esos hombres! No es propio de ellos faltar a su palabra y es mucho más seguro saquear desde tres barcos que desde uno.

—Ya habían esperado mucho, Toke, y se fueron de mala gana. Tú habrías hecho lo mismo.

Toke asintió cansado y apoyó la frente en la mano.

—Pues nos vamos solos. Quizá de camino podamos recoger también a Eskild, de Laksholt.

El pecoso se rio.

—¡Leif Narizpartida nunca va a aceptar eso! No, este año estamos solos y tenemos que resignarnos.

Toke alzó la vista.

—Cada vez será más difícil saquear en el oeste si no contamos con mucho apoyo. Esos bellacos han empezado a fortificar las aldeas grandes, pero Tórgrimur el Negro me ha hablado de una cala donde se han asentado los adoradores del Cristo Blanco. Él ya los ha atacado dos veces, pero siguen volviendo con nuevas riquezas porque creen que el manantial que fluye por allí nace de la sangre de uno de sus caídos. Lo llaman milagro. Se trata de una tontería, más bien.

El pelirrojo arrugó la nariz.

—¡Nunca confíes en un islandés! La mayoría son hijos de asesinos y proscritos.

—¡Eso lo dices porque un islandés volvió loca a tu prometida! —Toke sonrió tímidamente a Arnulf—. ¿Lo has oído, Stridbjørnsøn? Por eso casi nos sale mal la huida de Egilssund. ¡Confiamos en un islandés!

Un anciano canoso con un solo ojo miró seriamente a Toke.

—¿Sabes que Hildegun sacrificó a un esclavo joven a Odín para que te trajera sano a casa?

—¿En serio? ¡Qué sagaz! ¿Cuándo lo hizo?

Toke se enderezó un poco y miró hacia la montaña a la que había ido su madre.

—A medianoche, hace ocho días. Un cuervo gritó justo después de que empezase a manar la sangre.

Arnulf miró a Toke rápidamente.

—¿Hace ocho días? ¡Fue la noche en que nos atacaron los comerciantes! —Apretó los puños—. ¡Y yo maté a dos hombres de una vez, de verdad, fue el mismísimo Odín quien dio los espadazos en la duna! ¡Mi brazo nunca fue tan fuerte como aquella noche! ¿Qué edad tenía?

—Era el segundo de Skule y Rams.

—Pues mandadlos al pasto con el ganado, que no se pongan violentos al tratar con la gente en la aldea.

—Ya lo ha hecho Jofrid.

Toke luchó por ponerse de rodillas e hizo un guiño.

—Jofrid. Se ha hecho grande.

Arnulf dio un salto y le ofreció el brazo.

—No quiere tener el niño. Dice que se va a deshacer de él.
—Su exclamación desveló claramente que estaba suplicando
ayuda y Toke lo miró con detenimiento—. Hay demasiados
muertos, Toke. ¿No se debería proteger la vida de los nonatos?
Los dos somos familia de esa criatura. Estaremos emparentados.

Toke se miró la mano y se le perdió la mirada. Arnulf
consiguió agarrarlo cuando flaqueó y Gyrith dio un grito de
terror. El peso de Toke hizo que Arnulf se tropezara y la cabeza
del noruego quedó pegada al brazo. Un hombre cuyas manos
negras y recias desvelaban que trabajaba con hierro levantó a
Toke sin apenas esfuerzo y lo llevó a la casa de Øystein seguido
de cerca por Gyrith. Jofrid acudió rauda y otra gente siguió al
herrero y dejó solo a Arnulf. Toke no se despertaba y Arnulf
ajustó la empuñadura de la espada y miró el mango sin saber qué
tenía qué hacer con él. Los aldeanos no le dedicaron más
atención. Los que no fueron con Toke siguieron charlando y
Arnulf resopló y se fue a un montón de heno mientras le
inundaba una imperiosa necesidad de largarse. Se mezclaron
pensamientos y sensaciones como una caballada a la que se saca
a pastar después del invierno, y Arnulf abandonó la reunión y se
encaminó hacia el fiordo para estar a solas consigo mismo. Toke
se recuperaría una vez descansara; ya que tenía parientes
suficientes para cuidar de su bienestar.

Arnulf escupió hacia un montón de cagarrutas de oveja y
agachó la cabeza. Era peligroso. Se alejó del sendero y se metió
entre unas fresqueras medio soterradas. ¡Si Frejdis hubiera
estado aquí! Empezó a sentir nostalgia y dolor en los pulmones.
Puso los pulgares en el cinturón. Frejdis ya no lo amaba. Lo
detestaba más que Jofrid, pero la seguía queriendo con locura,

más que nunca. Toke se despertaría y vería los ojos oscuros de Gyrith, su sonrisa y sus caricias le fortalecerían. Jofrid y Hildegun lo atenderían y lo vigilarían en su lecho como dos osas protectoras mientras Arnulf podría caer de una montaña, ahogarse o ser devorado por lobos sin que a nadie le preocupase lo más mínimo.

Se detuvo junto a la orilla y se secó una lágrima de la mejilla. Toke había vuelto a casa. Señor o no, era querido y respetado, no sería ni un proscrito ni un desterrado; tampoco, un fratricida. ¡Y Jofrid tenía razón! ¡Arnulf no era bienvenido en Haraldsfjord! Le recorrió el cuerpo un desaliento insufrible y, con él, un cansancio paralizante. Su decimosexto verano, el verano en el que Helge lo llevaría de expedición, el verano en el que demostraría su valía como hombre y conquistaría a Frejdis para siempre se había convertido en mala suerte y desdicha. Ahora estaba en un fiordo cualquiera de Noruega sin saber hacia dónde tenía que dar el siguiente paso mientras las carcajadas de las nornas le negaban el luto.

El aire era frío y las montañas que rodeaban el fiordo se habían oscurecido y proyectaban una sombra alargada. Los pájaros volaban sobre el brillante espejo de plata y pescaban al vuelo para no meter el pico en las gélidas aguas. Al final del embarcadero estaba calzado el de Øystein, enorme, y al lado de los barquitos de la aldea parecía un extraño entre sus compañeros, igual que como se sentía Arnulf entre los noruegos. La proa de ese verraco del mar era más alta que cualquier otro barco que hubiera visto y terminaba en dos negras cabezas de cuervo talladas que miraban en diagonal con las fauces amarillas bien abiertas y los ojos rojos.

Arnulf caminó despacio hacia él. Los tablones de Tveravn estaban pintados con los mismos colores que las cabezas de cuervo y alrededor de cada hueco para los remos serpenteaba un dragón de plata con las fauces abiertas. Por toda la regala había unos cuervos tallados que luchaban contra pérfidas serpientes y sus cuerpos se retorcían de una manera magistral pintados de rojo y negro sobre el tablón amarillo. La proa estaba cubierta de hierro y Arnulf contó treinta bancos en cada lado. Con un viento adecuado y sesenta hombres remando, esa proa podía causar auténticos destrozos a cualquier barco enemigo. Se fijó en cómo tendrían que agarrarse los vikingos a los bancos para no rodar por el suelo en caso de colisión.

Lleno de admiración, Arnulf deslizó la mano por la madera pulida. ¡Ese barco tendría que verlo Aslak! Se moriría de rabia y daría su vida por malgastada si su barco algún día pudiera compararse con Tveravn. ¡Ni siquiera un rey podría llevar un barco tan orgulloso como este! ¡Era enorme! Las bancadas vacías lo saludaron en silencio mientras el anhelo de aguas profundas suspiraba por el casco. Arnulf cogió el remo y por un instante el olor salino del mar de Noruega le acarició en el rostro mientras sesenta vikingos curtidos con la mirada refulgente y el pelo y la barba movidos por el viento tiraban de los remos. El mástil se erguía orgulloso y había extendida una vela adornada con dragones mientras un cuerno de guerra resonaba por el mar. La Ormstand le ardía en el muslo y las cabezas de cuervo miraban adelante entre la niebla y la tormenta, con rumbo fijo como Hugin y Munin mientras los hombres movían los remos y sacaban los escudos para la batalla.

Arnulf se dejó caer sin aliento en las bancadas y escondió la cabeza entre las manos. Los dedos le temblaban al atusar su larga cabellera. Quería permanecer aquí hasta pudrirse, sentarse en el barco, su mayor sueño tan dolorosamente cerca, y no cerrar los ojos hasta que la extenuación al fin lo venciese y dejarse morir de pena congelado en la hiriente noche primaveral noruega. Dentro de poco la oscuridad se cerniría sobre él y Toke, en su inconsciencia, no sabría nada de su destino antes de que fuera tarde. Las yemas de los dedos surcaron su cuero cabelludo. Esta noche, Tveravn podía llevarlo al reino de los muertos, nadie lo echaría de menos y en adelante no sería una molestia para la gente del fiordo.

Arnulf se acurrucó, se entrelazó como la ardilla que hiberna e incubó su dolor sin preocuparse de nada. Por primera vez desde que cometió el crimen estaba solo y sin percibir ni el rocío ni los ruidos de la noche. Echaba de menos a Helge, y también a Rolf, y no podía dejar de pensar en Trud y en Stridbjørn, y solo quería volver a ser pequeño, un niño cuya mayor preocupación era volcar el telar y burlarse de los niños esclavos. Rolf incluso le había dado el cuchillo con el que había perdido la vida. Lo compró en Gormsø hacía cinco veranos y Arnulf estuvo varios días jugando con su hermano por el entusiasmo y júbilo que tenía por poseer el cuchillo.

—¡Arnulf!

Se sobresaltó y alzó la vista con el cuello tenso. Era casi de noche y Stentor estaba en la orilla con una antorcha en la mano. Llevaba una capa forrada de piel sobre los hombros, y el fuego vacilaba en su desagradable ojo amarillo. Arnulf apartó la mirada avergonzado, como si el padre de Gyrith lo hubiera sorprendido haciendo algo que no debía y este fue hacia Tveravn y clavó la antorcha en la arena.

—Hace frío. Hildegun ha vuelto y te ha visto aquí abajo.

Arnulf asintió y sintió por primera vez el frío que tenía. Miró fijamente el agua oscura sin intención de ponerse de pie y Stentor se asomó al barco. Llevaba una pulsera de cuero con manchas en la cual había atado un trocito de madera pulida con runas grabadas y jugueteó con ella entre los dedos.

—Hay momentos en la vida de toda persona donde se ven claras señales de que el Ragnarok está cerca. —Stentor tenía una voz con una fuerza especial y sus palabras le arrancaron un suspiro a Arnulf—. El odio crece, la discordia rompe familias, la desesperación manda, todo junto con señales enviadas por los dioses de que la última batalla está cerca. —Sonrió y acarició el barco—. Mientras tanto, la única señal real de la llegada del Ragnarok es Fimbulvetr y ningún hombre ha sentido aún el menor soplo de viento. —Clavó sus singulares ojos en Arnulf—. Eres muy joven, Arnulf, apenas eres un hombre, pero noto una gran fuerza en ti. Una gran fuerza y una tristeza feroz.

Arnulf agachó la cabeza y respiró con dificultad. Stentor le puso la mano en el brazo.

—A Bálder lo mataron los suyos. ¿Cómo crees que Hod siguió viviendo tras su muerte? ¡Esa historia no la ha contado nadie!

Arnulf alzó la mirada.

—¡Loke controlaba la mano y la vista de Hod!

—¿Pero Hod se reprochó algo por eso? La irreflexión y la ira suelen ser las fuerzas de Loki que conducen a los hombres a la desgracia, pero tú ayudaste a mi yerno a volver a casa y mereces perdón y respeto por ello.

Arnulf negó con la cabeza.

—Tú estás a buenas con los ases y ellos parecen escucharte cuando los invocas. ¡Cuéntame por qué me han dado la espalda, ya solo el lobo Fénrir quiere marchar conmigo!

Stentor le soltó el brazo.

—Si Fénrir te sigue, ¡tienes un poderoso protector! Pero todas las desgracias surgen de la semilla de Loki, ¡conque cuídate de sus pasos y no dejes que siga los tuyos para siempre! Odín ama a los listos, y Tyr, a los valientes, y quien demuestra su fuerza se gana la gracia de Tor. Entra conmigo antes de que el frío te debilite. Le he prometido a Hildegun que trataría con runas a Toke en cuanto estuvieran listas y la cena lleva caliente mucho tiempo.

Sostuvo en la mano el amuleto y Arnulf miró con veneración el enigmático símbolo. A poca gente se le concedía el dominio de las fuerzas rúnicas y poder fijar palabras en piedras o en maderas y darles forma. Poder captar y someterse a un poder tan grande, era inconcebible e infundía respeto. Estaba temblando de frío. Las runas despertaron su curiosidad y lo que dijeron de la cena caliente le pareció prometedor. La muerte podía quedar aplazada un lapso.

—¿Qué significan? —dijo Arnulf con voz muy aguda.

Contó cuatro runas negras en la madera pulida y Stentor se puso el amuleto en la palma de la mano y se lo explicó de buen grado.

—La primera saca del cuerpo la fiebre y la gangrena, la segunda cura las heridas, la tercera quita los dolores y la cuarta es la runa de poder. He elegido la más poderosa que hay, pues Toke ha sufrido mucho y necesita mucha fuerza de ahora en adelante.

Arnulf alargó el brazo para coger la madera, pero, aun así, no se atrevió a tocarla. En las runas estaba la mismísima sabiduría de Odín y no sin motivo el rey de los ases estuvo durante días colgado del Yggdrásil antes de conseguir dominar los símbolos rúnicos. Con el amuleto en el cuello, Toke podía estar seguro de sanar rápidamente y quizá recuperar el brazo con el que manejaba la espada.

Stentor cogió la antorcha de la arena e hizo un gesto hacia la aldea con el brazo sin mano, y Arnulf, extenuado, se dejó caer del barco y fue con él. Había algo en el padre de Gyrith que daba seguridad a pesar de su tono imperativo y del miedo que inspiraba su ojo; Arnulf dejó sus penas en el barco y se imaginó disimuladamente que Stentor era su tío, y Gyrith, su prima, y que la casa de Øystein estaba llena de familiares y amigos. Le asaltó una imperiosa necesidad de paz.

—¿Cómo perdiste la mano?

Stentor miró su muñón sin amargura.

—Durante una expedición me llevé un golpe que era para Toke. Él era muy joven entonces y Hildegun me había pedido que protegiera su vida.

—¿Eras uno de su mesnada?

Stentor asintió con una sonrisa.

—Sí. Toste Skjaldely también lo era, y muchos otros que ahora están muertos. Esa mano hizo feliz a mi hija, porque Toke habría perdido el cuello si no hubiera hecho ese sacrificio y su amor es bello como una canción de Bragi.

Apoyó el muñón en el cuello de Arnulf y la antorcha despidió un halo de luz protectora alrededor de ellos. Arnulf estaba a punto de llorar y subió tropezando en los tablones del camino mientras la extenuación se apoderaba de su aliento y dejaba su cabeza libre de pensamientos. Notó el calor del fuego y, de repente, deseó caminar con Stentor en una noche eterna y no llegar nunca a la casa. No mirar nunca más a los ojos de la muchedumbre y estar ajeno a las opiniones de propios y extraños, solo deseaba seguir la antorcha en la oscuridad más profunda con el brazo mutilado de Stentor como apoyo, ¡bien lo sabe Fénrir! El lobo que guiaba sus pasos.

***

Toke sintió alivio en cuanto le colocaron las runas en el cuello y, aunque Hildegun creía que se quedaría tumbado en el lecho, se puso de pie a la mañana siguiente y se sentó sobre una piel de oveja apoyado en la cálida pared de la estancia. Allí se quedó los siguientes días y, cuando Hildegun estaba en otros asuntos, salía a escondidas hacia la montaña cogido de la mano de Gyrith. Su madre lo regañaba cuando volvían y decía que era una temeridad hacer esfuerzos innecesarios mientras hubiera una sola herida que curar, pero Toke opinaba que caminar tranquilamente le devolvería fuerzas y, después de sus paseos por la montaña, sonreía tan radiante como Gyrith.

Arnulf los dejó solos y ayudó a Stentor y a Hildegun a acabar con las labores propias de la primavera para que Tveravn pudiera echarse al mar. Hizo todo lo posible para que no lo considerasen un invitado y, como a Stentor le faltaba una mano, Toke estaba impedido y Øystein muerto, necesitaban mucho su ayuda. Había que esquilar las ovejas y llevarlas a pastar, y reparar los daños causados por el viento en los tejados. Arnulf y Stentor se embarcaron para rebuscar huevos de pájaro entre las ramas de los nidos en muchas de las islas, y se pusieron a pescar cuando los salmones se aproximaban a la cercana cascada. Stridbjørn y Trud apenas reconocerían ahora a su hijo y Arnulf se secó el sudor de la frente y pensó en Rolf y en toda su fatiga con la tierra y los animales. Estaba dolorido y agarrotado, pero no se quejó, y cuando las gachas estaban cociendo y la gente entró de visita, se quedó sentado junto al fuego y le talló un animal de madera a la pequeña Ranvig, a la que Gyrith, canturreando, enrolló con hebras de lana.

No se habló más de Helge ni del fratricidio, y los paisanos de Toke eran amables con él, pero a menudo tenía que sacar el trabajo adelante él solo; si uno de los noruegos de repente desaparecía o se sentaba con las manos cruzadas, era incapaz de pedir nada. La aldea estaba de luto y las ganas de trabajar y la energía de la primavera, que hacía que los pájaros trinasen en los matorrales y que los toros mugiesen en las laderas, fueron sustituidas por charlas en voz baja y miradas apagadas.

Jofrid padecía fuertes lumbalgias y no le dirigía la palabra a Arnulf, que la evitaba y no le volvió a preguntar más por el bebé, pero sí se confió a Hildegun. Ella suspiró y respondió que, sobre todo, deseaba la felicidad de su propia hija y que un niño repudiado no viviría feliz.

—Jofrid está arrebatada y, si ha dicho que hay que deshacerse del bebé, no vas a poder discutirlo con ella. Helge no pensaba en el niño cuando la forzó y tú no tienes motivo para brindar por su llegada.

Arnulf objetó que, si se llevaban al bebé a Egilssund, nadie tendría que preocuparse más por él, pero Hildegun, cansada ya, negó con la cabeza.

—¿Y quién se lo llevaría a Stridbjørn? Nadie de aquí querrá encargarse de ello y tú mismo pagarías con tu vida. Incluso si un hombre de fuera del fiordo hiciese ese viaje, tu padre rechazaría al niño creyendo que Toke le está endilgando un falso esclavo. ¡Olvídate de ese niño!

—¡Pues déjame comprarlo como esclavo! —pidió Arnulf—. Daré a cambio todo lo que consiga en la expedición.

Hildegun lo miró penetrante.

—¡Arnulf! Jofrid quiere vengarse de Helge y busca un desagravio a su manera, ¿no lo entiendes? No te interpongas, no va a hacer brujería contra ti, puesto que ella es más fuerte que la mayoría de las mujeres y ya le resulta familiar el discurso de las costumbres.

Arnulf tembló con la amenaza.

—¡Me odia!

—¡No! ¡Odia a Helge y está de luto por Øystein, y tú deberías condenar el infame acto que cometió tu hermano!

Arnulf se quedó callado y Hildegun, desalentada, se fue, y ninguno dijo nada más sobre el hijo de Jofrid.

Leif Narizpartida enviaba todos los días un hombre para preguntarle a Toke si Tveravn estaba listo y todos los días Toke reprimía su furia y daba cuenta de las labores que quedaban por hacer.

El brazo empezó a curarse, pero él rehusaba la holgazanería y a menudo reñía con su madre cuando quería afrontar todo lo que había quedado desatendido debido a la expedición de venganza de Øystein. Hildegun insistía en que lo único que tenía que hacer su hijo era holgar, pero Toke opinaba que podía usar la mano izquierda con prudencia. Para su desgracia, Stentor le dio la razón a Hildegun y Gyrith le cuidó la herida con gran esmero y cada dos por tres le ponía carne en la comida para que su cuerpo tuviera reservas durante la expedición veraniega.

Arnulf pensó que lo mimaban demasiado, pero se aguantaba la sonrisa cuando las mujeres arrinconaban a Toke.

**

Una mañana, Toste Skjaldely apareció con uno de los hombres de Leif Narizpartida para acordar qué hombres de cada aldea irían en la expedición. La cifra había quedado más o menos fijada el año anterior, pero había muchas cosas que tener en cuenta y muchos jóvenes vieron la posibilidad de ir de vikingo después de tantas bajas en la anterior tripulación. Al mismo tiempo, muchos de los hombres más experimentados se negaban a admitir que comenzaban a fallarles las fuerzas, y Toke quería tripulantes lo más fuertes posible, así que, con gran pesar, tuvo que descartar a los inexpertos y a los más débiles, pero al primero que quería era a Arnulf. Los aptos que menos bienes tenían fueron aceptados, así sus familias podrían afrontar el invierno con más riqueza y no tener que dejar de lado a ningún familiar. Gyrith fue a por cerveza y carne asada varias veces antes de que los tres noruegos se levantasen de la piedra donde estaban reunidos.

Esa misma tarde, cinco hombres le pusieron las cuerdas y la vela a Tveravn, y Stentor declaró que celebrarían el sacrificio la noche antes de que los vikingos partiesen. Toke sacó el brazo del cabestrillo e intentó en vano sujetar la vieja espada de Sigtryg, y los enviados de Leif al fin pudieron irse con el anuncio de la inminente salida.

Stentor y Toste formaban parte de la tripulación, y Arnulf, sorprendido, tuvo que reconocer que aquel, a pesar de que le faltaba una mano, no estaba ni por asomo indefenso cuando

191

simularon una lucha con espadas en el lugar de reunión. Stentor ató el escudo al brazo sin mano y se defendió tan bien como cualquiera. Toke se rio afectuoso cuando Arnulf mordió la hierba hasta cuatro veces a causa de los golpes de su suegro.

—¿Ahora entiendes por qué Hildegun lo puso a defenderme? —preguntó divertido cuando Arnulf, exhausto, se puso a tragar cerveza apoyado en el escudo.

—Nunca más volveré a subestimar a un mutilado —admitió Arnulf descontento, tiró el escudo a la hierba y se dejó caer sobre él.

—¡Ánimo! ¡Mira lo que tengo para ti!

Toke envolvió algo en un trozo de tela que tenía en la mano y lo cogió con la mano derecha e intentó acercárselo a Arnulf. Levantó el brazo hasta la cadera y siguió hasta que empezó a sudar, pero tuvo que parar mientras hacía un gesto de dolor.

—¡Maldito brazo! Valgo menos que un jamelgo con la espalda rota. ¡Cógelo tú!

Arnulf cogió la tela sonriente y la desenvolvió con curiosidad. En su interior había un cuchillo dentro de una funda y Arnulf lo sacó y se quedó mudo. El mango estaba cubierto de plata con forma de lobo dando un salto y estaba hecho con tanto esmero que el agarre era perfecto. Los ojos del lobo eran piedras rojas brillantes y la hoja era fuerte y afilada como las zarpas de un gato. Tres hojas de ámbar decoraban la funda y Arnulf alzó la vista conmovido. Era un regalo muy caro.

—¿Te gusta? ¡El herrero ha tardado seis días en hacerlo!

Arnulf asintió y parpadeó.

—Gracias, Toke.

—Te faltaba un cuchillo. ¡No lo cambies por cerveza!

Arnulf se puso de pie y le dio la vuelta al arma.

—¡Ni aunque fuera el hidromiel de Suttung! La Ormstand estará orgullosa de su compañía, ¡es digna de un gran señor!

—¿Un señor? —Toke miró hacia el fiordo—. El hijo de Stridbjørn no puede llevar un arma cualquiera, Arnulf. Quizá, Frey te asista, ayudando a un heredero desterrado a encontrar un nuevo reino.

Arnulf frunció el ceño y se aflojó el cinturón para ajustar en él la funda.

—¡Un lobo fugitivo para un hombre fugitivo!

—¡No! ¡Un lobo que ataca y que no retrocede ante nada! ¡Aunque la fuerza reside en la hoja, el lobo está en el mango!

Arnulf escupió a un cardo y desenvainó el cuchillo.

—Solo las nornas saben adónde se dirige mi camino y no son consideradas conmigo, pero ahora no iré sin cuchillo como un esclavo, y, con la espada de Helge y tu cuchillo, quizá la suerte me acompañe. Voy a proteger tu vida en la expedición con las dos armas si fuera necesario para que Stentor no tema por su otra mano.

Toke medio sonrió.

—Stentor nunca ha temido nada y la suerte está al alcance de todos. Sea cual sea tu destino, estoy contento de ir a navegar con un lobo danés, ¡sobre todo cuando tiene en los dientes la fuerza de Fénrir!

***

La noche en que se iba a celebrar el sacrificio sopló una ráfaga de viento que hizo que la hierba se aplanase. Las pesadas nubes reflejaban el color plomizo del fiordo, y Arnulf, helado de frío, se ajustó la capa y pensó en la suave primavera de Egilssund. Toste

Skjaldely y Leif Narizpartida llegaron con su gente a última hora de la tarde y Stentor, junto con Toke y los más ancianos del lugar, había elegido los animales que se iban a sacrificar. Puesto que la expedición de ese año tenía más significado que otros, cogieron tres crías bien criadas: un cabrito, un potro y un becerro, todos blancos.

Las mujeres habían preparado la cena en las grandes hogueras, y los niños habían seguido con expectación los preparativos y habían echado una mano con mucho afán.

Arnulf temía que Leif provocase a Toke con observaciones sarcásticas, pero el vikingo se comportó con cortesía a su llegada y le mostró al hijo de Øystein el respeto que merecía. Cuando se estaba cerca de los dioses, las disputas debían quedar a un lado, y el ojo amarillo de Stentor ardía con fuerza bajo el cabello negro y rizado. Hoy al padre de Gyrith se le notaba radiante, emanaba una fuerza de as y nadie se atrevía a dirigirse a él si no era imprescindible.

Arnulf se apartó el pelo de la cara, le hacía cosquillas. Si se detenía el viento, Tveravn podría surcar las aguas al amanecer. Estaba cansado de sujetarse el pelo y empezó a tiritar. La gente estaba reunida en círculo rodeando el ara, y los animales blancos, inquietos, daban vueltas atados a unas estacas clavadas en el suelo. Sobre la piedra había tres armas de lujo, doradas, y Arnulf reconoció la lanza de Odín, la espada de Tyr y el martillo de Tor. Nadie decía ni una palabra y Toke estaba esperando junto a Toste y Leif con las capas alborotadas por el aire.

Se oyó el extraño sonido trémulo de un cuerno y Stentor entró ceremoniosamente en el lugar de encuentro y comenzó lentamente a caminar en círculos con un cáliz en la mano. Llevaba puesta una túnica blanca impoluta hasta las rodillas y, en el pecho, un martillo de Tor de plata repujada del tamaño de una mano. Echada sobre los hombros llevaba una capa corta de piel de oso polar y del cinturón colgaba un cuchillo sin mango para hacer el sacrificio. El ojo ámbar y la dignidad de su postura le hacían parecerse al mismísimo Odín, y el brillo era tan fuerte que Arnulf se dio la vuelta tapándose cuando Stentor pasó por delante de él.

Toke hizo una reverencia con la cabeza cuando Stentor se dirigió hacia el ara y giró el rostro hacia el norte. Levantó el cáliz por encima de la cabeza y gritó con voz atronadora y profunda.

—¡Salve, Tor!

—¡Salve, Tor!

—¡Salve, Tyr!

—¡Salve, Tyr!

Stentor bebió del cáliz, se lo pasó a Toke y Arnulf vio que la mano de este tembló un poco cuando lo cogió. Øystein Ravnsbane había sido el primero en beber después de Stentor en el último sacrificio, y exigir sus derechos como señor ante los dioses requería un temple muy fuerte. Gyrith se agarró con fuerza al borde de la capa y siguió con la vista a su marido. Toke bebió y le pasó el cáliz a Leif, que después se lo entregó a Toste. Cuando se lo devolvieron a Stentor, vertió el resto del contenido sobre las armas que estaban encima del ara, y Arnulf agarró la empuñadura en la que el lobo saltaba. Los ases lo habían repudiado y creía que estaba mal estar tan cerca del poder del ara. Por la noche, homenajearon a los dioses de la guerra y Fénrir tenía prohibido el acceso al círculo y a la comunidad, pero Toke solo había bebido en nombre de la gente de la aldea, no de Arnulf.

Stentor invocó con los brazos en alto la benevolencia de los ases y alabó su grandeza y poder. Recordó a los muertos, que ahora le hacían compañía a Odín y, tras Øystein, los nombró a todos. Mucha gente rogaba en voz baja y un representante de cada una de las familias colocó junto a la piedra una antorcha encendida. Toke llevó la antorcha en honor de su padre después de que Hildegun la prendiera. El fuego titilaba al viento y llegaba hasta la gente que estaba alrededor. Stentor levantó el arma dorada y la puso sobre una tela roja extendida en la hierba. El rostro de Toke era profundamente serio y Jofrid lloraba en silencio, aunque la mirada le ardía con persistencia. Gyrith tampoco estaba feliz.

Toste puso en el ara una gran tinaja y Stentor sacó el cuchillo, se lo colocó en la palma de la mano y lo levantó hacia el cielo, que amenazaba tormenta. Un trueno lejano retumbaba en las montañas y produjo un zumbido espantoso. El mismísimo Tor estaba presente y con él, sin duda, también estaban Odín y Tyr. El ara estaba bendecida, y el joven señor, acreditado. ¡Era un buen augurio!

Leif Narizpartida y Toste Skjaldely cogieron al potro blanco y lo colocaron sobre el ara, pues, aunque Tor había hecho sonar su saludo, era Odín el que primero debía tener su sacrificio. El potro peleó como un prometedor corcel y Arnulf estaba convencido de que al rey de los ases le gustaría su regalo. Toke echó para atrás la cabeza del animal con la mano sana y le sujetó la garganta. Stentor hizo el corte, la sangre brotó y, lentamente, al potro se le apagó la vida, demostró su fuerza y la afortunada elección de Toke.

A Arnulf le alegró que Toke estuviera participando en el sacrificio a los dioses de la guerra, aunque en el *knarr* había asegurado que exclusivamente se los dedicaría a Frey. Ahora lo ayudaría la fuerza de Tor y quizá también necesitaría el ingenio de Odín antes de que acabase la travesía.

Después del potro, llegó el turno del cabrito, en honor de Tor, y del becerro, para Tyr. Balaban y berreaban, y el gran recipiente se llenó hasta arriba de sangre bendita y Stentor dio fin a la ceremonia con una canción mientras volvía a alzar el cuchillo al cielo.

Arnulf temblaba y observaba las oscuras nubes. El viento arreció y arrancó el atardecer del inquieto fiordo. Los dioses habían recibido sus sacrificios y todos parecían contentos. Arnulf respiró hondo. Hacía muy poco, en el sacrificio primaveral de Egilssund, Frejdis había llevado por los campos el grano bendecido. Vestida de verde y bronce con el largo cabello suelto, fue descalza por las tierras recién aradas canturreando y tiró un puñado de grano en el campo de cada familia. Ningún hombre había podido evitar recrearse al ver sus caderas meneándose, pero a quien sonrió fue a Arnulf, y él hizo una reverencia pronunciada a la sacerdotisa de Freya. Hacía buen tiempo y los pájaros trinaban, y Rolf, riéndose, bebió extracto de flor de sauco en lugar de cerveza para homenajear a la diosa del amor y fomentar la fertilidad.

Stentor hizo saber que todo aquel que la mañana siguiente se fuera de vikingo ya podía llevar libremente su arma al ara para bendecirlas con la sangre caliente, y muchos hombres del círculo desenvainaron y avanzaron. Arnulf bajó la vista. ¡Como si Tor pudiera bendecir la Ormstand mientras esta estuviera colgando de la cadera de un fratricida! Si la sangre tocaba el filo, se oxidaría o se ablandaría como el mimbre; de bendecirla, ¡tendría que hacerlo Arnulf!

Se salió del círculo y fue hasta un gran fuego en la parte exterior del lugar de reunión y se arrodilló. Con el cuchillo quitó una parte de hierba y trazó la silueta de un lobo rampante y, aunque Gléipnir retuvo a Fénrir agarrándolo con fuerza, el lobo gigante estiró el morro hacia el cielo con la cola enhiesta.

Arnulf miró satisfecho su obra mientras la llama titilante del fuego iluminaba la imagen. Fénrir tenía que recibir un sacrificio y la Ormstand no era menos que las armas de los demás vikingos y también había que bendecirla. Arnulf se puso de pie y desenvainó la espada lentamente. Se arremangó la túnica con decisión y dejó que el filo se deslizase por el brazo; la sangre chorreaba por el acero y el lobo hasta el suelo. La dolorosa caricia de la hoja en la piel le dejó transido y Arnulf apretó la mano con fuerza y observó su sacrificio, que la tierra absorbió hambrienta. No eran necesarios vítores ni palabras grandilocuentes, pues el lobo Fénrir, en su isla, azotada por la tempestad, levantó la cabeza y sintió cómo su ofrenda impregnaba las piedras que tenía debajo de sí. Lanzó un aullido escalofriante y comenzó a lamer el pedregal moviendo el rabo.

—¿Qué estás haciendo?

Arnulf dio un respingo cuando Leif Narizpartida le asestó un golpe en el hombro y la Ormstand le hizo un corte más grande de lo que quería. Arnulf, furioso, se separó y le hizo frente al vikingo.

—¿Que qué hago? ¡Ya lo estás viendo! ¡No tienes derecho a interrumpir los actos de un hombre libre como si fuera un esclavo descarado!

Levantó la espada amenazante y se bajó la manga del brazo que sangraba. Leif miró el lobo y apretó los ojos con asco.

—¿Estás ofreciéndole un sacrificio al lobo Fénrir? ¿Has perdido el juicio? ¿Andas invocando la ira de los ases sobre el viaje de Tveravn y llevándonos a la desgracia a todos? —vociferó.

—¡Le hago ofrendas a quien quiero, Leif Narizpartida, y, a mi modo de ver, tú no les has pedido suficiente protección a los dioses, pues perdiste la parte más bella de la boca y la cara se te desgarró a tiras! ¡Tú encárgate de tus ofrendas y yo de las mías, y guárdate de pisar mi ofrenda, que Fénrir no me permita tropezarme en el próximo combate con espadas!

Esas palabras parecieron afectar mucho a Leif, cuya mirada comenzó a encenderse.

—¡Piojo miserable! —Tenía la cara roja como un tomate y se le salía la saliva por la comisura de los labios—. ¡Que Gúngnir me lleve, si no, veremos qué piensa Odín de mi próxima ofrenda! ¡Si recibe a esclavos, también recibirá daneses desvergonzados, tan despreciables como débiles!

Levantó el hacha, de la que aún goteaba sangre del sacrificio, y Arnulf dio un salto hacia atrás y se balanceó sobre las plantas de sus pies.

—¿Qué está pasando aquí?

La voz de Stentor dejó helado a Arnulf y Leif bajó los brazos de mala gana.

—¡El hermano de Helge el violador, esa rata asesina está invalidando el sacrificio y trayendo la desdicha a la expedición y al fiordo!

Temblando de indignación, señaló la imagen roja del lobo en el suelo, y Stentor observó a Fénrir con el ceño fruncido y miró a Arnulf inescrutable. Este resopló con la boca abierta y no bajó la espada, y los noruegos más cercanos disolvieron el círculo y se reunieron inquietos junto a los combatientes.

—Ya he dicho antes lo que piensan los dioses de los derramamientos de sangre en suelo sacrosanto —dijo Stentor despacio—, y creo que nadie debería meterse en los quehaceres del invitado de Toke. Cada uno tiene derecho a traer la ofrenda que considera mejor y, si a otros no les gusta, que miren hacia otro lado.

—¡Pero está mofándose de Odín! —gritó Leif indignado—. ¡Está trayendo las maldiciones de los gigantes y de criaturas del mal junto a la piedra sagrada de los ases!

Stentor negó con la cabeza.

—Arnulf se ha salido del círculo y del grupo para ofrendar a solas y Tyr, a quien hace un instante tú has hecho una ofrenda, no temía a Fénrir. Mientras ambos protejan la expedición, Tyr sería el más fuerte y no dejaría que el lobo les hiciera ni un rasguño a los tripulantes. Tú confíate a él, Arnulf, pero tienes que darme tu palabra de que no volverás a invocar a Fénrir en nuestra presencia y de que en otra ocasión harás la ofrenda donde no la veamos. ¡Pondrás a la gente en tu contra!

Arnulf agachó la cabeza y Leif bufó.

—¿Pondrá? ¡Ya la tiene! ¡Stridbjørnsøn, si aprecias tu vida, vete a las montañas esta noche, desaparece y no vuelvas! —Tenía el hacha por encima de la cabeza y la clavó en la imagen del lobo—. ¡Fjendemén ha probado tu sangre, danés, y no va a cejar hasta que te quite la vida! —Cogió el hacha—. ¡Rara vez tengo necesidad de amenazar más de una vez para que se me entienda, pero tú eres más tonto que un carnero islandés! ¡Ten cuidado!

Le dio la espalda y se abrió paso entre la gente, y Arnulf bajó la Ormstand lentamente. La explosión de furia de Leif no le afectó y la indignación le consumía. El lobo del suelo ya no estaba vivo y se le estaba yendo el color.

—Perdón, Stentor.

Arnulf no deseaba despertar la ira de Stentor, que asintió brevemente.

—A ti te debe de gustar andar sobre guijarros, Arnulf, pero, si no convocas también al dragón del Midgard para que salga de las profundidades, la tripulación de Tveravn quizá no se vea afectada por más desgracias que aquellos a los que busca. ¡Pero es mal escudero el que se hiere a sí mismo el día antes de haber prometido proteger a otro hombre con su espada!

—¡Es solo un rasguño!

A Arnulf se le encendieron las mejillas. Se le estaban empapando las mangas. Stentor levantó una ceja y rápidamente lo dejó para seguir con la ofrenda ante la gente que estaba esperando, que se echaron hacia atrás y lo siguieron, ya que había llegado el momento en el que cada uno podía depositar sus ofrendas en el ara para pedirle a dios una gracia. Toke, sin duda, le llevaría un presente a Frey, y, después, Stentor dejaría que se pasasen el cuerno, que le daría, a quien lo desease, con permiso para recitar lo que le saliera del alma u homenajear a los ases con un poema.

Arnulf envainó la Ormstand. Ya no le apetecía formar parte del ritual, ni aunque tuviera el sol de frente y el último contacto con el ara hubiera bendecido a los presentes. Le costaba compartir banquete con los aldeanos siendo él el único extranjero del fiordo y repudiado por dioses y paisanos.

Arnulf fue hacia la playa bajo el creciente crepúsculo con el brazo apretado en el costado para que el corte dejara de sangrar. Aquí abajo, lejos de la hoguera y de la gente, el viento le congelaba los dedos y se filtraba por las capas. Encogió los hombros hasta las orejas. ¡A Hel, Leif Narizpartida! ¡A Hel, todos los sabihondos que siempre estaban listos para decirle lo que tenía que hacer! ¡Como si fuera un niño de teta que tenía que aguantar las reprimendas de los demás! ¡Al amanecer se iría de vikingo! ¡Al amanecer por fin podría demostrar su valor y su resistencia y ser considerado un hombre! El anhelo de tantos años al fin podría cumplirse, y Toke, con grandes expectativas, le había regalado tres buenos escudos. Tenían ribetes de hierro con ondas brillantes y Arnulf los había pintado de negro para que el enemigo se asustara al ver también las cabezas de lobo amenazantes y sus cuerpos sinuosos. El más bello estaba en el brocal de Tveravn esperando bajo la oscuridad y el viento al día, ¡el gran día!

Arnulf entró en el enorme barco y se inclinó hacia la proa mientras daba palmadas a los tablones de madera de colores llamativos. Las cabezas de cuervo, que miraban hacia el cielo, observaban el agitado fiordo y en el casco palpitaban sus silenciosos gritos, nostálgicos de los grandes viajes y de las inolvidables hazañas. Pronto, muy pronto la quilla reforzada por el hierro surcaría las gélidas aguas y le haría frente al viento y al océano, y Arnulf apoyó la cabeza contra el orgulloso portento marino confiado. ¡Hasta que amaneció!

***

El viento no paró durante la noche, pero por la mañana el cielo estaba despejado. El fiordo temblaba como la piel de un caballo asustado, y el aire era fresco y salado. Tveravn se balanceaba junto a la pasarela cargado de armas y provisiones y sus potentes colores brillaban al sol bajo los cuervos bicéfalos, que estaban ensangrentados por la ofrenda que Stentor había vertido sobre ellos.

Arnulf se apartó el pelo de la frente. Estaba cerca del barco con la mano en la empuñadura de la Ormstand, y le latía el corazón y la arena se movía bajo sus pies. La nave zarpó al amanecer con mercancías y hombres del resto del fiordo, y todos los aldeanos salieron de sus casas y se reunieron en la estrecha orilla del mar. Los rostros expresaban tanto alegría como tristeza por la despedida. Stentor había dejado sus pertenencias y caminaba de acá para allá mientras maltrataba a los esclavos; subieron a bordo los últimos barriles de agua y de cerveza y los amarraron con cuerdas. Equilibraron a Tveravn y el peso, y los vikingos fueron acudiendo progresivamente. Leif Narizpartida quedó satisfecho con su lugar bajo los cuervos bicéfalos porque consideraba justo que el hombre más fuerte estuviera más cerca del peligro.

El abrazo de Toke y Gyrith se prolongó, y Hildegun reprimió las lágrimas con gallardía y se puso la capa roja de lujo que llevaba en las manos. El viento jugaba con su pelo corto, y Jofrid se había sentado en un barco que estaba boca abajo, llorando notoriamente por la partida de su hermano.

Arnulf olfateó y disfrutó del viento. La noche anterior no había podido dormir, pero Helge, con casco y cota de malla, se acercó hasta él a medianoche a lomos de un caballo negro como un tizón. No le faltaba el brazo y una nueva espada adornaba su cadera, y nunca había parecido tan fuerte y autoritario. No dijo nada, solo sonrió y se quedó observando a Arnulf mientras el caballo giraba sobre sí mismo, pero, cuando estiró el brazo para combatir, una ola marina se interpuso como un río y Helge desapareció. Esa visión le trajo paz a Arnulf y durmió como un lirón hasta el amanecer. Helge estaba con él y no le juzgaba, sino que parecía estar orgulloso de su viaje, y el sueño era la bendición que no le habían dado ni Stridbjørn ni los dioses antes de su primera expedición de vikingo.

Arnulf se sintió tan aliviado y libre que aunque el viento lo elevara en un remolino hasta la cima de la montaña, no le importaría lo más mínimo. La sangre le caía a borbotones y le chorreaba entre los dedos mientras la acalorada lengua de Fénrir le lamía la herida del brazo. La hermosa sonrisa de Helge brillaba en su mirada interior y el águila estaba ya en su corazón. ¡Hoy extendería sus alas, hoy acallaría al lobo que llevaba en su nombre y se tumbaría a descansar porque hoy era el día del águila!

Aunque era extranjero, miró con cariño a la gente del fiordo. Su mirada se detuvo en Jofrid, que, acongojada, se acurrucó en el barco con una mano en la cadera, y él sonrió mucho. ¡Se había asustado con su maldición! ¡Qué tontería! Jofrid no era más que una de las muchas hermanas allí reunidas y padecía con el bebé de Helge que estaba creciendo dentro de ella. ¡Como si la criatura le estuviera quitando la capa!

El herrero pelirrojo le hizo un gesto con la cabeza a Arnulf cuando pasó a su lado, y Toke y Gyrith se separaron. Hildegun le puso la capa en los hombros. Los hilos de plata brillaban y Toke cogió en brazos a Ranvig y la abrazó. Luego la cogió Gyrith y Hildegun le tendió los brazos a su hijo. Ella había escogido con esmero la plata del saqueo de Øystein del año pasado y había mandado a un hombre al herrero armador de la isla del Oso para que este le hiciera a Toke una cota de malla, que estaba envuelta en piel debajo de la bancada junto al timón, y Hildegun, aparentemente, confiaba más en ella que en la gracia de los dioses para no perder a su hijo.

Un puñado de jóvenes se acercó con alegría a Arnulf y permanecieron impacientes en la arena dando vueltas. También estaban ante su primera expedición y no veían la hora de que Toke les permitiera subir a bordo y soltar a Tveravn. Leif y Toste, con aire experimentado, repartieron las bancadas entre sus hombres y Arnulf volvió el rostro hacia el viento y cerró los ojos. Por encima de la alegría y los gritos tenía una espina clavada y se imaginó furtivamente que era a sus paisanos de Egilssund a los que oía reír y gritar. Stridbjørn le acababa de poner las manos en los hombros y Trud le había deseado feliz viaje, mientras Helge ordenaba subir a bordo a los tripulantes con una lanza fulgurante en la mano. Las lágrimas de Frejdis le empapaban la capa y todavía podía saborear sus besos. ¡Frejdis! Con su piel siempre cálida y el cabello suave y las caderas redondas contoneándose. Frejdis, cuyos abrazos hacían que Freya se avergonzase y lanzase sombras sobre el resplandor de Valhala.

—¿Estás listo, Arnulf Stridbjørnsøn?

Stentor se mesó la barba negra rizada mientras su ojo amarillo iluminaba a Gyrith, que estaba al lado de Toke. Arnulf asintió reservado.

—¡Sí!

—¡Genial! Quien no tiene mucha gente de la que despedirse puede alegrarse porque sus parientes viajan con él.

Miró a Arnulf con confianza, pero no dijo nada más, ya que Toke comenzó a caminar hacia Tveravn con largas zancadas mientras hacía gestos con los brazos y todo el mundo dirigió su atención hacia él.

—¡Que todos se hagan un hueco y soltamos el barco! ¡El viento es favorable y Niord está bien contento, así que no podemos tardar!

Los jóvenes hicieron sus últimas despedidas con gritos de entusiasmo, y Arnulf fue con Stentor y comenzaron a desatar juntos los nudos más apretados del amarradero. Toke se echó la capa a los hombros y entró el primero a bordo; tras él fueron los vikingos según rango y reputación. Las bancadas que se extendían desde la cabeza de la fogonadura hasta la proa pertenecían a los hombres de Leif Narizpartida, mientras que Toke colocó a sus hombres en la parte de atrás y dejó a los compañeros de Toste en los sitios centrales.

Arnulf esperó hasta el final y dejó religiosamente que los pies se despidieran de los tablones de madera de la pasarela. Saltó de lleno al suelo del barco y caminó sobre bancadas y arcas para llegar hasta la bancada trasera a babor que Arnulf tenía asignada. Stentor se había situado justo delante de Arnulf, y Toste Skjaldely, que puso a su gente junto al mástil, tenía la bancada justo enfrente, en el lado opuesto. Toke quería tener compañeros leales cerca cuando se pusiera al timón.

Arnulf tiró a un lado la funda de la espada y se sentó. En el arca que tenía bajo la bancada había ropa que Hildegun le había dado, y mejores prendas no había tenido jamás. Stentor se había ajustado bien el escudo y se colocó la capa, mientras que Toke estaba con una mano apoyada en el mástil viendo que todo estaba en orden. Gyrith corrió hacia el agua con Ranvig en brazos para estar el mayor tiempo posible cerca de Toke. Sonreía mientras le caían lágrimas, y Hildegun, concentrada, estaba con Jofrid y solo tenía ojos para su hijo.

Soltaron el último cabo de la empalizada y Toke levantó el brazo.

—¡Izamos velas y nos vamos!

Liberaron la enorme vela de lana y el viento alcanzó de inmediato la lona amarilla y la agitó bajo las alas extendidas al cuervo que llevaba bordado. Tveravn se alejó bruscamente de su lugar de descanso y de la pasarela, y los jóvenes se despidieron a gritos de sus parientes. Arnulf respiró hondo mientras un fuerte temblor se apoderaba de su cuerpo. ¡Estaban partiendo! ¡Estaba yéndose de vikingo y dejando atrás su niñez! ¡Arnulf Stridbjørnsøn estaba llevando la Ormstand en un arriesgado viaje! ¡Quería gritar su juventud y su fuerza viril, que retumbase en los montes como un semental invencible, lanzarse al tempestuoso mar con las alas en llamas que ahora llevaba y todos lo sabrían!

Los aldeanos respondían a los gritos de los jóvenes y una gran alegría hizo que la tripulación profiriera un grito guerrero. Toke tenía que despedirse gritando de su gente, decir palabras que pudieran recordarse y tomar el mando de la expedición de manera valerosa, pero se quedó callado junto al mástil mientras la capa roja le golpeaba las piernas. En vez de eso, el deseo de grandes hazañas y los gritos resonaron hasta que el viento borró las voces, y la aldea y el valle empequeñecieron.

Stentor cogió el timón, pues Toke no parecía ser capaz de moverse mientras aún viera a Gyrith y a Ranvig despidiéndose de él. Arnulf apretó la mano en la que llevaba el anillo del rey Svend y se le escapó una sonrisa. ¡Tenía que hacer que Helge estuviera orgulloso de este viaje! Si alguna vez se encontraban y echaban un pulso en Valhala, Helge, riendo, le tendría que dar en el hombro a su hermano pequeño y tratarlo como a un igual.

Lo tendría que presentar ante los *einheriar* y relatar con orgullo sus hazañas y, si lo hacía bien, Arnulf le devolvería el anillo de escaldo.

Tveravn se acercó rápidamente a la primera curva del fiordo y todos miraron hacia atrás una última vez, excepto Arnulf, que miró a Toke. La mirada del noruego ardía al mirar a Gyrith con tal arrebato, y Arnulf se dio cuenta de lo mucho que le estaba costando partir a Toke. Hizo una mueca con la mano blanca en el mástil y, cuando Tveravn giró de golpe y Gyrith desapareció, la mirada de Toke se encontró con la de Arnulf. Durante un breve instante se puso al descubierto su exasperación, luego se repuso, y Arnulf juró con un gesto con la cabeza no desvelar su dolor. Un gran hombre no podía mostrar debilidad y Toke, al coger el timón, no solo se estaba reivindicando a sí mismo, sino también a sus parientes y sucesores.

Giraron la vela y Toke, con un obstinado movimiento de cabeza, llegó a su puesto al timón, donde Stentor le dio un apretón en el hombro cuando se puso de pie.

—Pronto la volverás a ver. Una expedición rara vez se hace larga y el verano es corto. Toke se sentó y cogió el timón con la vista puesta en el ángulo de la vela.

—Está encinta otra vez, Stentor.

Stentor estiró un poco la pierna en su bancada, y Arnulf se echó a reír y se giró para darle a su amigo un golpe en el pecho. Toke le había ofrecido a Frey en la montaña algo más que animales y sangre, y, con una esposa tan bella como Gyrith, el noruego no se habría cohibido por una herida en el brazo. Toke hizo una mueca con los labios y luego soltó una gran sonrisa y ahuyentó al desaliento mientras Stentor se dejaba caer en su sitio. Los que estaban delante de ellos se dieron la vuelta y el rumor llegó hasta el mástil antes de que Stentor alcanzara a responder.

—¿Encinta otra vez? ¿Estás seguro? ¡Y yo que creía que estabas enfermo!

Se rio en alto y se dio palmadas en el muslo mientras se oían gritos de enhorabuena en todas las bancadas.

—Nunca un hombre hizo un niño con el brazo, y Gyrith lo sintió en cuanto pasó. También lo supo con Ranvig.

Toke estaba radiante de felicidad y dejó que el barco hiciese otra curva siguiendo los abruptos acantilados. Arnulf meneó la cabeza con alegría.

—¡Yo te dije que te pondrías bien en cuanto vieras a Gyrith y me quedé corto! ¡Puedes guardar las runas para otra vez, Stentor, la fuerza de tu hija eclipsa a la de Odín!

—¡Como si ese cachorro pudiera ladrar! La sangre joven olvida el respeto más a menudo que la vieja, pero recuerda que los dioses castigan la arrogancia —volvió a pedir Stentor, pero no parecía estar enfadado.

Un chaval junto a la proa gritó, pues se avistaba ya la aldea de Toste Skjaldely y la orilla estaba llena de gente que ovacionaba a los vikingos. La última despedida fue breve; Tveravn se balanceaba con fervor y no dejaba que lo detuvieran.

También la gente de Leif Narizpartida estaba junto al mar y sus gritos no eran menos ruidosos.

El potro de mar bailaba por el fiordo y alzaba el pecho ante las altas olas, y Arnulf olfateó el aire y sintió el mar. Estaba embriagado y erguido como un señor al ver ante sí a sesenta intrépidos noruegos que estaban preparados para porfiar con el viento y arriesgarse sin pestañear. ¡Ningún timonel podía disponer de mejores vikingos, y él estaba sentado al lado de

Toke! Era su escudero hasta la muerte y ansiaba llevar a cabo acciones heroicas.

También Toste, a su lado, parecía conmovido, ya que extendió los brazos hacia el vasto mar y gritó con la voz ronca.

—¡Un poema, un poema! ¿Quién recita un poema para un instante de tanto orgullo? ¡Es una vileza que Haraldsfjord viera que sus hijos se marchan callados!

—¡Yo lo haré! —Arnulf se puso de pie, con la mente incendiada—. ¡Voy a recitar un poema para quien quiera escucharlo, por poco tiempo que lleve en el fiordo!

Puso el pie en la bancada que tenía delante y agarró la Ormstand mientras que, con la otra mano, se sujetó el pelo, movido por el viento. Se dirigieron hacia él miradas iluminadas y fluyó por las venas el hidromiel de Suttung, pero más fuerte sonó el eco de la risa de Frejdis procedente del sur. La voz de Arnulf serenó el mar:

Cabalga en la montaña,
majestuoso hijo del fiordo,
por el camino verdoso
donde el corcel pasta,
confía en tus compañeros
y apóyate en tu familia,
pero más en ti mismo.
¡ Desengáñate, por eso estás aquí!

Vences al héroe,
proteges a las mujeres
de guerras y dominaciones,

luchas con pleno afán,
saqueas sin piedad en los viajes
riquezas renombradas,
luchas intrépido
con deferencia valerosa.

Las nornas hilan
sogas brillantes
con nudos perfectos,
amansas al destino,
eliges al señor de la guerra,
a los servidores de la lucha,
¡pero el guerrero
empuña la espada!

Cabalgas en el mar
jinete a lomos de las olas,
en el barco de proa afilada
despliegas la vela,
como inmensas alas
en la tela avivada.
¡No temes ni el viaje
ni los malignos hechizos!

Que los soberanos te reconozcan,
que las mujeres te elijan,
que los poemas de los escaldos
se acuerden de tus hazañas,
que se esculpan las runas

al margen de la magia,
que la llamada de las piedras
sean escuchadas por los héroes.

Odín allá en lo alto,
te saludan los *einheriar,*
el hidromiel vuelve a correr
en hermosos salones.
¡Tu estirpe te honra,
te recuerdan los ancianos,
sus hijos orgullosos
recuerdan tu fama!

—¡Bravo! —gritó Toste con entusiasmo—. ¡Me haría falta una
cerveza, tan buenos versos merecen un brindis! ¡Ay de ti, Arnulf,
Lengua de Escaldo, no te voy a dejar tranquilo ni un momento!
¡Mientras Tveravn esté en el agua, tus poemas me harán más
corto el viaje!

Toke soltó el timón y, entre risas, le agarró la mano a Arnulf y
los gritos de reconocimiento resonaron por el barco. Solo Leif
gritó que los noruegos sabían aplaudirse a sí mismos y que no
necesitaban el poema de un danés, pero nadie pareció escucharle
y Arnulf no le dedicó ni una mirada.

—¡Yo no repudiaría a un hijo tan gallardo fueran cuales
fueran sus faltas! —afirmó Stentor cuando Arnulf se sentó, y
Toke opinó que Arnulf debería dejar a Fénrir y entregarse a
Bragi, pues tendrían que estar emparentados.

Arnulf presionó la punta del pulgar contra el anillo del rey
Svend, satisfecho consigo mismo, y los vikingos de la parte más
lejana del fiordo, a proa, comenzaron a recitar el extenso poema

sobre el viaje por el mar helado de Gunbjørn Stenfod mientras Leif, desafiante, marcaba el compás con su funda de madera.

***

Tveravn recorrió la costa noruega durante toda la mañana como una gaviota que sobrevuela bajo, pero hacia mediodía el viento arreció y se hizo más imprevisible, y unas fuertes rachas golpearon las olas entre los escudos fijados al suelo. El barco comenzó a rebotar entre los escollos y los farallones, y Toke intentó alejarse de la costa, pero le costaba mantener el rumbo.

Leif dejó caer algún comentario sobre cómo navegaba, y cuáles eran sus mejores dotes para ello. La hermosa costa que Arnulf había admirado en su viaje hasta Haraldsfjord ahora mostraba sus dientes y hacía peligrar el casco de la embarcación. El viento dio un giro y pegaba de frente, y Toke tuvo que virar de bordo en popa constantemente para barloventear. Tenía que emplear mucha fuerza para aguantar el timón con una mano, y la vela estaba rígida para que los hombres la girasen. Arnulf estaba demasiado lejos de las cuerdas para poder ayudar, pero vio cómo sudaba Toke.

—¡Si has pensado pasarte el día virando, podemos tirar los remos, así no llegaremos a ninguna parte! —gritó Leif Narizpartida desde la proa—. Øystein Ravnsbane nunca fue débil para girar a bordo con viento favorable. Te faltan muchas horas de viento, igual que para aflojar las cuerdas.

—Lo que hizo Øystein le honra —contestó Toke con una calma impuesta—, yo prefiero asegurar el avance, y nos arriesgamos a zozobrar con los golpes de viento. ¡Si no estás satisfecho, te hago bajar con gusto donde lo desees, a ver si así encuentras tu sitio en una embarcación más osada!

Leif hizo un gesto de rendición con los brazos y escupió al agua, pero se calló, y Toste le pidió permiso a Toke para encargarse un rato de los remos, ya que se había quedado tieso de estar tanto tiempo sentado.

***

No pudieron sacar a Tveravn del fiordo, pero el día siguiente fue mejor, aunque el viento echaba al barco hacia la costa en cuanto Toke perdía mínimamente la concentración.

Arnulf le presentó algunos de sus poemas a Toste, cuya capacidad de recordar versos era asombrosa, y Stentor y Toke hablaron mucho sobre qué nombre le traería más fortuna al próximo hijo de Gyrith. Si era niño, Toke opinaba que tendría que llamarse Øystein o Sigtryg, pero Stentor dijo que habría que pedir consejo a los ases y que un buen destino no siempre dependía del nombre.

Por la tarde, el viento se calmó y una manta de lluvia envolvió el mar y los montes de la costa con su intensidad. Arnulf sacó de su arca ropa de piel auténtica y los ánimos se enfriaron. Había que achicar el agua del barco, el pan se reblandeció antes de que se lo comieran y las esmeradas barbas de guerrero parecían finas y embadurnadas.

Toke dejó rodar el barril de hidromiel y Toste vociferó sobre el interés de las mujeres extranjeras por el abrazo de los hijos de Frey, de las haciendas de los señores y del oro de los devotos cristianos, pero todo ello aderezado con mucho humor.

Cuando llegó la noche, la lluvia no arreció y Arnulf estaba empapado y ya estaba cansado de muchas olas grises y de muchos montes húmedos, así que se alivió cuando llevaron el barco a tierra. Montaron las tiendas al abrigo de la maleza y se comieron la comida fría, pero poco antes del amanecer se despejó el cielo y el viento se calmó. Desde muy temprano, el día se mostró sorprendentemente caluroso y Tveravn avanzó con calma, algo más rápido que lo que esperado por los remeros. La ropa húmeda estaba tendida y Toke se acercó a un barco de pescadores y compró pescado fresco para la cena mientras que Toste sacó un tablero y unas piezas y retó a Stentor a una partida de los perros y la liebre.

Arnulf se quitó la esclavina y se quedó mirando, y Stentor convirtió a Toste en una ingeniosa liebre que no dejó que los perros la acorralasen como si nada. Arnulf opinó que Toste protegía el fondo con demasiado celo y que tenía que atacar con más atrevimiento, pero Toste conocía demasiado bien la táctica de Stentor como para dejarse engañar y acabó arrinconándolo. Cambiaron las piezas y Toste prometió correr tras los perros de Stentor, pero Toke dijo riendo que solo lo había conseguido tres veces en todo el verano, ya que Stentor mantenía unida a su jauría como un lobo que guía a la manada.

Arnulf se asomó por la regala y se puso a pensar. El sol le quemaba las cejas y daba calor después de la lluvia y el viento de los días anteriores, y se notaba con claridad que la expedición se dirigía hacia el sur.

Él también conocía ese juego. Con Frejdis. Estaban en la alta hierba del prado de la playa y él le había dejado ganar una vez tras otra mientras se deleitaba con su rostro y sus brillantes ojos. Ella estaba descalza y la lanza de Arnulf se había hinchado y palpitaba sobre la hierba. Habían apostado que el que perdiese la siguiente partida tenía que hacer lo que dijese el ganador, y Frejdis, riéndose, tuvo que quitarse el vestido y dejarse bañar el cuerpo en amapolas hasta que los pétalos se desprendieran.

Arnulf presionó los nudillos contra la frente y sintió cómo le crecía el pantalón. Le había cubierto el pelo de botones de oro. Primero había intentado hilar una corona, pero luego los entrelazó uno por uno. Eran muchos, muchísimos; aun así, se cayeron. Para honrar a Freya, se habían abrazado con pasión en su nombre.

***

La noche anterior a la imponente navegación en aguas abiertas, Toke había llevado a Tveravn por un fiordo de aguas bajas y los noruegos montaron el campamento en la arena de la playa. Arnulf estaba inquieto después de haber pasado todo el día sentado, y pensar en las enormes aguas que había que cruzar le hizo cambiar de postura más de una vez junto a la hoguera. Allá, lejos de la costa, las gigantescas olas alcanzaban las copas de los árboles, y, aunque, teniendo en cuenta la época del año, deberían de calmarse, siempre era arriesgado desafiar al reino del dragón del Midgard. Recordaba con dolorosa claridad relatos sobre barcos que no habían vuelto a casa y sobre intentos en vano por parte de navegantes de salvar a compañeros desafortunados a los que el agua se había tragado.

Toke no parecía preocuparse, pero estaba sentado en la piel escarbándose los dientes con la mirada puesta en la hoguera, y Stentor se peinaba tranquilamente la barba enredada por el viento con un peine de hueso tallado. Toste se puso a relatar el combate en Islandia de Tore Skjoldbider, pero Arnulf meditaba demasiado sobre el viaje como para escucharlo. Le vinieron muchas preguntas y echaba de menos a Helge, que le había enseñado tanto sobre el mundo fuera de Egilssund y sobre las costumbres de pueblos extranjeros.

—Cuéntame, Stentor. ¿Es verdad lo que se dice que en Noruega no hay cristianos?

Arnulf necesitaba hablar. Toke dejó de mirar la hoguera, y Stentor gruñó y se sacó el peine de la barba.

—Y tanto. Habrá algunos, pero, gracias al señor Hakon, ningún noruego es obligado a apartarse de las creencias de sus padres, como ocurre en muchas partes de Dinamarca.

—En Egilssund no. —Arnulf sonrió orgulloso—. Stridbjørn nunca ha dejado que se acogiera a cristianos en la aldea, pero Helge conocía a muchos y no los consideraba hombres despreciables. Una vez se dejó bautizar en falso y cambió la túnica bautismal por cerveza para sus tripulantes. Hicieron muchas bromas con eso.

Toke se rio y Stentor se colocó el cabello con delicadeza.

—Yo los considero gente extraña, extraña y cruel. No a los comerciantes que llevan la cruz en el cuello para estar tranquilos y obtener beneficios, no, los peores son los que se asientan en conventos y rigen su vida según el Cristo Blanco.

Arnulf se echó en la arena y apoyó el codo.

—¿Por qué crueles? Los cristianos que me he encontrado en Gormsø no se comportan de manera muy distinta a los demás.

Stentor escupió al fuego.

—El rey Harald les dio a elegir entre el bautizo y la espada, así que, ¿cómo de fuerte es su creencia? Su muerte apenas me alegró y el rey Svend mira a Odín con más benevolencia.

Algunos dicen que directamente lleva una cruz en la parte exterior de la capa, pero un martillo en la interior.

Arnulf negó con la cabeza.

—Svend es devoto del Cristo Blanco, pero no se mete en las creencias de la gente. Stridbjørn ha podido hacer todos los sacrificios que ha querido, ¡y nuestro rey no es cruel!

—Probablemente no. —Stentor se apartó un mechón de pelo de un soplido—. Pero los cristianos convencidos y los monjes de los conventos celebran los rituales más asquerosos, se comen a su dios y beben su sangre.

Arnulf se puso de pie y se rascó la cara con asco.

—¡Nunca he entendido por qué!

Toke negó con la cabeza y compartió su asombro.

—Ellos dicen que el Cristo Blanco les ha ordenado hacerlo. Caníbales, eso es lo que son, y esas conductas infames no las tienen ni los esclavos que se mueren de hambre en invierno.

—¡Uf! —Arnulf enterró los dedos en la arena—. ¡Son carroñeros! ¿Creéis que las acciones sangrientas los irritan y les provocan una solidaridad más fuerte? Helge contaba que los cristianos que viven en conventos no tienen mujeres, como los guerreros de Jomsborg. Pero los vikingos viven sin mujeres para resguardar su hermandad y la fuerza guerrera.

—¡Comparar monjes con vikingos es como comparar ratas con toros! —dijo Toke sonriendo—. ¡Combatientes más grandiosos que los de Jomsborg no existen, y ay de quien se encuentre con ellos! Los monjes me dan pena, son blandos y, a la vez, feos. Se cortan el pelo y se rapan la coronilla, parecen viejos decrépitos y, además, se ponen de rodillas a todas horas, como los esclavos ante los señores.

—¡Imagínate, adorar a un dios al que no le puedes sostener la mirada!

Arnulf resopló y Stentor se apartó del ojo los negros rizos.

—La cobardía es su virtud y ven el orgullo como un pecado. Gente débil, sin hombría, y su dios, codicioso, porque exige la mayor riqueza posible en su presencia y deja que sus creyentes vayan por ahí con camisas de esclavo. El asesinato va en contra de la voluntad del Cristo Blanco, por tanto, no defienden sus riquezas con armas. Cuando los vikingos saquean, se lanzan evocando a los dioses, pero ni una sola vez los ha ayudado eso contra los guerreros de Tyr.

Arnulf aplastó una concha de almeja.

—Los hombres que solo tienen un dios y que, además, rechazan el abrazo de una mujer han de extinguirse.

Toke pinchó un trozo de leña y saltaron chispas, y una le llegó a la manga.

—Sin duda. Por eso hay que saquear los monasterios mientras duren.

—¡Así se habla!

Stentor resopló descontento.

—Un buen acto es cortarles la cabeza a los monjes en cuanto se pueda, pues los cristianos han traído discordia y desunión, y los hombres buenos deben faltar a sus dioses o huir a donde puedan. ¡El Cristo Blanco habla de paz, y sus seguidores le han dado paz a un orgulloso del norte acabando con su vida a espada! ¿Alguna vez se ha matado a un solo hombre porque no adoraba a Odín? ¡Jamás! ¡No, Arnulf, los cristianos son crueles, ni siquiera dejan libres a mujeres y a niños!

Arnulf, pensativo, tiró una piedra al agua.

—Sigo sin entender por qué dejan a los hombres solos si no es para adiestrarse en el manejo de las armas, como en Jomsborg. ¿Y qué hacen los cristianos cuando su dios no escucha sus gritos y no pueden sacrificar a otro? ¡Solo un imbécil deja que un único dios decida su destino!

Stentor, enfadado, guardó el peine en la talega del cinturón.

—El Cristo Blanco es el arma de los señores enemigos contra los elegidos de Odín y, por lo tanto, en mi opinión, hay que evitarlos como a las enfermedades y aplastarlos como a los piojos. No caviles tanto, Arnulf. Entrena los golpes que les vas a dar y quítales tanta plata como puedas, así tendrán justificación para poner sus mugrientos pies en el Midgard, pero no intentes entender por qué actúan como actúan. Vayamos a descansar. Tyr ama a los valientes, pero repudia a los incautos, y es una tontería desperdiciar el sueño en una noche tan importante por estar hablando.

Miró con amabilidad a Arnulf y a Toke, y cogió su piel de dormir. Arnulf, obediente, se echó la suya, pero la conversación no le había tranquilizado. Un volcán de emociones le reconcomía por dentro y miró al cielo oscurecido. Gente extraña esos cristianos, pero, a pesar de la aversión, tenía que reconocer que él, al igual que ellos, solo tenía un dios al que aferrarse. Aunque Fénrir era invencible, Tyr no lo temía. Quizá el Cristo Blanco era el más fuerte de los dioses del sur, y, en tal caso, no era justo por parte de sus creyentes honrarlo con tanta fe. Odín era el rey de los ases, pero era antojadizo y esa gracia con la que obsequiaba un día la quitaba al siguiente.

—¡Si no cierras los ojos, no te vas a dormir!

Toke se puso al lado de Arnulf y pegó con cuidado el brazo herido al cuerpo.

—Nunca he cruzado un mar tan grande.

—Tveravn lo ha hecho muchas veces, y yo con él. —Toke bostezó—. Si el viento es favorable, no habrá tema para elaborar un poema.

—¿Y si no?

Toke resopló y metió la cabeza bajo la piel.

—Entonces tampoco habrá nada que recitar, porque no quedará nadie para hacerlo, pero no hay motivos para preocuparse. Odín suaviza las aguas para los que van a por sus enemigos, y Stentor ha jurado con su anillo matar a sablazos a todo cristiano que se encuentre, así que, mi fiel ayudante, ¡buenas noches y deja de pensar!

***

Arnulf se despertó al amanecer y creyó que era el primero, pero Toke ya estaba en pie. Estaba algo apartado, en la orilla, mirando al mar mientras se tocaba el brazo. Arnulf se destapó y fue hacia Toke, que lo saludó con la cabeza sin apartar la mirada y levantó el brazo con cuidado. Parecía angustiado, y Arnulf se quitó arena del pelo y se sonó la nariz. Las hogueras estaban apagadas y el viento matutino rozaba la piel, aún tibia por el sueño, de manera desagradable. Tveravn tenía un aspecto oscuro y descolorido, y el mar estaba impracticable.

—Tengo miedo, Arnulf.

A Toke se le escapó un suspiro y Arnulf lo miró de reojo mientras daba un golpe a una medusa varada.

—Ayer no lo tenías.

El noruego dejó caer el brazo.

—No, y tampoco todas las veces que Øystein manejaba el barco.

Arnulf tiritó y respiró entre dientes.

—¿Qué opinas del viento?

Toke meneó la cabeza.

—Es fuerte. Habrá olas cuando pare el sotavento, pero Tveravn puede con ellas. Hace tres años escapamos de una tormenta.

Arnulf dejó que la lanza de Odín saborease el alba y apuntó a la medusa. Algunos hombres comenzaron a moverse junto a la negra hoguera. Ni siquiera él sentía miedo. Sentía un hormigueo y una opresión en el cuerpo, pero no era miedo.

Leif Narizpartida salió de su tienda y fue hacia ellos. Se estiró mientras bostezaba y se ajustó el cinturón sin mirar a Arnulf.

—Aire fresco, Øysteinsøn. Quizá antes de dos días escampe. —Apretó los ojos y miró el cielo gris mientras acariciaba su capa—. No creo que empeore, mira los pájaros, han levantado el vuelo.

—¡Leif! —dijo Toke y lo miró fijamente—. ¿Quieres cambiarte el sitio con Hafr de Hornsdale? Me gustaría que te sentaras en mi puesto. Si el mar crece, necesitaré a los mejores hombres y no es peligroso cambiar puestos mientras el barco no se balancee.

Arnulf miró sorprendido alternativamente a Toke y a Narizpartida. La cara de Leif no revelaba qué pensaba, pero se quedó mirando a Toke un buen rato. Dejar a un lado las desavenencias y ser responsable ante una navegación arriesgada era algo digno de honrar, y Toke no dejó que su orgullo se impusiera al sentido común. Leif, indiscutiblemente, era uno de los mejores navegantes de Haraldsfjord y su ayuda podría resultar necesaria. Asintió, y Toke también.

—Gracias. Vamos a despertar a los demás.

Se dio la vuelta y Leif se atusó la barba en silencio. Por poco que le gustase a Arnulf, tenía que concederle al vikingo que sabía anteponer la tregua al deseo de sacar ventaja.

Arnulf quiso ir detrás de Toke, pero Leif lo frenó mirándolo fijamente.

—Puedo sentarme con Toke Øysteinsøn, porque probablemente será mi igual si le llega a crecer la barba, pero tú vales menos que una mierda de cerdo. ¡Y ese pestazo es insoportable!

Arnulf se llenó de indignación, apretó la mandíbula y le temblaron las orejas. Se quedó mirando la arena para controlarse y luego alzó la vista mientras aplacaba el enfado.

—¡Mi sangre no es inferior a la de Toke y por él me estoy conteniendo las ganas de matar, Leif! ¡Pero mi brazo no falla! Recuérdalo cuando volvamos a poner un pie en tierra.

Leif resopló con burla.

—¡Tu sangre es pis de cabra y tu brazo no es lo bastante grueso como para no rompértelo con el pulgar! ¡Cállate y vete, sé un buen perro de tu amo o encuentra la muerte al otro lado del mar, pero ya te anticipo que agradable no va a resultar!

La Ormstand se desenvainó, pero Leif se dio la vuelta y se fue silbando hacia los hombres, que se estaban despertando, mientras pasaba el dedo por el filo de su hacha. Arnulf soltó la espada, dio un grito y tiró una piedra al agua, con fuerza y a gran distancia, mientras sus bufidos provocaban que los ojos le hicieran chiribitas. ¡Ese fanfarrón piojoso! ¡Tenía que estrujarle las mantecas y ahogarle en su propia mierda! ¡Cómo osaba no parar de crotorar como una cigüeña pringosa, hijo de una perra esclava!

Las piedras restallaron contra las olas y golpearon las escamas de los titanes marinos, ¡pero nada le podía preocupar menos! ¡Ya podía andarse con ojo Narizpartida! ¡Cuando Arnulf acabase con él, el morro sería la parte más bonita de su cuerpo, bien lo sabe Fénrir!

***

Desayunaron rápidamente y, cuando el sol, por un instante, se filtró entre las nubes algodonadas del monte, Toke pidió que botaran el barco. Arnulf caminó hundiendo sus pies en la arena cuando subió la pasarela con Stentor, ya que pasaría tiempo hasta que los pies pisasen de nuevo tierra firme. Leif Narizpartida se sentó delante de Toste, en el lugar de Hafr, y colocaron la vela, que enseguida enderezó su rumbo.

Toke se quedó mirando hacia mar abierto, y Arnulf se despidió de los montes y siguió con la vista en la costa, que iba menguando. Los laterales escarpados de los montes se convirtieron en lomas con una rapidez sorprendente y la bóveda celeste parecía ensancharse y alejar la tierra y las islas entre sí. Debajo de Tveravn se oía una respiración profunda y el estado de ánimo de los hombres era reservado. Nadie rompió el silencio, como si hubiera un pacto tácito de surcar el mar de la manera más inadvertida posible, y Toke estaba sentado en la bancada erguido y concentrado, listo para afrontar lo que pudiera venírseles encima.

Arnulf inspiró el aire marino y observó la ancha espalda de Leif. La mano del vikingo era fibrosa, estaba marcada por la espada y daba testimonio de una dura vida como guerrero. Arnulf le clavó la mirada en la nuca, pero, como eso no parecía hacerle ningún daño a Leif, se puso a escrutar la estrecha línea que marcaba el horizonte. Helge le había hablado del gran cruce de océanos. De cómo se orientaba siguiendo la trayectoria solar y los patrones estelares, y también fijándose en el vuelo de los pájaros y en la forma de las nubes, las algas que flotaban y el movimiento de las olas. El frío podía ser un perverso adversario, así que lo importante era mantenerse seco y comer copiosamente. Si el cuerpo se enfriaba, las extremidades se debilitaban y se ralentizaban las acciones, y aquello que parecía sencillo se convertía en algo imposible, la voluntad se perdía con el agua. Una vez, Helge navegó en invierno y estuvo a punto de perder los dedos de los pies.

Arnulf no sentía el frío, pero no encontró ninguna de las señales de las que le había oído hablar a Helge. El avance era formidable y, como ningún poder marino se dejaba controlar por la quilla ofensiva de Tveravn, los noruegos se quitaban el frío y le daban a la lengua. Las nubes estaban junto a los montes y, a medida que las olas crecían, el cielo se despejaba y el viento soplaba con provecho en la vela. El sol y el aire abrían las ganas de comer y Arnulf se abasteció bien cuando pasaron la bolsa de las provisiones. Las sacudidas de viento en su melena le alegraban y, con la experiencia de Toke y la gracia divina de Stentor, no parecía necesario preocuparse. El poema sobre Holder Tyretvinger resonó en sus oídos y le dieron ganas de subirse en la bancada y surcar las olas con los pies. Toke sonrió y notó que nunca había visto a un hombre emplear tantas fuerzas en quedarse sentado, pero Stentor se acordó de un joven de piernas largas al que una vez se las ataron a la bancada por lo inquieto que estaba.

—Lo recuerdo porque yo mismo le até la cuerda. Entonces tenía las dos manos.

Tveravn parecía conocer el camino incluso sobre las aristas de las olas y Toke dejó que sus compañeros cogieran el remo y, hacia la noche, también se acercó Leif, aunque este puso rumbo más al sur. Toke se opuso, pues creía que se haría más largo y que era mejor ir por el camino directo.

—Por ahí llegamos a las Orcadas y en esos escollos no hay mucho que saquear —gruñó Leif de mala gana y dejó apoyado el remo como si lo estuviera dejando.

—Probablemente, pero conocer el terreno es mejor que ir a ciegas, y el carnero asado de las Orcadas da fuerzas para el saqueo.

Leif escupió al agua e insistió.

—Están a un tiro de piedra hacia el norte; y, a pesar de la neblina matutina, atravesaremos las Orcadas y las Shetland. ¡Pregunta a estos hombres si alguno tiene que hacer recados en las Feroe! Øystein nunca…

Miró a Toke y ninguno tuvo nada que añadir, pero Leif movió el remo y Toke le murmuró a Toste que se iría a dormir temprano y que lo despertasen a medianoche.

A Arnulf le costó tranquilizarse entre las bancadas cuando se cernió la oscuridad, y el suelo estaba duro y el cuerpo no le pedía dormir. Las olas golpeaban el lateral del barco y Arnulf pensó, decidido, que tenía la cabeza más abajo que arriba, y no estaba acostumbrado.

Los tripulantes durmieron por turnos y a Arnulf le extrañó cómo roncaba Toke, que estaba tumbado sobre una gruesa piel de oveja. El noruego se había envuelto el brazo herido con una faja para mitigar el balanceo del barco, pero de vez en cuando se le escapaba un suave quejido cuando el mar alcanzaba el barco. Arnulf se tapó hasta las orejas con la piel y se dio cuenta de que su primera noche en el mar la iba a pasar en vela. Leif Narizpartida parecía encontrarse a gusto al timón, murmurando estrofas sueltas, pero Stentor lo estaba vigilando, aunque aparentaba estar medio dormido. El ojo amarillo brillaba tras los rizos negros y le aseguraba a Toke un sueño tranquilo. Arnulf había quedado bajo la protección de Stentor y cerró los ojos con fuerza por vergüenza. Le escribiría un poema a Frejdis. Uno sobre la canción del viento y el destello de las olas y el aullido de Fénrir sobre el mar, solo Bragi sabría si ella lo escucharía alguna vez.

***

La noche dejó maltratado su cuerpo hasta casi dejarlo tan dolorido y agarrotado como el puño de Rolf aquella noche funesta en Egilssund. El mar estaba picado al amanecer y era desagradable sentir la zozobra mientras las extremidades seguían entumecidas. Arnulf tenía el estómago raro y el agua salpicaba los escudos que había colgados. Se sentó mareado y dejó que el gélido aire matutino alborotara su cabello.

Stentor cogió el timón y consultó el rumbo con Toste y Leif, y Toke se sentó entre las bancadas con la espalda contra la borda y se cogió el brazo. El incómodo lecho pareció haber sido duro para él, pero miró a Arnulf y dijo que había estado bien. Arnulf se recogió el pelo con las manos y buscó una hebra de hilo.

—¿El brazo vuelve a estar mal?

Toke se rascó la cara.

—Un poco. Me lo he debido de golpear un par de veces mientras estaba durmiendo.

Arnulf encontró una cuerda e intentó hacerse una trenza, pero no se sujetaba.

—¿Dónde estamos?

Los ojos de Toke brillaron.

—A un día de Noruega, danés. Si tienes hambre, Stentor tiene la talega de la comida.

Arnulf hizo un gesto de rechazo con la mano.

—Toma.

Toste le alcanzó una cinta entrelazada y Arnulf controló sus rebeldes cabellos.

—El viento sopla del norte, así que vamos a tirar más hacia el sur —opinó Leif y señaló el cielo rojo, pero Toste negó con la cabeza.

—Esta noche no venía del norte. Ya hemos rechazado la recalada hace medio día. Si el sol te da en la nuca, haremos costa a medianoche.

—Estabas durmiendo cuando el viento arreció —contestó Leif—, ¡y puedes llevarte todas esas runas, Stentor! ¡Tú mismo has dicho que no se importuna a los ases con algo que ya sabes!

Stentor resopló, pero, antes de que pudiera responder, Toke se puso recto y soltó el brazo.

—¡Al Jotunheim con que si el norte y el sur, vamos a llegar lo antes posible! ¡El sol sale por el este, así que nos vamos directos al oeste! ¡Endereza como dice Toste y tengamos la fiesta en paz en mi barco! ¡Somos compañeros de armas, no viejas gruñonas!

Se sentó, lúgubre, y Arnulf intercambio miradas con los demás. Leif se encogió de hombros y Toke rechazó de mal humor el hidromiel que le dio Toste mientras Stentor ponía rumbo al oeste.

Arnulf dejó que Toke gruñera y se rascó la herida de Fénrir, que le picaba por debajo de la capa. Apenas se sentía tan fresco como el día anterior, el viento y el brillo del agua lo mareaban y, a medida que avanzaba el día, la tripa no mejoró. Algunos vikingos jóvenes vomitaron y Arnulf ocultó la cabeza bajo la capa, pero el viento aumentó y le desprendió la cinta del pelo. Para que no le volviera loco, se puso a pensar en Egilssund e intentó imaginar qué se traerían entre manos Stridbjørn y Trud, pero, después de todo lo que había sucedido, la aldea le parecía el eco lejano de una canción antigua y solo le provocó un profundo dolor el pensar en Frejdis. El hambre aflojó, pero las náuseas iban a peor y Stentor le prestó una perla de ámbar y le dijo que chuparla lo ayudaría.

El bamboleo de Tveravn de cresta en cresta de las olas parecía infinito y Arnulf, impaciente, avistó tierra por la tarde. Helge hizo una vez el viaje en día y medio y, aunque el viento era insoportable, el barco llegó lejos. Toste le preparó a Toke un lecho blando y lo obligó a echar un sueñecito. Stentor creía que nunca habían tenido un viaje tan ligero y brindó con Leif por Niord.

Arnulf estaba entumecido y desganado, y estiró las piernas, pero no mejoró. ¡Y pensar que deseaba esto con tanta fuerza! Y eso que todavía no habían pasado por una tormenta ni habían sufrido los rigores del frío.

***

La segunda noche en alta mar transcurrió mejor que la primera, ya que Arnulf estaba lo bastante cansado como para dormir a pesar del balanceo y no dejó que lo molestaran ni el olor del mar ni los golpes de las olas.

Lo despertó con la primera luz un brutal zarandeo y, medio dormido, se estremeció. Stentor estaba encima de él con un dedo en el labio y Arnulf oyó un agitado susurro y se quitó la piel de encima. La gran vela de Tveravn estaba recogida y estaban quitando el mástil. Los vikingos estaban detrás de los escudos y levantaron los remos sin hacer el menor ruido. Toste ayudó a Toke con la cota de malla, y Arnulf se desperezó y miró hacia el mar. Se fijó en la línea de costa, que estaba muy próxima, así que oteó casas grises y barcos aproximándose y se agarró a la regala. ¡Tierra! ¡Habían llegado a tierra! ¡Tierra y una aldea!

Un gallo cacareó entre la niebla, pero la población no parecía estar todavía despierta. Arnulf agarró la empuñadura de la Ormstand y el pulso rápido le hacía respirar con dificultades. La mirada encendida de Toke se cruzó con la suya y el noruego le tendió la mano mientras Toste se ajustaba el broche del hombro derecho. Arnulf la agarró con fuerza y le juró fidelidad a Toke apretándola; Stentor le dio un remo y le hizo una seña para que lo pusiera con cuidado en el agua.

En el barco, los hombres se prepararon en silencio y Leif avanzó a gatas hasta los compañeros que estaban en la proa mientras sacaba el hacha. Arnulf cogió el remo con las manos temblorosas y empezó a remar al ritmo de los demás. Era tan fuerte que, si tiraba con energía, podía atravesar el casco con los pies, como Tor. Le recorrían por la espalda calambres abrasadores mientras la Ormstand, en la funda, se retorcía sedienta de sangre. ¡Su primer saqueo! Dentro de poco correría a tierra y se procuraría riquezas, ¡igual que había hecho Helge tantas veces antes! ¡A golpes de remo se forjaría una fama y comenzaría su vida como escaldo! Por sus miembros fluyó un impetuoso agradecimiento. ¡Toke había cumplido con su palabra! ¡Había mantenido lo que le prometió en Egilssund y por Fénrir que Arnulf cumpliría su juramento y sería un fiel servidor!

Sentía viva la madera del remo contra las sudorosas manos y el barco surcó el agua como una serpiente hacia su presa. Despacio, Toke llevó a sus compatriotas a una cuesta para esconderse y los guerreros noruegos ni gritaron ni se alborotaron. Arnulf miraba por encima de su hombro cada golpe de remo, y la sangre de lobo que llevaba en sus venas le resecaba la boca y le daba más voluntad. ¡Quería atacar con fuerza y rapidez para que todo extranjero supiera que el hijo de Stridbjørn había ido de vikingo y temblasen al oír su nombre!

La aldea era más grande que su Egilssund natal, pero las casas no eran muy diferentes a las danesas, y las cercas entrelazadas rodeaban tanto los establos como los talleres. Toke les hizo una seña a los vikingos de la parte central del fiordo para que soltasen los remos y preparasen los arcos porque, si los descubrían antes de atacar, a los aldeanos les daría tiempo a salir corriendo hacia el bosque con sus pertenencias y el ganado. Arnulf respiraba agitado y la quilla de Tveravn se dirigió hacia la orilla de la playa. Mientras, otro gallo cacareaba. Los hombres soltaron los escudos y comenzaron a saltar la borda para empujar el barco hacia la arena, y Arnulf cogió su escudo de lobo y quiso ayudar a Toke, pero este abandonó el barco con ligereza y sacó la espada.

De inmediato ladró un perro arriba en el campo y, aunque perdió la vida con una flecha en la garganta, sus ladridos resonaron y sirvieron de aviso a la gente. Toke subió la pendiente como un potro, y Arnulf se echó la capa por los hombros y lo siguió de cerca. Cuando avanzaron hacia la aldea, los vikingos fueron recibidos con aullidos y gritos horrorizados, y la gente salió de sus casas medio vestida cargando con enfermos y ancianos. Las mujeres gritaban buscando a sus hijos mientras los hombres y los jóvenes cogieron las armas, si bien no parecían querer usarlas para otra cosa que no fuera abrirles camino a los débiles para que se fueran. Sonó un cuerno y repicó una campana.

Toke dio orden a los arqueros de que disparasen a los aldeanos que intentaban poner a salvo las arcas y los cofres, pero, si no los abatían, que los dejaran huir, y Leif Narizpartida avanzó a gritos y blandiendo el hacha. Arnulf no creía haber visto liebres que corriesen más rápido que los espantadizos enclenques que saltaban por los campos hacia la linde del bosque con las camisas agitadas por entre las piernas y Stentor gritó que tenían a Tyr de su parte, y tuvieron que contentarse con cortar el aire con las espadas.

Cuando Arnulf y Toke llegaron a las cercas, la aldea aún no estaba totalmente vacía, pero los últimos que huyeron no eran dignos de ser atacados, y Toke se detuvo en el lugar donde comenzaba el tablado. Arnulf se puso delante de Toke con el escudo levantado, pues incluso niños y tullidos podían manejar un arco oculto tras una puerta y no había cota de malla que protegiera totalmente de una flecha potente. Desenvainó la Ormstand y escudriñó en cada esquina sombras enemigas con la mirada.

Una casa ardía en llamas, seguramente porque alguno de sus habitantes la abandonó. Había perros trastornados y gallinas que cacareaban corriendo sin rumbo por las cercas derribadas y las vasijas rotas.

Stentor y Toste, jadeando, cerraron filas con su señor, y Toke no vaciló mucho a la hora de incitar al saqueo con un grito triunfal y un alzamiento de brazos. Los vikingos más jóvenes fueron los más rápidos, ahora iba cada uno por su cuenta, y Arnulf sintió una mano en el hombro.

—¡Dale tu escudo a Stentor y ve corriendo con ellos! Él y yo nos quedamos aquí vigilando el bosque —dijo Toke sonriendo, pero Arnulf seguía sintiéndose atado a su promesa.

—Puede haber guerreros ocultos detrás de cada puerta y la Ormstand no es famosa por no cumplir.

Toke negó con la cabeza.

—¡La gente de aquí no va a hacer nada, créeme! Y como señor tengo derecho a la parte que más me convenga. ¡Date prisa!

Le dio un empujón en el hombro y Arnulf le medio sonrió y le dio el escudo a Stentor. Con la espada alzada, corrió entre las casas abandonadas y buscó la parte más alejada de la aldea, donde los demás vikingos ya habían empezado a rapiñar. No se detuvo ante la casa más grande, aunque era la que tendría más riquezas, pero no tenía ganas de pelearse con Narizpartida por la plata de ese señor.

Algunos de los vikingos del centro revolvieron las edificaciones contiguas y Arnulf pasó corriendo por delante de ellos y abrió la puerta de una casa con un alto frontón y con una techumbre de tejas de madera. Dentro estaba oscuro y tuvo que pararse un instante para poder ver algo, ya que el fuego estaba casi apagado. La habitación era grande y a Arnulf le asombró que, en vez de huecos para echarse a dormir junto a las paredes, hubiera camas individuales, y que también hubiera sitio en medio para una mesa con bancos estrechos. En el fondo había unas arcas al lado de un telar y Arnulf fue hacia ellas, pero se detuvo en seco al ver a una niña que apareció en el suelo delante de él. Aunque no tenía más de ocho años, había cogido un cuchillo grande y tenía la mirada llena de furia. Detrás de ella, en una cama, había una mujer con los ojos brillantes por la fiebre y Arnulf se indignó. Él nunca habría dejado en la estacada a niños y enfermos, y había que admirar a la niña por su valor.

La mujer lo miró asustada y se cubrió con la manta hasta la nariz, pero Arnulf no quería hacerles nada malo, así que fue hacia la niña para apartarla. Ella lo esquivó con suma habilidad, lo atacó y le clavó el cuchillo en la muñeca, y le hizo un corte hasta los dedos.

Arnulf dio un grito y se llevó la mano hacia sí, furioso por el inesperado dolor, y la mujer de la cama gritó y tiró de la niña con los ojos abiertos como platos. Arnulf se miró la mano, que sangraba muchísimo, y la mujer, decidida, se quitó la manta y buscó unas llaves en el cinturón mientras señalaba un cofrecillo que estaba debajo de una cama. Tenía la pierna hinchada y vendada, y la niña perdió el cuchillo y se pegó a ella como si ahora fuera consciente del peligro en el que las había puesto.

Arnulf se enrolló la mano con un jirón de la capa, se afligió por la humillación que había sufrido, y la mujer, temblando, extendió la mano para coger una llave. Arnulf tiró de ella con el ceño fruncido, fue hacia la cama y sacó el cofre de su escondite. Pesaba mucho, pero la cerradura cedió fácilmente y el contenido hizo que Arnulf se olvidase de la mano y del enfado al ver cadenas de plata y brazaletes entrelazados con ámbar y perlas, ¡un tesoro digno de un vikingo! No parecían bienes rapiñados, más bien habían pasado de mano en mano durante mucho tiempo, y Arnulf miró con menos agresividad a la mujer y a su hija, que, con el miedo a morir en la mirada, seguía cada uno de sus movimientos. Podía tomarlas como esclavas. Curarle la pierna a la madre y venderlas por, al menos, un collar de plata, pero pensó en Toke en la cabaña y desistió. Una niña tan orgullosa tenía permiso para crecer libre, evidentemente era más valiente que su familia.

Arnulf cogió una perla de ámbar y le hizo una seña a la niña para que se subiese a la cama. Ella obedeció de inmediato y le dio la perla mientras hacía una mueca y las cubrió con una manta. No era agradable pensar en lo que se les podría pasar por la cabeza a Leif y a sus guerreros si las encontraban, así que Arnulf volcó la mesa y el telar y vació las vasijas y las cestas que había en la casa para que pareciera que alguien ya la había registrado y saqueado. Vio que una mirada bañada en lágrimas asomaba por la manta, cogió el cofre y se largó.

***

Afuera, los noruegos corrían gritando y riendo con fardos y cofres, y Leif salió de la casa grande y levantó los brazos mientras daba un grito de victoria. Había cogido plata y bronce y los llevaba en el cuello y en los dedos. Sus compañeros le daban palmadas en los hombros y agitaban el botín.

Toste había encontrado seda y Arnulf tendría que esperar al próximo saqueo para experimentar eso. Había visto la seda una vez en un tenderete de Gormsø, pero nunca había tocado ese prometedor tejido que parecía fino como las alas de una mariposa y brillante como la piel de un pez. ¡Frejdis debería tener un vestido así! ¡Una piel tan suave merecía una prenda de igual categoría! Si Rolf los hubiera dejado en paz…

Arnulf se mordió la lengua justo antes de proponerle a Toste un negocio. Se conformó con felicitarlo por lo que había encontrado, pero la alegría había perdido brillo. Toste parecía estar satisfecho con su botín y no se esforzó por seguir corriendo de casa en casa; encontraron a más habitantes a lo largo de la costa y los vikingos más jóvenes eran muy peligrosos en plena borrachera de saqueo.

—¿Has estado alguna vez en una iglesia, Arnulf?

—¿En una iglesia? No.

Pues ven, podemos llegar antes de que Toke dé el aviso para volver al barco. Esos cobardes canallas no van a tener tiempo para pensar en contraatacar, pues, aunque han huido, se les pueden ocurrir cosas raras rápidamente.

Arnulf se dejó guiar hasta una casa de madera con un amplio portón. Afuera había una campana maciza en una torre como un hombre de alta y Toste tiró de la cuerda con recochineo. Arnulf dio un respingo y se le cayó el cofre al oír ese sonido ensordecedor.

—¡Por Fénrir! ¿Para qué vale esto? ¡Para!

Toste se rio y soltó su botín.

—¡Los cristianos creen que su dios no los puede oír si no hacen un ruido que pueda despertar hasta al dragón del Midgard! ¡Desde luego el Cristo Blanco no es ningún Heimdal!

Arnulf negó con la cabeza y metió la plata en el cofre.

—¿Tanta plata solo para gritarle a un dios? ¡Hay al menos cinco espadas en esa campana!

Toste le dio unas perlas y le guiñó un ojo junto al portón, y Arnulf lo siguió con curiosidad. El espacio estaba lleno de bancos en fila y, tras una mesa junto a la pared del fondo, había dos maderos convertidos en cruz, pero por lo demás estaba vacío, y Arnulf miró alrededor decepcionado y apretó la capa sobre su mano herida. No había anillo de juramentos, armas ni vasija o cuchillo para los sacrificios, y de las paredes no colgaba más que una imagen tallada. Toste se encogió de hombros.

—Ah, sí, los demás habrán cogido lo que había. Suele haber candeleros, copas y otros utensilios, a veces de plata, y he oído que en las grandes iglesias son de oro, a pesar de todo esto es una aldea del montón, pero tienen cabeza para los negocios.

Se echó su seda al hombro y Arnulf se fue con él por el tablado hacia Toke y Stentor, que seguía con el escudo en la mano. Alrededor de ellos, los vikingos de Haraldsfjord, alegres, llevaban sus botines hacia el barco, y Stentor llevó la cuenta de los hombres para no dejarse a nadie en terreno enemigo. Leif Narizpartida apareció haciendo ruido con un fardo a la espalda y Toke sonrió cuando vio el cofre de Arnulf.

—¿Has encontrado algo bueno, Stridbjørnsøn? Oye, ¿qué te has hecho en la mano?

A Arnulf se le pusieron las mejillas coloradas e intento evitar la pregunta.

—Nada, con la cerradura del cofre.

Leif soltó una risotada y tiró al suelo su fardo con estrépito.

—¿La cerradura? ¡Eso que tienes ahí no es un rasguño! Te olvidaste de vigilar que la muchacha no tuviera un cuchillo a mano antes de quitarte los pantalones. ¿Tengo razón, novato?

—Se rio al ver la cara de asombro de Arnulf y muchos se unieron—. Por Tor, a las mujeres tienes que retorcerles el brazo para que estén más ocupadas de eso que de lo esté pasando, ¡recuérdalo! ¡Pero consuélate! ¡Al fin y al cabo eres el único que esta mañana ha estado cerca de divertirse de esa manera!

Arnulf apretó las manos furioso y se calló. Mejor que Leif creyese que había cometido una violación a que supiera la verdad, porque la vida de la niña y de la mujer estaban en peligro mientras los vikingos siguieran en la aldea.

—A ver si nos vamos. ¿Cuántos faltan?

Toste miró a los hombres, y Toke, a Arnulf, muy serio. No hizo ninguna pregunta, pero Arnulf sabía que estaba pensando en la fechoría de Helge y lo volvió a mirar enfadado. ¿De verdad pensaba Toke eso de él para creerse sin más la insinuación de Leif?

Narizpartida cargó el fardo y le dio una palmada en la espalda a Arnulf cuando se fue, y Toke se dio la vuelta más rápido de lo necesario. Arnulf quería explicarse, pero uno de los hombres de Toste llegó corriendo y gritando que estaban disparando desde la linde del bosque. Toke dio orden de retirarse inmediatamente y, como ninguno tenía ganas de proteger con las armas un saqueo exitoso, los vikingos restantes se reunieron a toda prisa y salieron corriendo hacia Tveravn. Arnulf los siguió mascullando mientras se oía el ruido que hacían la plata y el ámbar del cofre. Detrás de la aldea apareció un puñado de arqueros, pero fuera de su alcance. Empujaron el barco deprisa y Arnulf se fue a su sitio y se quitó el trozo de capa de la mano para agarrar el remo. Stentor tiró el escudo al suelo y Toke pidió que colocasen el mástil y la vela mientras los remos alejaban a Tveravn de tierra y dejaban atrás en la playa a los espantadizos enclenques. Leif se había situado en la proa y, poco después, el barco estaba a una distancia segura de la orilla y los hombres soltaron los remos.

Arnulf, exhausto, se asomó por el lateral del barco y vio a los aldeanos tirándoles piedras a los noruegos. La mano le sangraba mucho y le dolía más de lo que imaginaba, pero nadie a su alrededor hizo ademán de querer ayudarlo y Toke no se dignó a mirarlo. Leif Narizpartida se puso de pie con una mano apoyada en los cuervos bicéfalos y saludó a tierra mientras se reía a carcajadas. Arnulf sacó la mano por la regala y la dejó sangrar en el agua.

—¡Que Fénrir os lleve! ¡No he violado a nadie, por quién me tomáis! ¡Solo los imbéciles juzgan a un hombre por las culpas de otros sin haberlo escuchado!

Se quedó mirando desafiante a los noruegos, que estaban callados, y Stentor replicó sosegado.

—Te tomamos por el hermano de Helge, Arnulf. ¿Qué te has hecho en la mano que no se pueda contar en voz alta?

Arnulf se miró los dedos llenos de sangre y resopló serio. Al verlo, el dolor le subió por el brazo.

—Había una niña en la casa. No era muy mayor, pero protegió con valentía a su madre enferma. No les quería hacer nada, pero, pese a ello, me atacó.

Le ardían las mejillas por la vergüenza, pero Toke intercambió miradas brillantes con Stentor y Toste.

—¿Y qué hiciste?

Arnulf estaba sufriendo, pero debía apechugar.

—La mujer se quedó aterrorizada y me dio la llave del cofre. Las oculté bajo una manta para que Leif y sus compañeros no las encontrasen, pues apenas saben obrar con juicio.

Toke se echó a reír, y muchos de los hombres que estaban sentados en la parte de delante se giraron y quisieron participar en el regodeo, pero él hizo un gesto negativo con la mano.

—¡Arnulf! ¡Que Tor me despelleje, no solo vas por ahí salvando a mujeres y niños en vez de saquear y tomar esclavos, sino que ni siquiera puedes defenderte de ellos! ¡Dale una cerveza, Toste, la necesita! ¡Y mete esa mano en el agua! ¡Tiene más sangre que Stentor en el sacrificio de invierno!

Arnulf pensaba que se había hecho con su parte del botín, pero hizo lo que Toke le había dicho, aunque la fría agua salada le quemaba la mano a la vez que le aliviaba. Cerró los ojos y notó que el corazón le latía con fuerza y le entró hambre. Tenía el cofre entre los pies y el sol abrasaba el lado oriental, había superado su primer saqueo y ya se había hecho con riquezas. Había tanta plata que no le cabría en la bolsa. Podría comprar con ella un hacha con escudos o, si tenía suerte, un buen caballo. Quizá haría que le forjasen un lobo para llevarlo al cuello.

—¡Toma, bebe! —Toste le dio una jarra y Arnulf se la bebió—. Déjame ver esa mano.

El vikingo había cogido tela de lino y ungüento, y Arnulf no emitió ningún sonido mientras le vendaba la mano. Stentor pasó la saca de la comida y Toke tiró tres anillos de plata al mar como agradecimiento a los dioses de la guerra por su protección y un feliz comienzo de la expedición estival.

Tveravn se alejó de la playa mientras los vikingos dividían y admiraban el botín y comenzaba el trueque. Todos le dieron a Toke parte del saqueo y Arnulf colocó el escudo y comenzó a buscar más aldeas. El próximo ataque tendría lugar a plena luz del día y no le pillaría tan desprevenido como el primero; no obstante, saboreaba la sangre en su boca y la Ormstand estaba harta de tanto letargo.

Stentor le hizo a Toke una observación sobre el cielo, no le gustaba su color pálido y Toste opinó que podían haber alcanzado la costa a tiempo.

—Vamos a tener tormenta después de mediodía. Si nos hubiésemos detenido medio día en Noruega, estaríamos en un brete.

Toke no se preocupó y se concentró en navegar antes de que el tiempo empeorase demasiado. Ninguna roca desfiguraba la alisada playa y había que llevar a tierra a Tveravn en cualquier momento. Arnulf le dio la razón y confió en su fortuna y, cuando no mucho después vio ganado, se irguió y cogió a Toke del brazo con fervor.

—¡Mira! ¡Tiene que haber casas detrás de esas colinas, arría la vela!

Toke miró a tierra, pero negó con la cabeza.

—No, déjalas, ya vendrán más.

Arnulf le golpeó asombrado.

—¿Por qué? Una aldea es tan buena como la siguiente.

Toke se mesó la corta barba y mantuvo el rumbo.

—Øystein me enseñó a saquear así. Con un caballo rápido y un poco de viento en contra, la primera aldea consigue avisar a la siguiente y nosotros perdemos tiempo en buscar en vano plata enterrada y animales que se han llevado al bosque, y, además, nos arriesgamos a un contraataque planeado. No, pasamos de largo cada dos asentamientos y así no hay rumores de una expedición y se sienten seguros al ver cómo desaparece nuestra vela, ¡pero después...! —Se le puso una mirada brillante como la de un lince—. ¡Después volvemos y nos hacemos con las aldeas que nos saltamos! Por eso Haraldsfjord es tan rico, porque mi padre y mi abuelo nunca volvieron a casa con las manos vacías y los respetaban por ello en toda la parte norte.

Arnulf sonrió lleno de admiración. Helge nunca había actuado así y muchas peleas venían de eso, y las mujeres y niños lastimados en casa.

Aunque la tierra que había alrededor de la aldea saqueada era fértil, Tveravn tuvo que atravesar un gran trecho de bosque hasta que Arnulf volviera a ver tierras cultivadas. Esta vez rodeaban una casa de reuniones más grande, pero era evidente que los habitantes habían sido atacados varias veces, pues habían levantado empalizadas con estacas puntiagudas que protegían toda la aldea. En cuanto el barco se acercó, se oyó el ruido de la campana de una iglesia.

Toke viró el rumbo para esquivar el viento y convocó una asamblea para deliberar. Él se inclinaba por pasar de largo, temía perder hombres al tomar la aldea, pero Leif Narizpartida gritó desde la bancada que la riqueza que había tras la empalizada era evidente y que no estaba dispuesto a que unas cuantas estacas lo detuvieran. Sus compañeros lo apoyaron, pero los vikingos del centro hablaron de las granjas de Noruega y pensaron que Haraldsfjord ya tenía suficientes viudas y huérfanos. Los más jóvenes a bordo estaban enfervorizados y se alinearon con Leif. Arnulf se puso la mano en la frente a modo de visera e intentó valorar la capacidad de resistencia de la aldea. Toke tenía muchos hombres consigo y había mucha madera que quemar.

Stentor propuso dejar la aldea fortificada y tomar posiciones para el ataque a la vuelta y Leif encontró razonables sus palabras y cedió provisionalmente. Arnulf ocultó su decepción, pero, cuando poco después el barco se acercó a una hacienda con un gran portón, tan ostentosa que debía de pertenecer a un señor, nadie hablaba de no atacar.

Mientras las primeras ráfagas de viento auguraban cambios climatológicos inminentes, Tveravn se pegó a la costa y Toke no intentó ocultar su llegada. Arnulf soltó de nuevo el escudo y se cercioró de que tanto la espada como el cuchillo estuvieran en su sitio. Se sentía fuerte y afortunado, y pensó que no estaría mal practicar un poco con la espada. La Ormstand no tenía que oxidarse.

La hacienda del señor estaba retirada del mar y alrededor había muchas casitas bajas y establos. La casa principal estaba pintada de rojo y rodeada de alas que formaban un patio abierto inmenso. Arnulf oyó gritos y vio a la gente corriendo y llevándose el ganado y los caballos al bosque junto con mujeres y niños. No parecía que hubiera muchos hombres, pero los que había se reunieron con armas en el campo de hierba incipiente que estaba delante de la playa y, aunque había muchos noruegos, los sirvientes del señor no tenían pinta de querer rendirse sin plantar batalla.

El barco atracó, y Arnulf saltó después de Toke y desenvainó la Ormstand. Su mano herida gruñó de dolor al agarrar el escudo, pero a Toke no le podía faltar protección, y el dolor incrementó su ardor guerrero. ¡Los hombres heridos se defendían con la experiencia y esperaban al fragor de las armas!

No parecía que el señor estuviera entre la gente y, cuando Arnulf los miró más de cerca, le infundieron poco respeto con su apocamiento tras los escudos. Los ases habían vuelto a sonreír a la tripulación de Toke, esta vez con la ausencia del mando principal del enemigo, y Arnulf aguzó la vista como un lobo y dejó que la valentía de Fénrir bullera por su cuerpo. Se aseguró de que no hubiera arqueros de las filas adversarias y Toke miró hacia atrás para reunir a su grupo. Leif Narizpartida no esperó a nadie, sino que se desabrochó la capa y fue corriendo con el hacha y la barba al viento, sus compañeros dieron un grito y sobre sus pisadas nunca volvió a crecer la hierba.

Toste dirigió a sus hermanos de armas, y Stentor y Arnulf flanquearon a Toke y corearon el grito, mientras que los servidores del señor avanzaron hacia ellos y formaron una defensa con escudos. Arnulf eligió a un hombre alto de pelo rubio cuyas largas piernas serían fáciles de quebrar. Un golpe en la cabeza le haría levantar el escudo y entonces la Ormstand podría penetrar en el cuerpo desprotegido. La espada le tiraba de la mano, como si sujetase por la cola a un caballo en celo, y los enemigos se juntaron, pero, poco antes del enfrentamiento, les incendió los pastos, dieron media vuelta y emprendieron la huida.

Leif se detuvo y los gritos de guerra se convirtieron en risas de burla mientras los falsos guerreros huían despavoridos por los campos hacia el bosque. Toste les hizo una mueca e imitó su forma de correr, y Arnulf escupió en la hierba. ¡Qué miserable hacer semejante bufonada, él tuvo que perder su vida por Frejdis y se fue de la aldea sin siquiera pestañear, bien lo sabe Fénrir!

Toke, con aire magnánimo, dejó que los hombres se fueran y blandió con alegría la espada de Sigtryg. Toste guardó el hacha en el cinturón y salió corriendo para llegar a las riquezas antes que Leif, y este pareció concederle las mejores piezas esta vez porque no les metió prisa a sus hombres. Arnulf se rio y pensó que el escaldo echaba en falta plata para su trozo de seda, y los compañeros de Toste le dejaron el honor a su encargado, pero a Toke se le petrificó la mirada. Llamó muchas veces en vano a su paisano y movió los pies inquieto y, cuando Toste llegó al poblado, corrió detrás de él por el campo con la espada levantada. El enfado del noruego era enorme, ya que cogiera quien cogiera los bienes del señor, él tenía que recibir su parte, pero, con todo, Arnulf lo acompañó.

Toste se detuvo en el patio y juntó las manos triunfante, pero, al instante, se abrió una puerta y aparecieron gritando unos hombres armados. Toke dio un grito y aumentó la velocidad, y Arnulf apretó los dientes. Toste quedó rodeado y desenvainó. La huida de los hombres del señor había sido premeditada, y Arnulf notó que el horror le había helado la sangre.

Un hombre alto vestido de manera señorial, de pelo cobrizo y con una espada dorada avanzó hacia Toste, y Toke gritó a sus hombres y echó a correr a pesar de la cota de malla. A Arnulf le costó seguirlo. Detrás de ellos, Leif bramó como un loco, como si intentase dispersar al grupo del señor y atraer su atención, y Arnulf oyó a los vikingos del centro, que siguieron a su señor. El corazón latía con la fuerza de un toro, y, delante de él, hirieron a Toste en la cadera y en el brazo.

Al señor no se le pasaba por la cabeza dejar que nadie auxiliase al vikingo, pues dejó que los sirvientes se enfrentasen a los noruegos mientras él intercambiaba golpes con Toste.

Arnulf cumplía su promesa pegado como una lapa al hombro de Toke con el escudo delante de ellos y luego chocaron con la línea enemiga, mientras Toste gritaba como un animal detrás de los hombres. Los golpes en el escudo paralizaban el brazo, y Arnulf repelió los golpes de los enemigos con un contundente espadazo. Un hombre con barba pelirroja bramó ante él con la cara incendiada por el odio, y se le echaron encima numerosos brazos y armas listos para darle muerte.

Toke golpeó la pierna de un hombre e invocó triunfal a Frey, y su impacto con la zurda fue rotundo. Arnulf esquivó a duras penas un hacha que caía desde lo alto y dejó que la ira guiase su espada mientras chocaba con la cota de malla de Toke. Si podían abrirse paso hasta Toste, serían tres manteniéndose firmes el tiempo que fuera necesario, pero los servidores del señor se defendían muy bien y parecían muy violentos. La empuñadura de la espada estaba húmeda y le costaba proteger el lado debilitado de Toke, las figuras y el silbido de los ataques centelleaban como si la conjura restallase ante los ojos de Arnulf desde un caballo desbocado. ¡Malditas armas cimbreantes! ¡Helge lo tenía que haber preparado mejor para las grandes batallas!

Una espada golpeó la empuñadura de la Ormstand y Arnulf tuvo que luchar a pecho descubierto contra su enemigo. Consiguió alejarlo, pero enseguida volvieron los golpes, uno de los cuales le rajó el escudo por la mitad. La punta de la espada se enredó en los hilos de la capa, pero se libró enseguida y el adversario de Arnulf lo rodeó para atacarlo por la espalda. Toke tropezó y se cayó, y Toste gritó pidiendo ayuda, pero aparecieron Leif y sus compañeros.

Se oyó un ruido y saltaron chispas cuando la punta del cuchillo chocó con el filo del hacha, y alguien empujó a Arnulf hacia adelante, entre los ayudantes del señor, pero de nuevo lo golpearon por la espalda en el hombro con un objeto contundente. Por un momento se tambaleó y perdió el sentido de la orientación, pero enseguida recobró el equilibrio y dio un salto y puso a Toke de pie mientras la punta de una lanza golpeó en el escudo.

Se oían gritos y bramidos por todas partes, y un cuchillo hizo que saltasen chispas de la Ormstand, mientras que la sangre de la cabeza de un hombre le salpicó a Arnulf en la cara. Toke se mantenía de pie por su propio esfuerzo y asintió pálido, y Arnulf vio por el rabillo del ojo cómo Leif, cogiendo el hacha con ambas manos, derribaba a dos hombres. El vikingo era fuerte y parecía impertérrito, como si levantase gigantes en volandas.

Arnulf se defendió; vivo o muerto, nadie lo podría llamar cobarde, ¡y aún no se había oído el último poema de Toste! El borde de un escudo se le incrustó entre las costillas y le cortó la respiración, pero los pies le sostenían y consiguió derribar al hombre que tenía más cerca. El dolor se apoderaba de su respiración y, de repente, empezó a caer nieve glacial. Arnulf recibió un golpe rápido como un halcón con la parte plana de la espada y apartó el hombro de las cuchilladas, mientras que la pernera del pantalón se desgarró y la punta de una lanza le rasguñó el muslo. Miró al lancero a los ojos desafiante y le enseñó los dientes. Por un instante se pelearon con la mirada y luego el sirviente se echó a un lado para dejar paso a sus compañeros de armas.

Se enganchó un hacha en el borde del escudo y le hizo un desgarro a Arnulf en diagonal, pero Stentor vino en su auxilio dándole un respiro. Parecía gozar de una fuerza de oso y ni siquiera una cuchillada en el hombro le hizo quejarse ni retroceder. Hubo un momento en que los tres estaban sin luchar y Arnulf presionó el codo contra las costillas mientras resoplaba.

De la casa salieron corriendo más hombres y Arnulf reconoció al alto que había huido a campo través. Debían de haberse reunido y cruzado las casas para apoyar a sus compañeros y su ayuda era imprescindible. Los sirvientes intentaron pegarse a su señor, pero los noruegos hicieron grupos más pequeños y dispersaron todos los agolpamientos. A pesar de los recién llegados, ellos seguían siendo mayoría y el grupo del enemigo se distribuyó entre las alas de las construcciones bajo una lucha encarnizada.

Arnulf cogió el escudo y se volvió a fijar en Toste, que estaba tosiendo de rodillas sobre un charco de sangre a los pies del señor con un hacha partida y la mano convulsa presionando el costado. Tenía la espalda destrozada y se le veía el pulmón, y Toke dio un grito horrible. Quería ir a por el señor, aunque tenía en medio a tres sirvientes, pero Stentor se interpuso y ambos cayeron al suelo. Leif gritó al señor mientras Toke se intentaba librar de Stentor.

—¡Suéltame! ¿Qué te pasa? ¡Toste se está muriendo!

Arnulf tuvo que proteger a los combatientes de un enérgico golpe de un hombre que huía.

—¡No puedes ganar esa pelea con el brazo así, deja a Leif!

Stentor se zafó, y el señor miró a Toke con severidad y le puso a Toste la punta de la espalda en el cuello. La cota de malla y la intervención de Stentor desvelaron quién era Toke, y el rostro del señor tembló de ira bajo el cabello rojo cobrizo. Su sirviente cayó como un pedrisco en una tormenta de granizo, y la muerte de Toste solo sería una venganza insignificante para la derrota.

Toke se puso de pie inquieto, y Leif levantó su brutal hacha por encima de la cabeza para lanzarla, pero, en ese momento, saltó detrás de Toke, con un cuchillo en la mano, un hombre al que habían dado por muerto. Arnulf intentó alcanzarlo sin éxito, pero el hombre agarró a Toke por el pelo, le echó la cabeza hacia atrás y le puso el filo de su arma en la garganta. El noruego luchó, la sangre se deslizaba por la hoja y Stentor se levantó con los brazos en alto.

—¡Quieto!

La voz retumbó por el patio. Los vikingos de Haraldsfjord reconocieron la voz y se detuvieron vacilantes, y también los ayudantes del señor se quedaron quietos y durante un momento lo único que se oyó fue la respiración jadeante de los hombres y la de Toste. Toke, con los ojos muy abiertos, dejó de resistirse mientras el señor seguía sosteniéndole la mirada, que ahora tenía un toque frío y malvado. Con un solo tajo, su hombre podía dejar a los vikingos sin señor y la vida de Toste se extinguiría a golpe de espada.

Arnulf soltó el escudo y cogió el cuchillo por la empuñadura. Un movimiento rápido en dirección a Toke le costaría la vida al noruego. El sirviente dejó de apretar el cuchillo para que el señor pudiera pedir que bajasen las armas, pero Toke se quedó callado. Toste vomitaba sangre y cayó de lado, y Leif soltó un bramido y lanzó su arma como si Tor hubiera lanzado a Miólnir. El hacha le dio en el pecho al señor y este gritó y se hizo un ovillo mientras Arnulf sacaba el cuchillo. ¡Qué bien le vendría a Narizpartida que el enemigo decapitase a Toke! Al lanzar el cuchillo, le había puesto precio al señor de Haraldsfjord y la ira hizo que su brazo se endureciera como una piedra.

Aunque le brotaba sangre por el pecho y por la boca, el señor siguió mirando fijamente a Toke y se le dibujó una sonrisa en la cara cuando le dio un espadazo en el cuello a Toste. De inmediato, sus supervivientes dejaron de estar paralizados y Arnulf se lanzó hacia el contrincante de Toke como un alce y apartó el cuchillo de la garganta antes de ponerse a pensar en su próximo movimiento. ¡Por la sangre de Tyr que ese malvado no iba a asesinar a su amigo! ¡Tenía que morir y tenía que suceder rápido! El cuchillo del lobo le hizo una herida mortal y el hombre cayó silenciosamente mientras que Toke se puso de rodillas y se llevó las manos al cuello. Arnulf lo agarró por los hombros, pero Toke parecía estar vivo y Stentor no dejó que nadie se acercase a ellos.

Los hombres del señor que seguían vivos se miraron perplejos y muchos se rindieron y tiraron las armas, pero Toke se levantó quejumbroso sin ánimo de perdonar vidas. Los vikingos del centro, aparentemente, pensaban que sus hombres no merecían morir solos, y a Arnulf le cayó una mano cuando, entre gritos y maldiciones, mataron al resto de sirvientes. La sangre y las vísceras corrían como en una matanza de cerdos, y Arnulf flaqueó e intentó ponerse de rodillas unas cuantas veces. Arrancó su cuchillo del muerto y lo guardó en su funda sin lavarlo. ¡A Hel con el saqueo! Le ardía el cuerpo y se desahogó mirando el mar azotado por el viento. ¿Qué riquezas podían pagar la vida de Toste? Además, varios noruegos estaban heridos.

Leif Narizpartida escupió cuando desencajó el hacha del pecho del señor y la secó con la capa mientras Stentor, con el rostro endurecido, se arrodilló junto a Toste y le puso la mano en el hombro. Toke se quitó la mano del cuello y fue tambaleándose hasta la casa grande para apoyarse en ella. La espada se le resbalaba de la mano y Arnulf se secó el sudor con la manga.

—¿Estás malherido?

Toke apoyó la frente en unos tablones.

—Sí, pero no por el arma.

Se llevó la mano al brazo temblando, pero se enderezó y empezó a golpear su espada con los puños apretados.

Leif caminaba sin descanso con el hacha al hombro y desahogó su furia mientras vendaban a los hombres que tenían las heridas más graves.

—Pero ¿qué hacía corriendo solo el piojo este? ¡Se podía haber esperado! ¡Incluso un niño de teta sabe que nunca hay que proceder de esa manera, Tyr ha castigado su insensatez!

Arnulf fue hacia Stentor y Toste. Notaba a través de las suelas de los zapatos cada piedra del patio y una sofocante sed hacía que le ardiera la garganta. No sentía sus extremidades. Al vikingo muerto no se le veía bien, y Stentor suspiró y colocó en su sitio la cabeza medio cortada.

—De todos los muertos que han afectado a Haraldsfjord, para mí este es el peor. Era mi primo. Han nacido pocos hombres mejores que él.

Se puso de pie con aire exasperado y el hombre sangrando mucho. Arnulf cogió la capa de un muerto y la rasgó con el cuchillo.

—Siéntate, Stentor, te han dado de lleno.

Stentor miró a Toke y negó con la cabeza.

—No es profunda, deja que sangre un poco.

—¡Siéntate!

Leif Narizpartida se detuvo y miró imperativo a Stentor.

—¡Ya se han producido bastantes despropósitos aquí, no dejes también que se te vayan las fuerzas!

El viento le sacudía el cabello sobre el endurecido rostro y Stentor pareció callarse una objeción, pero obedeció. Arnulf lo ayudó a sacar el brazo por la manga para curar la herida.

—¿Despropósitos? —repitió Toke con la voz ronca y los ojos brillantes—. ¡Si te hubieras estado quieto con el hacha, Leif,

Toste estaría vivo! ¡Al lanzar el hacha lo has matado y has despreciado mi vida! Si Arnulf no hubiera sido tan resuelto…

—¡Haraldsfjord tendría un nuevo señor! ¡Toste estaba ahogándose en su propia sangre, no le he defraudado, ha podido ver cómo se vengaba su muerte! —Leif tensó los músculos.

—¡Fue el último golpe del señor lo que lo mató! ¡Yo he puesto mi vida y la de Arnulf en juego para ir en su ayuda, y tú ya lo veías muerto! Lo que has hecho no iba a vengar a nadie, iba a hacer que me rajaran la garganta, y tú te harías con el barco y con el fiordo, ¡pero Arnulf se te adelantó!

Toke estaba hablando en voz alta. Arnulf tenía las piernas ágiles y presionó el trozo enrollado de una capa sobre el hombro de Stentor para evitar que sangrase más, y este se llevó la mano intranquilo. Los noruegos siguieron en silencio el intercambio de palabras y los vikingos del exterior del fiordo se inclinaron hacia Leif, que tenía la mano en la cadera.

—¿Entonces teníamos que rendirnos sin luchar ante un puñado de cobardes? ¡Tu vida no vale tanto! ¡Y es duro que te quejes de haber mirado a los ojos a la muerte, es una insolencia que dudes de mis palabras! ¡Si tienes el brazo tan débil o no te atreves a enfrentarte en duelo conmigo, no hace falta discutirlo aquí!

A Toke se le puso una mirada desafiante.

—¡Mi valentía ya la he demostrado con creces y mi brazo está herido porque me enfrenté antes a un enemigo superior, pero tú has roto la paz de la expedición y has sido desleal a tu señor!

Arnulf notó que Stentor temblaba como si estuviera conteniéndose para no intervenir. Leif Narizpartida escupió al casco de un muerto.

—¿Y qué vas a hacer, Øysteinsøn? ¿Bajarnos del barco a mis hombres y a mí? ¡Eso desataría una lucha de sangre en el fiordo! ¡Y antes de seguir hablando de lealtad, recuerda quién ha hecho pedazos al enemigo y te ha salvado el pellejo! ¡Arriesgaste tu vida cuando perdiste la cabeza y atacaste a todo el grupo con solo un hombre a tu lado! A la gente del fiordo no le conviene un líder tan necio y lamento profundamente que tu suicidio no tuviera éxito.

—¡Tú lo único que lamentas es que siga vivo y que no fueras tú el primero en socorrer a Toste! ¿Crees que él habría valorado tu hazaña? ¡Un señor solo ha de mirar si sus hombres están en peligro y actuar, y eso es lo que he hecho!

El pulso de Arnulf palpitaba intensamente. ¡Ojalá el señor le hubiera rajado el cuello a Leif en vez de a Toste!

Stentor no pudo aguantar más callado.

—¡Callaos los dos! Es indigno estar peleando como mujeres frente al cadáver de Toste. Aquí han actuado corazones valientes y la contienda se ve más clara a tiro hecho. Leif, encárgate de que se lleve a los heridos al barco, y tú, Toke, dale las gracias a Arnulf, pues le debes la vida una vez más.

Apretó los dientes y agachó la cabeza mientras que Arnulf se enrolló tiras de capa en el hombro. Leif desoyó a Stentor y Toke respiraba con dificultad mientras le chorreaba el cuello. Los vikingos aguardaron en tensión y Arnulf se preparó para cualquier acción imprevista. Toke cogió su espada del suelo y adelantó un pie. Hablaba en voz baja, pero las palabras estaban hechas de fuego.

—Leif Narizpartida, si deseas pelear, hazlo sin escudo y sin usar la mano izquierda. Nadie hablará después de una lucha deshonrosa y tu reputación quedará intacta.

La mirada de Leif desprendía hierro líquido, pero, antes de que lograse responder, el grupo se vio inesperadamente disuelto por dos vikingos de la parte exterior que, con grandes gritos, aparecieron arrastrando a una mujer que pataleaba. Intentaba morder a los noruegos y se retorcía como una anguila, pero, cuando vio al señor muerto, dio un grito desgarrador y rompió a llorar. Los vikingos la tiraron al suelo y ella se desplomó y se tapó el rostro con el cabello.

Toke y Leif se miraron largo rato. Aquel envainó la espada y este les pidió una explicación.

—¡Estaba intentando quemar el barco!

Eigil el Negro señaló a la mujer y miró indignado a Leif.

—Iba corriendo desde el bosque con una antorcha. La hemos detenido por los pelos.

Leif agarró a la mujer del pelo y le levantó el rostro, y Toke apartó la mirada y se secó el cuello con el dorso de la mano. Øystein Ravnsbane no había dejado su barco abandonado ni una vez durante un saqueo y, sin el mar como vía de escape, una despreciable barcada de vikingos en tierra extranjera podía verse envuelta en un lío rápidamente.

Arnulf terminó de ponerse la venda y ayudó a Stentor a levantarse. Era un alivio que la mujer, con su intento de incendiar el barco, hubiera evitado el duelo, y él respiró profundamente. Toke era veloz, pero Leif era fuerte e inspiraba miedo, así que era escalofriante imaginarse el desenlace de la lucha.

La mujer, agarrada por Leif Narizpartida, no paraba de llorar y parecía que su valentía se había evaporado. Llevaba buenas ropas y joyas pesadas en el vestido y en los brazos, así que debía de ser familiar del señor. A juzgar por su edad, era más la hija que la viuda.

—¡Tengo buenos hombres! —Leif puso de rodillas a su prisionera—. Y siempre cumplen con sus obligaciones sin reservas. Te puedes llevar todas las cosas que quieras, Toke, pero la esclava esta y las riquezas que lleva son mías, ¡por Tor! ¡Quiero luchar contigo, en el mismo momento en que mis pies pisen suelo noruego y, hasta entonces, mi palabra vale tanto como la tuya!

Tiró de la mujer sin esperar respuesta y los que estaban reunidos le hicieron sitio rápidamente. Arnulf lo miró de reojo. Por encima de su cadáver no iba a valer la palabra de Narizpartida ni la mitad que la de Leif, ¡ese hombre era un cáncer! Y lo que Leif iba a hacer tras la casa más cercana era vergonzoso. ¡Helge se había arruinado la vida por semejante acto!

Las nubes que pasaban no eran más oscuras que la mirada de Toke. La lascivia de Leif estaba salpicada con sus burlas y a Toke parecía que le costaba contener el enfado y miró fijamente su mano resbaladiza.

—Registrad las casas y coged lo que haya; luego tumbad a Toste en la cama del señor. No quiero que su pira sea cosa de poco.

—Se podrá ver a gran distancia.

Stentor echó el brazo atrás con dificultad bajo la manga de la capa.

—¡Sí! ¡Eso guiará a las hijas de Odín hacia un gran guerrero que ciertamente merece un sitio en su guardia!

La susceptibilidad de Toke hizo que Stentor se callara y fuera hacia el joven Ingmar Thorirsøn, que estaba tumbado con la cabeza sobre el regazo de su hermano y parecía estar gravemente herido.

Arnulf rasgó otra tira más de la capa y se la dio a Toke.

—Toma, póntela en el cuello, no se acabe pareciendo al de Toste.

La capa del noruego estaba llena de sangre por la pechera. Toke cogió la prenda y la agarró con fuerza. Detrás del enfado parecía profundamente afligido.

—¡Gracias, Arnulf!

Quería decir algo más, pero no le salieron las palabras, y Arnulf asintió.

—¡Por Fénrir, Toke!

Apretó la mano del noruego y los nudillos se le pusieron blancos.

Dos hombres levantaron a Toste y lo metieron en la casa, otros registraron las construcciones mientras que Toke se cubrió cuidadosamente la brecha. Stentor dejó a Ingmar, que tenía los dedos clavados en la rodilla de su hermano, y un grito de mujer hizo que Arnulf se sobresaltase. ¡Leif, ese malvado miserable, ese maldito bastardo! La hija del señor había perdido familiares y la libertad, ¡su tristeza no debía de castigarse con humillación! A ese grito lo siguieron otros más, y a Toke se le tensionaron los dedos al oírlos. Le dio la espalda a Arnulf y entró en la casa grande mientras un par de vikingos de la parte exterior se reían y se empujaban entre sí.

Subieron un barril de cerveza desde una casa y la sed de Arnulf empeoró, así que se limitó a cumplir cuando empezaron a pasar las jarras, pero la bebida no consiguió que se le aplacara la sensación de asco. Se amontonaron armas y cofres en medio del patio y Toke volvió con una antorcha encendida. En la otra mano llevaba un cáliz de plata y le preguntó a Stentor cómo de maltrechos estaban los hombres. Stentor parecía cansado y su respuesta fue serena.

—Hay cuatro con heridas que son algo más que rasguños, Hafr de Hornsdale se ha roto un pie y el joven Ingmar va a morir.

—¿Y tú?

El ojo amarillo brilló.

—Una picadura de abeja. Øysteinsøn, vámonos antes de que sea demasiado tarde para Tveravn.

Arnulf miró al vikingo moribundo, que luchaba por hablar. Cinco fuera de combate y dos muertos, no era compatible con la suerte de Toke con la expedición, y, si la herida de Toke era una picadura de abeja, lo de la garganta de Toke se lo había hecho con una pluma. Apretó los dientes y fue a echar una mano; al menos el viento parecía favorable. Escogió la mejor arma y la enrolló en una capa, y Toke caminó despacio por la casa grande y le prendió fuego al alero del tejado. Un humo espeso ondeó al viento que soplaba sobre los vikingos, y Arnulf se echó el arma enrollada al hombro y se puso un cofre bajo el brazo. El deforme escudo lo dejó en el suelo.

Hafr, con cojera, necesitó a dos hombres para apoyarse, pero la consistente cadena que llevaba Eigil el Negro quizá mitigaba el dolor, pues parecía de todo menos triste. A Ingmar Thorirsøn lo metió su hermano en la casa en llamas para acompañar a Toste, y Arnulf pensó en Helge y en Rolf y se le metió humo en los ojos. Escupió al señor muerto y miró de reojo a los sirvientes caídos. El suelo estaba lleno de sangre, más de uno entonó un estribillo después de la canción de la Ormstand y Arnulf estiró la espalda. Toke y él habían luchado con fiereza y todos habían visto que había cumplido su palabra, así que ¡Helge habría sonreído! Si hubieran estado juntos, Helge le habría dado de beber y habría versificado su hazaña, ¡por Fénrir que sí! Versos que reemplazaran la podredumbre y la muerte por la esperanza, versos que permitieran la recuperación del héroe caído y devolvieran la emoción a las gargantas, ¡versos que les devolvieran la vida a Toste y al señor!

El fuego y el viento no acompañaban y la retirada de la hacienda del señor por parte de los noruegos fue reposada. Leif Narizpartida vino con su nueva esclava, a la que seguía agarrando del pelo, y Toke se situó al lado de Arnulf. La hija del señor parecía magullada, pero la forma en que miró a los noruegos que había a su alrededor hizo opinar a Eigil el Negro que quizá ahora tenía mucho por lo que vengarse como para dejarla libre, y Leif, riéndose, le dejó atarle las manos a la espalda mientras él le levantaba el vestido y mostraba su conquista. Toke apretó el paso, pero Arnulf, al verla, sintió cómo su masculinidad se sentía viva. Era guapa, aunque Frejdis lo era más. Más guapa y más blanca. Más redonda y suave como un gatito. Con el cabello como el ámbar.

Los compañeros de Leif se calentaron y pensaron que podían compartir la presa, pero Leif hizo gestos con la mano y dijo a gritos que habría mujer para todos en cuanto las hogueras ardieran por la noche, siempre había sido generoso. La lanza de Odín brillaba por Frejdis, pero comenzó a desear a la esclava. Tenían que juntarse con risas y hambre, no con gritos y humillación. Arnulf miró hacia el mar. La economía del señor daría testimonio del destino de la hija, y Leif pudo dar envidia a alguno de sus ayudantes.

Las olas golpeaban con violencia a Tveravn en la popa y el viento se había vuelto alarmantemente peligroso. Era un viento terral y diagonal, y Toke no dejó que empujasen el barco al agua antes de que las mercancías y los heridos estuvieran a bordo. En tierra, las llamas salvajes devoraron la hacienda y las alas de los edificios en loor a Ingmar y Toste, y Arnulf fue a su sitio y recogió del suelo la capa. Se la echó sobre los hombros y se sentó antes de que le sobreviniera un cansancio agotador y le empezasen a temblar las manos. Lleno de vergüenza, se agarró al banco mientras izaban la vela y el barco se bamboleaba. Toke puso rumbo firme, y Arnulf respiró hondo, su pulso poco a poco se iba recuperando. ¡El miedo era miedo! Había luchado como si no le importara morir y le podrían haber atravesado numerosos filos con más facilidad que con la que canta un gallo. Que Ingmar y Toste estuvieran ardiendo solos era culpa de Fénrir. Quién si no habría evitado el golpe que no le dio en la espalda, dos hombres contra todo un séquito, ¡era una cosa de locos!

El hijo de Stridbjørn,
desfigurado y aterrado,
tocado por la hoja
y herido en la lucha,
desconfiado en la batalla,
titubea sin rumbo,
pálido y tembloroso,
ensangrentado.

—¿Estás herido, Arnulf?

—¿Herido? —Arnulf levantó la cabeza. Stentor lo miró, tenía que hablar más alto en medio de la tormenta—. No, yo… quizá tenga la costilla dislocada.

Arnulf se miró el muslo lleno de arañazos. Stentor asintió.

—A los vivos los debilita estar cerca de la muerte, y Toke y tú habéis estado en sus garras. Tu sangre no ha sido derramada en vano.

—¡La de Toste sí, y él sangró más que yo!

Stentor tenía que responder sobre la elección de los dioses.

—Odín lo quería mientras estuviera bien fuerte. ¿Quién desea morir enfermo y decrépito? Hazle un poema a Toste, Lengua de Escaldo, un poema por el que sea digno morir, así sus familiares no estarán tan tristes.

Tveravn dio un bandazo y se mojó, y Arnulf se agarró a la regala. Aunque el barco enderezó el rumbo, las olas se metían entre los escudos y formaban charcos entre los pies, y Toke adoptó un gesto serio. El mar era bravío, y los golpes del viento, imprevisibles. Arnulf se sobrepuso al peligro y al desaliento, ¡solo los hombres curtidos se iban de vikingo! La vela estaba muy tensa y había que aflojarla, y la luz del día dio paso a las nubes negras como el tizón. ¡El tiempo cambiaba tan de repente! Arnulf miró estremecido hacia el horizonte que el barco había navegado y muchos noruegos opinaron que había que llevar a tierra a Tveravn. Stentor estaba callado, pero Leif gritó desde la proa que no había arriesgado la vida en la hacienda del señor para ahogarse justo después. Tenía a la esclava a su lado en el banco y tenía más ganas de hoguera de campamento que de golpes de remo. Toke respondió que podía soportar olas mayores y que el hidromiel robado quizá podía suplantar al agua salada.

Arnulf volvió la cara hacia el viento. Para el mar, el barco era un cuenco de madera, pero el miedo había menguado y Arnulf levantó los pies del agua del suelo. Los hombres acordaron atracar en la primera cala que vieran en la costa. La espuma bullía en el mar y la tormenta empezó a tronar, pero Tveravn cogió fuerza de la música del viento y surcó el agua con la misma suavidad que la nieve se desliza sobre el hielo. Arnulf se estrechó la capa y se acurrucó. Había sudado mucho, por lo que había perdido el calor corporal y la mano le dolía tanto como las costillas. Solo necesitaba un fuego ardiente, un lecho blando y tocino asado. ¡Y a Frejdis! Cerró los ojos. Si Rolf no estuviera muerto, ella se abrazaría a su cuello, le haría entrar en ella y lo sentaría junto al fuego con una jarra de cerveza mientras sonreía y le guiñaba el ojo y sacaba ropa seca del baúl. Se agacharía, se le saldrían los pechos y las nalgas invitarían a una hazaña masculina. Arnulf bramó. Ahora era la mujer de otro. ¿Por qué saltó para esquivar la espada de los hombres del señor? Ese cabello dorado, esa piel suave, era como la savia de la vida. Fue un fratricidio. ¿Por qué se atormentaba? ¡Se había matado a sí mismo con aquel golpe!

***

Toke dejó a Tveravn en una ancha playa de piedras escondido convenientemente detrás de la vegetación. Después de tanto vandalismo y saqueo, ningún vikingo tendría la necesidad de rebuscar entre los árboles, pero el viento era bien recibido, así que montaron las tiendas a una distancia cercana y organizaron guardias. El fuego era plano y antojadizo, y las telas de las tiendas, indomables, pero la tormenta no cogió desprevenidos a

261

los noruegos y Arnulf se sentó cerca de una hoguera. Leif Narizpartida amarró a la esclava a un arbusto espinoso un poco alejado del agua y dejó que le diera el viento mientras él transportaba cerveza a tierra. Toke entró con Stentor en una de las tiendas para mirarle el hombro con calma.

Se repartieron el pan y la carne del señor, y la buena comida favoreció un buen ambiente, pero Arnulf estaba inquieto y comió poco. Los vikingos de la parte exterior del fiordo pusieron ramas en las tiendas a modo de abrigo y celebraron el primer día de expedición, y Leif advirtió con la jarra en alto que entre sus paisanos no había ni heridos ni caídos, ¡que Odín recompense a los fuertes!

Arnulf se quitó la venda de la mano, que estaba empapada. No tenía buena pinta, quizá lo ayudaría una laña, y él se desperezó. Hildegun había echado lañas y ungüentos en el saco que Toke se había llevado a la tienda. Arnulf, tiritando, se tapó con la capa. La mujer debía de estar helada, pero, cuando la observó, ella estaba mirando directamente hacia la tormenta con una mirada lejana y apagada sin que diera la impresión de tener frío. El vestido estaba desgarrado y llevaba un pecho por fuera, y Arnulf fue despacio hacia ella. Como habían saciado la sed y habían vuelto a relatar la batalla y el día no ofrecía otra cosa que esperar a que acabase, los vikingos del exterior se la querían llevar a la tienda.

Arnulf se desató la capa. La mujer lo miró sin mover una ceja y él le echó la capa. Las joyas se las había quitado Leif, tenía el cuello lleno de arañazos y el pecho que tenía fuera desprendía gotas de leche. Arnulf apretó la tela de lana con fuerza. En algún lugar del interior del bosque, un niño sin madre estaría gritando de hambre, se lo había jugado todo para quemar el barco y detener la batalla, ninguna capa podía protegerla frente al destino.

La mujer lo miró como si él hubiera dicho en alto lo que pensaba y luego su mirada se dirigió hacia el bosque. Arnulf bajó el brazo. Otro preso le suplicó libertad una vez, pero entonces no pensó en nadie más que en sí mismo, y ahora la mano se acercó al cuchillo. La mujer se agazapó cuando lo sacó, se hizo un ovillo como un gato con muecas en la cara. Arnulf lo manejó con cuidado al liberar los brazos para no hacerle ningún corte. Ella soltó un gimoteo cuando la cuerda cayó al suelo y surgieron las lágrimas, luego se puso de pie y respiró hondo antes de proceder a huir. Buscó algo bajo el vestido, lo arrancó y lo apretó con la mano; después se rehízo y corrió hacia el bosque tan rápido que ni un lobo la podría haber alcanzado.

Arnulf bajó la mirada. En la palma de la mano brillaba una cruz de oro y una cadena, y él se quedó asombrado. Era enorme, engarzada con piedras preciosas rojas y enriquecida con las mejores filigranas que había visto jamás, una joya soberbia. La cruz de un hombre grande, o de su hija.

Lo sacó de esas cavilaciones un grito y envainó su cuchillo. La mujer desapareció por la linde del bosque, pero Leif vino desde las tiendas corriendo, furioso como un jabalí herido. Tiró la jarra de cerveza que se iba saliendo y sacó el hacha a gran velocidad. Narizpartida estaba dispuesto a matar.

Arnulf se colgó la cadena y cogió su espada. ¡Leif quería matarlo! Ninguna fuerza viva podía interponerse, ¡tenía que vengar la huida de la mujer! Tiró de la Ormstand y la sacó del arbusto. La desmesurada ira del vikingo se podía comparar con el relámpago que precede a la tormenta. De pronto, el temor por su vida se convirtió en alegría, incluso sin Frejdis. ¡El hacha de

Leif podía partirle el cuello a un toro de un solo golpe! Arnulf aflojó las rodillas y agarró su arma. El corazón latía con tanta fuerza que a duras penas permitía a los pulmones coger aire, pero la fuerza de la espada fluía por su brazo y Helge apretaba con él la empuñadura.

El primer golpe lo evitó y el segundo le dio en el filo. El brazo de Leif era fortísimo y el filo del hacha soltaba chispas, como si la espada fuera un mimbre al que había que quitarle la corteza. Arnulf tuvo que dar otro salto, sorprendido por la rapidez con que Leif ejecutaba los giros de hacha. El hombre del fiordo no desperdiciaba fuerzas en hablar o en gritar, pero se mantenía de pie con firmeza a pesar de que había bebido. Arnulf mantuvo la distancia y corrió hacia su adversario, pero este no se dejó sorprender. Enseñando los dientes y con la mirada fría, contraatacó con una serie de rápidos golpes que obligaron a Arnulf a defenderse y a retroceder paso a paso. Era evidente que Leif aún no quería golpear y solo estaba haciendo una demostración de sus capacidades, y Arnulf tuvo que afanarse en no tropezar o desorientarse. Arnulf se agachó y corrió para estar lejos del alcance del hacha con el sudor cayéndole a chorros por la espalda. Para Leif, matar no era suficiente, quería humillarlo, patearlo como a un ternero, atado y sin honor, ponerlo de rodillas y hacerle gritar. ¡Y había bastantes espectadores!

Arnulf gruñó y no dejó que el vikingo volviera a tomar la iniciativa. La Ormstand anhelaba su cabeza, pero Leif paró el golpe y echó la espada hacia un lado para que el siguiente golpe bajo fuese errado. No parecía impresionado y Arnulf fue a por él una vez más. El noruego recibió el ataque con una calma bochornosa, sin que le costase salvar la vida, y Arnulf retrocedió sin aliento y lo acechó mientras la ira y el miedo rivalizaban en su pecho. Leif era más fuerte, incluso sería más rápido, pero el brazo estaba cansado después de la batalla en el poblado del señor y la actitud prepotente de Narizpartida rozaba la insolencia.

Por el rabillo del ojo distinguió a Toke y a Stentor, que salieron a toda prisa de la tienda, pero, a pesar de su enfado, respetaron las tradiciones en las disputas y no se entrometieron. ¡Por Helge! ¡La Ormstand estaba acostumbrada a ganar! Arnulf volvió a dar un salto hacia Leif. ¡Bien sabían Geri y Freki si quería ser subyugado por ese gusano autosuficiente! Leif Narizpartida redobló su fuerza y controló la dirección de los golpes y Arnulf peleó en vano mientras los golpes le causaban cada vez más dolor en el brazo. Que Hel se lo comiera crudo, por qué estarían los escudos a bordo de Tveravn.

Leif clavó la espada en el suelo y le dio una patada en la espalda a Arnulf que le hizo caer mientras gritaba. Rodó hacia un lado y oyó risas mientras el hacha hizo trizas la tierra al lado de su cadera, se puso de rodillas y cogió la Ormstand con ambas manos y golpeó a Leif con todas sus fuerzas. El hacha dio un golpe tan contundente que se le dobló el filo y lo giró, con lo cual se le torcieron las muñecas y Arnulf tuvo que rendirse para no perder la espada. Intentó ponerse de pie, pero no pudo aguantar el siguiente hachazo y la Ormstand se le escapó de las manos involuntariamente.

Leif estalló en risas y Arnulf saltó rápido como una liebre para intentar llegar hasta su espada, pero Narizpartida llegó antes. Con un pie plantado en la hoja le hizo frente amenazante, y Arnulf, indeciso, empuñó el cuchillo del lobo. Los vikingos de la parte exterior encontraron divertido el impulso y gritaron que con una hoja tan afilada sería sencillísimo cortar el mango del hacha, y Arnulf recordó en ese momento que tenía que atizarle a Leif en la barba. Toke avanzó unos pasos, pero Stentor, que tuvo agarrarlo, lo detuvo.

Arnulf corrió hacia el bosque y rompió una rama de la longitud de una lanza, y Leif gritó pidiendo cerveza, porque, aunque solo tenía algunos rasguños, estaba seco. Aunque la rama no le hacía nada, cerró la boca cuando Arnulf, con fuertes golpes, intentó apartar de la espada a su adversario, y el vikingo se enfadó y tuvo que golpear rápido para esquivar los pinchazos. Arnulf le golpeó el cuello y, cuando Leif levantó el brazo, le clavó la rama en la entrepierna y empezó a dar vueltas corriendo. Narizpartida cayó y el regocijo que había alrededor enmudeció. Arnulf soltó la rama y blandió la Ormstand, ¡ahora reconocía su suerte!

Leif se levantó y alguien colocó dos escudos entre ellos para que la pelea se desarrollase con decoro. Arnulf se puso el cuchillo en el cinturón y cogió uno de los escudos, pero Leif dejó el suyo en el suelo y le dio un golpe en el canto mientras daba un grito. El hacha destrozó la madera y dejó a Arnulf con media defensa, pero el agarre estaba roto y se salía, así que tuvo que renunciar a su protección.

Al ver a Leif, que ahora llevaba el arma y el escudo, se le heló la sangre y retrocedió mientras peleaba consigo para no dejarse vencer por el miedo. El noruego alargó el brazo con violencia y Arnulf solo fue capaz de dar el golpe en diagonal, el hacha plana le golpeó en la espinilla y se le encogió el cuerpo mientras gritaba. El dolor era insoportable y quería agarrarse la pierna, pero Leif le golpeó de nuevo y Arnulf tuvo que redoblar su ánimo para contraatacar. Se echó hacia atrás cojeando y Leif no le concedió ni un segundo de paz. La pierna aguantaba, aunque las lágrimas le nublaron la vista y a la debilitada muñeca le costaba sostener la espada.

Arnulf quiso salir corriendo, pero Leif lo siguió y dirigió sus traspiés hacia el bosque con incesantes golpes. Le debió de haber robado el cinturón a Tor, ¡cómo golpeaba! ¡Y con guanteletes! El escudo interceptó cada ataque y los hachazos caían como sillares de piedra lanzados por gigantes. A Arnulf le faltaban las fuerzas, y respiraba jadeante. Intentó cobrar ánimo frente a la desesperación; si al menos la Ormstand pudiera golpear a Leif en la mano, inhabilitarlo para luchar, ¡si fuera solo un instante! ¡Por Fénrir! ¡Por Frejdis! ¡Por Helge!

Leif atacó con el escudo y volvió a darle en la espinilla, y Arnulf cayó de rodillas gimiendo. Le temblaba el cuerpo, le resultaba casi imposible dominarlo, y una patada en el costado lo derribó al suelo. Se arrastró agonizante en dirección al escudo y se clavó la punta de la Ormstand, pero la sólida madera la mantuvo en su sitio. Arnulf no fue capaz de sacar la espada, y Leif Narizpartida gruñó y echó el escudo hacia un lado. Se le nubló la vista cuando este se cargó el peso a los hombros, y Arnulf buscó a tientas el cuchillo, lo cogió y le agredió en la pierna. El cuchillo le alcanzó, pero, aun así, Leif levantó el hacha triunfal y Arnulf sacó fuerzas inesperadas. Garm le había desfigurado el rostro a base de mordeduras y ni siquiera había suplicado piedad. Luchó con tal fiereza que le crujía el hombro, y Leif dio un grito de repente y se le cayó el hacha. Una flecha le había perforado el brazo y Arnulf vio su mirada paralizada. ¿Toke? Toke no sabía tensar un arco, tampoco Stentor.

Pasó siseando otra flecha más y los estruendosos gritos del campamento hicieron que Leif retrocediera.

—¡Leif! ¡Arnulf! ¡Rápido, nos atacan!

Eigil el Negro hizo gestos con el brazo, y Leif recogió el hacha con la mano izquierda mientras que Arnulf, jadeando, se puso de rodillas. Dispararon más flechas desde la penumbra del bosque, y tres vikingos de la parte exterior llegaron corriendo con escudos. Una de las tiendas ardió y los noruegos se fueron precipitadamente y se dirigieron hacia el barco. Un numeroso grupo de hombres armados con arcos descomunales salieron del bosque y Arnulf echó a correr mientras las flechas que abrían el fuego empezaban a zumbar sobre su cabeza. ¡Malditos enemigos, que atentaban contra su vida! ¡El hombre que le había librado de Leif podía causarle fácilmente una herida mortal!

Toke estaba de pie en la playa cerciorándose de que subieran a bordo a los vikingos heridos, pero tuvieron que dejar todo lo demás, el ataque fue muy violento e inesperado como para que fuera posible dar una respuesta aceptable. Arnulf llegó hasta Tveravn y volvió la vista atrás sofocado. Leif vino cojeando, apoyándose en sus compañeros, y las flechas alcanzaron el barco amenazando con prenderle fuego. Salieron del bosque aún más hombres, pero se mantuvieron a distancia y se limitaron a usar los arcos. Arnulf envainó la espada. Querían que los vikingos se fueran, que se sumergieran en la tormenta y en el mar arremolinado, expulsarlos de la playa como venganza por los asesinatos y los robos. ¡La hacienda del señor, al otro lado, tenía más brillo que una hoguera! Subió a bordo con esfuerzo, pero se desplomó junto a su banco, incapaz de volver a moverse.

Metieron en el agua a Tveravn y, desde la popa, ayudaron a subir a Leif, y la tripulación cogió los remos y escaparon de la costa con remos experimentados. Hrésvelg arremetió contra el barco y los remeros tuvieron que hacer más fuerza. La espuma que salpicaba empapó a Arnulf, que se encogió gimiendo y, por fin, pudo sujetarse la pierna palpitante. El barco se iba a pique, a todos les esperaba la muerte, pero el miedo y el sentido común mitigaban el agotamiento acalorado. Leif estaba sentado al lado sufriendo con sus heridas y Toke estrechó el timón entre los brazos y gritó que todos debían tener cuidado de no caer por la borda, ¡Jormungan había despertado!

La corriente era fuerte y pronto las flechas cerraron el fuego. Tveravn seguía su propio camino y no se dejaba controlar, y los noruegos alzaron los remos y evaluaron las circunstancias. Algunos opinaban que había que izar la vela, pero Stentor quería apaciguar las olas, y los guerreros que estaban en tierra se subieron a caballo y querían proseguir la huida desde la playa. Toke quería ir a toda costa por zonas que conocieran y rechazó la propuesta de Hafr de Hornsdale de esconderse para luego volver, pero Leif estaba perturbado de dolor y se igualaron las tornas: quería ir enseguida a la costa y abatir al enemigo.

Arnulf se tumbó en el banco con un remo. Leif no podía caminar ni golpear, pero nadie se atrevía a decirlo, y el vikingo se calló y se mantuvo en su sitio cuando entró una impetuosa ola en el barco y tiró por la borda muchos escudos. Toke se esforzó en mantener el barco cerca de la costa a pesar del viento, y Tveravn resistía en la cresta de las olas mientras Stentor le pedía protección a Niord. Arnulf miró a tierra. Un contraataque supondría perder vidas, pero no todas. Si el barco le daba cabida al agua de la tormenta, la huida sería inútil y la costa parecía estar demasiado lejos para alcanzarla a nado. Arnulf miró a Toke. Sus ojos claros brillaban ardientes, el noruego debió de haber temido por su vida. Hasta ahora se las habían arreglado, ningún temporal acabaría con ellos, y aquel a quien se podía poner en el lugar de su hermano ¡no había perdido nada!

Volvió a entrar agua en el barco y se pusieron a usar los achicadores. Stentor tiró un anillo de plata a los dioses, y Leif, de repente, oyó algo y se asomó por la regala en la que faltaban los escudos mientras se agarraba a los paneles.

—¡Arnulf! ¡Ven, ayuda! ¡No puedo!

Alargó el brazo herido por la flecha y Arnulf se puso de rodillas.

—¿Dónde? ¿Qué pasa?

—¡Aquí! ¡En la línea de flotación, date prisa!

Arnulf miró por el borde hacia el furioso mar. El lateral de Tveravn no parecía dañado bajo la fila de escudos ni más abajo.

—¿Dónde? No lo veo.

Leif no respondió, pero Arnulf notó un golpe repentino en la nuca y lo lanzaron por encima de la regala. Quiso gritar, pero el agua negra se apoderaba de él y el frío le dejaba sin aire mientras Niflheim rodeaba su cuerpo con su respiración. Ciego de ira, tragó agua salada, movió los brazos y las piernas, y salió a la superficie a pesar del peso de la Ormstand. Tosió y volvió a hundirse, pero se rehízo y comenzó a nadar. ¡Leif! ¡Ese gusano infame! Era imposible que alguien cayera tan bajo. ¡Tirar del barco a un rival en lugar de reanudar de una manera honrosa la lucha interrumpida! ¡Nunca había pensado que fuera capaz de hacer una emboscada tan miserable!

Tveravn ya estaba a muchos barcos de distancia y Arnulf vio a Toke medio erguido lanzando una cuerda, pero era demasiado corta. Los hombres remaban para dar la vuelta, y Arnulf nadó tras el barco como nunca antes había nadado. El miedo venció al frío y al cansancio, no quería morir en el mar, ¡nada podía ser más repugnante que ser abandonado allí y ahogarse en su propio pánico!

Toke gritó e hizo gestos con el brazo, pero una ola se interpuso y Arnulf se hundió de nuevo. El agua era oscura y no se veía nada en el fondo, pero el ruido de la tormenta sonó como el fragor de las armas de ejércitos fallidos. Volvió a salir a la superficie y jadeó. El grito de Toke era lejano, Tveravn no dejaba que lo llevasen hacia atrás y Arnulf pataleó en el agua. Solo un pez podía alcanzar el barco, y el cuerpo, débil como estaba, no resistiría mucho a las olas.

Cada vez que subía, veía la costa, así que tuvo que elegir rápido y nadó hacia el interior. La corriente lo llevaba hacia un lado y la espada le acariciaba la pierna. Se veía gente en la orilla, hombres armados, y Arnulf jadeó y obligó a sus extremidades a obedecer. Quizá no lo habían visto, quizá avanzarían en su caza para expulsar a los noruegos y se habrían ido cuando él llegase a tierra. Quizá lo tomarían como esclavo y podría huir. Quizá lo matarían.

Tragó más agua y tuvo que vomitar. La ropa le pesaba como una cota de malla y la espada tiraba de la cadera hacia abajo. Arnulf gritó. No rendirse, solo nadar, no podía deshacerse de su herencia, no podía arrojar la Ormstand al fondo del mar, ¡ningún vikingo que se precie tiraría su espada voluntariamente! El frío llegó hasta las manos y los pies y hacía que le temblase todo el cuerpo. Le ardían los ojos. ¡La playa estaba demasiado lejos y el mar era impracticable! ¡Nunca llegaría! Arnulf luchó con todas sus fuerzas, toda su rabia, todo su miedo. Muy muy despacio, fue hacia el interior y dudó muchas veces qué dirección tomar. ¡La espada pesaba, era siniestramente pesada! Tenía que sacrificar la Ormstand, ¡que Fénrir lo maldiga! Buscó a tientas el cinturón, pero tenía los dedos entumecidos y la hebilla no se abría. Cuando agarró la empuñadura, se hundió y tuvo que soltarla para volver hacia arriba, iba a morir, ¡morir! Le empezaron a fallar los brazos y el dolor iba en aumento. Encontrarían su cadáver al amanecer, quebrado y desgarrado.

—¡Estás usando demasiada fuerza, deja que el cuerpo flote!

Arnulf miró a su alrededor, el frío le calaba hasta los huesos.

—Deja que se hunda solo la cabeza, tú solo tienes que subir y tomar aire cada dos brazadas.

¡Helge! Él le había enseñado a nadar. Arnulf obedecía y conseguía dar más brazadas. Nadaban cuando el sol se ponía en el estrecho y el agua brillaba como un espejo de bronce. El cuerpo fuerte y lleno de cicatrices de Helge y las largas extremidades de Arnulf, que en aquel entonces tenía nueve veranos. ¡Su hermano lo llevaría hacia el interior, Helge no lo abandonaría! Desde su lecho de muerte en el fondo del mar había visto a Arnulf zozobrando, ahora estaba aquí, ¡que cayera la ira de Hel, la oscuridad no iba a agarrar a su presa!

Arnulf atravesó a nado el hielo, ensangrentado, estaba en un puro alarido. Se le desgarraban los dedos, el mar le devoraba las piernas hasta las rodillas, los pensamientos caían como pájaros abatidos, solo le quedaban el corazón y el aliento. Una ola se lo llevó hacia una playa empedrada y Arnulf clavó la frente en la grava y vomitó agua. Había un monte a su espalda, los brazos se anclaron para siempre en la tierra. Oyó voces y un eco de terror le dio fuerzas para alzar la vista.

Zapatos de cuero con dibujos cosidos. Pantalones de lana tejida. Un hacha se movía. Arnulf echó la cabeza a un lado, pero el hacha le dio y Skol se tragó el sol.

1   Matacuervos.
2   Stridbjørn significa 'oso de combate'. Arnulf tiene similitud con águila (*ørn*) y lobo (*ulv*).
3   Antiguo nombre de Copenhague. Significa 'puerto'.
4   Ormstand significa 'diente de dragón'.
5   En la mitología nórdica, ceremonia de ofrenda a los dioses.
6   *Skjaldely* significa 'refugio de escaldos'.